dtv

»In einer kleinen Stadt am großen Hardanger-Fjord fristet Robert Bell als Lokalredakteur ein Leben weit unter seinen Möglichkeiten. Er hasst seinen Job. Dafür liebt er die Frau seines Bruders. Dann kommt seine große Chance auf eine Titelstory: ein toter junger Mann im Fluss, vermutlich ermordet. Der Verdacht fällt auf ein paar Asylbewerber. Ein seltsames Video wird Robert zugespielt, seine Geliebte verschwindet spurlos, ein kleiner Roma-Junge stellt sich als Zeuge des Verbrechens heraus und gerät in Lebensgefahr ... So ungefähr spielt es sich ab. Und wenn man bei der Lektüre trotz aller Traurigkeit auch eine Art Leichtigkeit des Seins verspürt, so liegt das an dem verehrungswürdigen Understatement, mit dem dieses perfekte Stück Literatur geschrieben ist.« (Katharina Granzin in der ›tageszeitung‹)

Frode Grytten, 1960 geboren, wuchs in der kleinen Industriestadt Odda auf. Er arbeitete viele Jahre als Journalist und lebt heute als Schriftsteller in Bergen. Für seinen ersten Roman ›Was im Leben zählt‹, der in ein Dutzend Sprachen übersetzt wurde, erhielt er den Brageprisen, den höchstdotierten Literaturpreis in Norwegen, und wurde für den Preis des Norwegischen Rates nominiert. ›Die Raubmöwen besorgen den Rest‹ wurden mit dem Riverton-Preis für den besten Krimi des Jahres ausgezeichnet.

Frode Grytten

Die Raubmöwen besorgen den Rest

Kriminalroman

Aus dem Norwegischen von
Ina Kronenberger

Deutscher Taschenbuch Verlag

Ungekürzte Ausgabe
Januar 2009
Deutscher Taschenbuch Verlag GmbH & Co. KG,
München
www.dtv.de
Lizenzausgabe mit Genehmigung von Nagel & Kimche
im Carl Hanser Verlag

Titel der norwegischen Originalausgabe: ›Flytande bjørn‹

Umschlagkonzept: Balk & Brumshagen
Umschlaggestaltung: Wildes Blut, Atelier für Gestaltung,
Stephanie Weischer unter Verwendung eines Fotos
von LOOK/Per-Andre Hoffmann
Satz: Satz für Satz. Barbara Reischmann, Leutkirch
Druck und Bindung: Druckerei C. H. Beck, Nördlingen
Gedruckt auf säurefreiem, chlorfrei gebleichtem Papier
Printed in Germany · ISBN 978-3-423-21116-1

Gestern Abend hatte ein kühles Lüftchen geweht, aber heute sollte es noch einmal heiß werden. Ich hatte alle Fenster geöffnet, auf dem Schreibtisch brummte ein kleiner Ventilator. Der verschwitzte Mief vermischte sich mit dem Essensgeruch vom Bowlingcenter im Keller, der Dunst von Burgern und Pommes stieg bis in mein Büro im dritten Stock. Ich meinte, in der Lokalzeitung gelesen zu haben, dass der Schuppen letzten Winter in Konkurs gegangen sei, doch jetzt roch es im ganzen Gebäude nach Fertiggerichten.

Das Telefon klingelte. Ich blieb reglos sitzen und starrte auf den Apparat. Es vergingen fast fünf Minuten, bevor ein weiterer Idiot anrief. Ich rührte mich nicht, bis auch dessen Klingeln verebbte. Ein paar Sekunden später piepte mein Handy. Die angezeigte Nummer war dieselbe wie die im Display des Festnetzapparats. In ein paar Minuten würde ein weiterer Clown das Spielchen wiederholen. Festnetzapparat. Handy. Festnetzapparat.

Ich hatte an diesem Morgen bestimmt schon zwanzig Telefonate geführt, ohne Ergebnis. Keiner wollte reden. Am wenigsten mein eigener Bruder. Ich hatte ihn gegen zehn angerufen, und er hatte nichts erzählt. Komisch, Frank hatte einmal behauptet, wenn ein Mensch ermordet wird, dann drängt alles an die Oberfläche. Als würde man auf einen Knopf drücken. Die Leute wollen plötzlich selbst über Dinge reden, die sie viele Jahre lang verschwiegen haben.

Ein Blatt mit Notizen war alles, was ich hatte. Plus einen Titel vor mir auf dem Bildschirm: *Dem Sommer ist nicht zu trauen*. Ich wusste nicht einmal, ob der Satz tatsächlich von mir war oder ob ich ihn irgendwo geklaut hatte. Ich fand, es sei ein echter Hingucker: Dem Sommer ist nicht zu trauen. Wäre heute ein gewöhnlicher Tag, hätten sie mich gebeten, den Artikel rüberzuschicken. Schick ihn rüber, wir brauchen noch was unten auf der Seite, hätten sie gesagt, ohne hinzuhören.

Ich hätte noch duschen sollen. Das Hemd klebte mir am Rücken, unter den Achseln breiteten sich Schweißflecken aus. Aber das Wasserflugzeug würde bald zwischen den Bergwänden heruntersegeln. Ich hasste es, zu spät zu kommen, und ich hasste Leute, die zu spät kamen. Die vergangene halbe Stunde hatte ich damit verbracht, auf dem Computerbildschirm Patiencen zu legen. Tripeaks war ein ziemlich harter Brocken, man musste mit Spielkarten, die auf dem Tisch lagen, drei weitere Kartenstapel aufdecken. Man spielte um fiktives Geld, trotzdem wurde man süchtig. Eine feste Regel von mir war, dass ich mindestens meinen üblichen Schnitt erreichen wollte, bevor ich aufhörte. Jetzt brach ich ab, obwohl ich fünf Dollar darunter lag.

Ich schloss die Bürotür hinter mir und ging die Treppe hinunter. Vom Geruch im Treppenhaus wurde mir übel, gleichzeitig bekam ich Hunger. Wegen der ganzen Aufregung hatte ich das Frühstück ausfallen lassen. An der Haustür kamen mir drei Typen entgegen, Serben oder Albaner. Ich hatte sie schon öfter hier gesehen. Die meisten Bowlingspieler waren Ausländer. Gut für den Besitzer, dachte ich. Wenn noch mehr Ladungen mit Asylbewerbern kämen, könnte er den Laden noch ein paar Monate lang halten. Er könnte das Tagegeld der Ausländer kassieren, Bowlingschuhe verleihen und Burger anbrennen lassen. Dann wären alle happy, bis der Laden im November wieder in Konkurs ginge.

Ich setzte die Sonnenbrille auf und trat hinaus ins Licht, wovon es definitiv zu viel gab. Jemand hatte es zu gut gemeint. Mein Volvo stand auf dem Parkplatz vor der Kirche. Im Wageninnern stank es, der Geruch war schleichend mit der Hitze gekommen. Vielleicht lagen Essensreste unter dem Sitz, vielleicht war im Kofferraum etwas ausgelaufen. Der Fahrersitz war glühend heiß. Ich versuchte, beim Fahren nicht an die Sitzlehne zu kommen, was zur Folge hatte, dass ich mit einer unbequem starren Haltung am Lenkrad saß. Wenn mich die Leute so sahen, würden sie sich totlachen.

An der Kreuzung beim *Schmelzer* begegnete ich meinem Bruder. Er fuhr einen dieser neuen Subarus. Ein Witz. Polizisten sollten Volvos fahren. Ein Volvo hat eine ganz andere Autorität. Wenn mein Bruder oder seine Kollegen in einem Subaru losfuhren, sah es aus, als spielten sie Räuber und Gendarm. Frank sah mich nicht. Er trug ein kurzärmeliges Uniformhemd und eine Fliegerbrille, wie man sie aus amerikanischen Filmen kennt. Ich hätte ihn fast mit ausgestreckter Hand berühren können. Ich wollte schon rufen oder pfeifen, hielt mich aber zurück. Er bog rechts ab und fuhr hinauf zum Coop Mega.

Es war kurz nach elf, die Hitze senkte sich allmählich ins Tal. Eine kleine Wolke klebte am Folgefonngletscher und sah aus wie eine Sprechblase ohne Text. Auf der Höhe des *Hardanger Hotels* gab ich Gas und der Sommerwind wehte herein. Am Fjordcenter bremste ich ab und setzte den rechten Blinker. Allein auf den wenigen hundert Metern zum Schwimmanleger piepte mein Handy dreimal.

Ich betrat den Anleger und hatte das seltsame Gefühl, von weit oben hinunterzufallen. Langsam wurde der winzige

Punkt zwischen den Berghängen größer. Ich konnte die Flügel und die Schwimmer erkennen, bald würde das Flugzeug auf der Wasseroberfläche aufsetzen. Am Kai blieben die Leute stehen, um die Landung zu beobachten. Selbst der dicke Junge auf der Schwimmbrücke hielt beim Steinewerfen inne. Er hatte ein ganzes Munitionslager neben sich aufgebaut und beobachtete die Möwen, die Richtung McDonald's verschwanden.

Kannst du nachts aufpassen?, fragte der Junge, ohne aufzusehen.

Er fragte in einem Ton, als würde er die Antwort bereits kennen. Als habe er alle in Odda schon gefragt und erwarte erneut eine Absage. Der Junge sprach gut Norwegisch. Ich meinte, ihn früher schon mal gesehen zu haben. Er trug ein Trikot der brasilianischen Nationalmannschaft mit RONALDO auf dem Rücken.

Ich muss nachts schlafen, sagte der Junge. Irgendjemand muss aufpassen. Sonst geht es nicht gut aus. Ich darf nachts nicht draußen sein.

Ich darf nachts auch nicht draußen sein, sagte ich.

Der Junge lächelte nicht. Er hatte ein Gesicht ohne Lächeln.

Sic haben heute Nacht wieder eins geholt. Jetzt sind es nur noch fünf.

Wie viele waren es denn?

Sieben oder acht.

Ich sah zu der Bucht hinüber, in der die Entenmutter schwamm und versuchte, ihre Jungen an den Strand zu bugsieren. Ich zählte fünf Stück. Auf einen der Steine hatte jemand mit Rot geschrieben: *Essen Sie keine Enten. Sonst werden Sie angezeigt.*

Kannst du nachts aufpassen?, fragte der Junge. Heute

Nacht war ich draußen, aber ich habe ziemlichen Ärger bekommen.

Ich brauche doch auch ein bisschen Schlaf, meinst du nicht?, fragte ich.

Es ist Sommer, sagte der Junge.

Das Wasserflugzeug tuckerte heran. Auf der rechten Seite stieg Martinsen aus und machte sich bereit, an Land zu gehen. Es sah so aus, als habe er selbst das Flugzeug von Bergen nach Odda gesteuert. Er war der Typ dazu. Er hatte einen Pilotenschein und war gut darin, Leute zu überreden.

Wie alt bist du, Ronaldo?, fragte ich.

Bald neun, sagte er.

Gutes Alter, sagte ich.

Endlich sah er auf.

Kannst du nachts aufpassen?, fragte er noch einmal.

Es ist Sommer, sagte ich.

Martinsen ging an Land. Von seinen Schultern hing je eine Tasche, er trug eine Sonnenbrille, ein weißes Hemd und Khaki-Shorts. Ich gab ihm die Hand und überlegte, ob ich ihn nach der Reise fragen sollte oder nach seinen Bildern aus Gaza. Am Wochenende war eine Geschichte von ihm im Blatt gewesen. Martinsen hatte den Artikel sogar selbst verfasst und beschrieben, wie er von Plastikkugeln der israelischen Soldaten getroffen worden war. Ich hasste es, wenn Fotografen selber schrieben.

Du sollst die Chefin vom Dienst anrufen, sagte Martinsen und fummelte an seinem Handy herum. Sie hat mir schon drei SMS geschickt, dass du sie anrufen sollst.

Ich verstaute die Taschen hinten im Volvo und fragte, ob ich ihn zum Hotel fahren solle. Er wolle sich lieber zuerst einen Überblick verschaffen, meinte er. Das ist schnell erledigt, dachte ich. Man konnte sich einen Überblick verschaffen, indem man einatmete, sich einmal im Kreis herumdrehte und wieder ausatmete.

Haben wir eine Leiche?, fragte Martinsen.

Nicht, dass ich wüsste, antwortete ich. Sie suchen im Fluss.

Dann bring mich dahin.

Ich kurbelte das Fenster herunter und ließ den Motor an. In der Bucht war ein alter Mann mit einer Tüte voller Brotkrumen für die Enten aufgetaucht. Bei McDonald's stiegen die Möwen auf und flogen über das Wasser. Als ich vom Parkplatz herunterfuhr, sah ich, wie Ronaldo auf dem Anleger wieder nach den Steinen griff.

Der Weg führte an der Außenseite des Fabrikzauns entlang. Der Opo floss hier ruhiger. Die ungezähmte Kraft der Stromschnellen weiter oben war hier der Resignation gewichen. Süßwasser traf auf Salzwasser, und ohne Widerstand ergab sich der Fluss in den Fjord.

In einem der Häuser auf der anderen Seite putzte eine Frau die Fenster. Endlich war es nicht mehr sinnlos, in Odda Fenster zu putzen. Das Schmelzwerk war Ende April in Konkurs gegangen, und der Kohlestaub legte sich nicht länger wie ein grauer Schleier über die Stadt. Die Kräne standen reglos auf dem Kai. Die Seilbahn ruhte, und ihre Wagen hingen hintereinander vom Hafen bis Nyland wie kleine Punkte in der Luft. Man konnte denken, jemand habe sich in Odda angeschlichen, den Zeigefinger an die Lippen gelegt und Psst! gemacht.

Wegen der Polizeiabsperrungen kamen wir nicht näher als hundert Meter an die Mündung heran. An beiden Flussufern waren die Suchmannschaften im Einsatz. Schlauchboote fuhren hin und her. In dem weißen Sonnenlicht sah es fast so aus, als seien sie beim Angeln. Es war ein schöner Tag auf dem Fjord, und sie wollten ihr Anglerglück versuchen.

Der Kerl taucht doch bestimmt wieder auf, sagte Martinsen. Eine Leiche kommt immer nach oben, stimmt's?

Da war ich mir nicht so sicher. Ich hatte von einem Mann gehört, der in den Fluss gegangen und mit den Unterströmungen bis nach Måge getrieben worden war, zehn Kilometer in den Fjord hinein. Einen anderen fanden sie erst Monate später. Es war nur noch das Skelett übrig.

Martinsen fotografierte vom Weg aus, sagte aber, er wolle einen anderen Winkel probieren. Er warf sich eine Kamera über die Schulter und kletterte auf die morsche Brücke. Das Tor war mit verrostetem Stacheldraht umwickelt. Daran hing ein Schild: *Hochspannung, Lebensgefahr.* Ich fragte mich, was hier genau die Lebensgefahr darstellte. Die größte Gefahr bestand wohl darin, dass die Brücke einstürzen und man in den Fluss fallen konnte. Das war allerdings überall und jederzeit möglich. Der Boden konnte sich auftun, der Himmel konnte einem auf den Kopf fallen.

Ich kletterte hinter Martinsen über das Tor. Auf dem Weg hinunter verlor ich meine Sonnenbrille und riss mir am Stacheldraht die linke Hand auf. Ich blieb stehen und starrte sie an. Erst kam kein Blut, obwohl der Riss ziemlich tief gehen musste. Dann kam alles auf einmal. Das war typisch. Martinsen hatte sich elegant darüber geschwungen. Ich musste mir natürlich die Hand aufreißen.

Martinsen half mir, die Hand mit einem Taschentuch zu verbinden. Dann zog er das Handy aus der Hemdtasche. Er lächelte, als er antwortete: Du kannst selbst mit ihm sprechen. Ich nahm das Telefon in die rechte Hand. Von der linken rann Blut. Es war die Chefin vom Dienst. Sie kriegen dich immer, dachte ich. Du kannst dich wegducken und verstecken, am Ende kriegen sie dich immer.

Ist es Mord?, fragte sie.

Es blutet zumindest, sagte ich.

Wie bitte?

Ich seufzte. Keine Leiche bis jetzt, sagte ich, nur viel Blut.

Blut? Hat die Polizei gesagt, ob es sich um Unfall oder Mord handelt?

Sie suchen und wir warten.

Ich versuche seit zwei Stunden, dich zu erreichen.

Ich antwortete nicht. Ich sah sie vor mir im Gebäude der *Bergens Tidende* sitzen, wie sie in einem eleganten Kostüm lächelte. Bei der Eröffnungsfeier des Neubaus hatte der Architekt gesagt, die Glasfassaden sollten den Passanten die Gelegenheit geben, das hektische Presseleben rund um die Uhr mitzukriegen. Ich hatte mit dem Champagner in der Hand dagestanden und in mich hineingegrinst. In einer Zeitungsredaktion passiert so gut wie nichts. Redakteure, Chefs vom Dienst und Journalisten sitzen alle vor ihren Bildschirmen. Hin und wieder schauen sie auf die Straße, sehen Leute vorübergehen, sehen Liebespaare, die sich küssen, sehen Betrunkene, die an die Fassade pinkeln.

Bist du noch da?, fragte die Chefin vom Dienst.

Ich bin noch da, antwortete ich. Wo sollte ich sonst sein?

Warum gehst du nicht an dein Handy?

Ich hatte anderes zu tun.

Was denn zum Beispiel?

Zum Beispiel herausfinden, wie die Dinge zusammenhängen.

Sie beendete das Gespräch: Tu das. Wir versuchen doch, hier ein gemeinsames Ding zu landen, oder?

Von der Brücke aus hatten wir den Logenplatz bei der

Suchaktion. Wir hätten näher dran sein können, hätten aber keinen besseren Überblick bekommen. Der Fluss war angeschwollen und voller Dreck. Mir fiel plötzlich auf, dass ich seit meiner Kindheit nicht mehr hier gewesen war. Ich hatte eigentlich geglaubt, in den Bretterbuden am Ufer würden sich die Lachsfischer aufhalten, aber von ihnen war keine Spur zu sehen. Der Pfad am Fluss war fast zugewachsen. Die Gegend gehörte zu den besten in ganz Odda, war aber in all den Jahren durch das Schmelzwerk verborgen gewesen. Auf der Westseite standen die Container und das riesige Förderband. Auf der Ostseite befanden sich die Kräne und der Importkai. Auf beiden Seiten waren hohe Zäune mit Stacheldraht. Der Fluss war zu einer Lüge geworden, der Fluss musste verborgen werden. Als wäre die Mündung eine Idylle, die das Bild vom hässlichen, dreckigen Odda retuschieren musste.

Ich saugte das Blut von meiner Hand und ging den Pfad zurück. Der Sohn von Pedersen war wahrscheinlich irgendwann heute Nacht hier vorbeigetrieben. Vielleicht war er weitergespült worden, unter die Brücke mit dem Schild *Lebensgefahr*. Vielleicht war er schon tot gewesen, bevor er im Opo landete. Vielleicht war er an den großen Felsen, die aus dem Fluss ragten, zerdrückt worden. Ich sah einen weißen Körper vor mir, der durch dunkles Wasser trieb, und all das, was ihn festhielt, was an ihm zerrte. Und das Schmelzwasser, das seinen Körper ein letztes Mal streichelte.

Der Schweißgeruch einer Kleinstadt – der Gestank meines Volvos. Witzig: Jetzt, wo Odda endlich die Abgase der Fabrik losgeworden war, fuhr ich in einem Wagen durch die Gegend, der zum Himmel stank. Ich kurbelte das Fenster herunter und bog in die Straße an der Shell-Tankstelle. Das heiße Lenkrad war blutverschmiert.

Im Zentrum schlenderten die Leute umher, als wäre heute ein ganz normaler Tag. Urlauber fuhren durch die Straßen auf dem Weg zur Fähre oder zurück. Durch die Windschutzscheibe sahen sie einen verschlafenen Ort. Aber das hier war eine neue Stadt. An diesem Morgen hatte sich das Gemunkel in den Dächern und Fassaden festgesetzt. Gerüchte wurden verbreitet und Verdächtigungen ausgetauscht. Bald würden die Worte überall eindringen und die Räume füllen.

Martinsen fragte, wo wir einen Hubschrauber herkriegen könnten.

Ich sagte, die einzige Hubschrauberfirma in der ganzen Gegend habe Büros in Kinsarvik und Rosendal. Der Besitzer sei Samson Nilsen, ein früherer Speedwaystar, der nach Odda zurückgekehrt sei, um auf Tourismus zu setzen. Nilsen habe am Ort mehrere Unternehmen aufgekauft, darunter die Hubschrauberfirma.

Ich hielt vor dem *Hardanger Hotel*, während Martinsen die Chefin vom Dienst anrief, um sich zu erkundigen, ob wir Rückendeckung für einen Hubschraubereinsatz bekämen. Martinsen sagte, er habe gute Bilder unten vom Fluss, aber die Leser sollten auch ein Gefühl für Distanzen und Geografie bekommen.

Vor einem halben Jahr hatte ich einen Artikel über den Hubschraubertourismus geschrieben. Samson Nilsen wollte reiche Leute zum Folgefonngletscher fliegen und ihnen Erdbeeren und Räucherlachs servieren. Er wollte eine Gondel zum Gletscher bauen und ein Bergdorf hochziehen, in dem die Gäste das ganze Jahr über Alpinski, Snowboard und Telemark fahren konnten. Er hatte lokale Unterstützung erhalten, aber die Zentralbehörden hatten ihr Veto eingelegt. Die

Arbeiterparteigemeinde Odda wollte groß in den Tourismus einsteigen, aber der Minister der Konservativen hinderte sie daran, aus Umweltschutzgründen. Ich hatte den ersten Artikel geschrieben, dann haben andere die Sache weiterverfolgt.

Martinsen fragte, ob ich etwas von der Boulevardpresse wüsste.

Ich antwortete, ich hätte nur Journalisten der Lokalzeitungen gesehen und glaubte, dass wir ein paar Stunden Vorsprung hätten. Die Chefin vom Dienst sagte, wir sollten weitermachen, während Bergen die Preise anfragte. Martinsen wollte wissen, wie die Hubschrauberfirma heiße.

Viking Air, sagte ich.

Machst du Witze?

Ich mache nie Witze.

Martinsen sagte in sein Handy: Probier mal Viking Air in Kinsarvik.

Ich fuhr den Kremarvegen hinauf, am Coop Mega, dem Justizgebäude und dem Rathaus vorbei, weiter über Nylandsflata, vorbei am Volksbad und dem stillgelegten Schmelzwerk. Meine Hand fing an zu schmerzen. Während der Fahrt hielt ich sie aus dem Seitenfenster, als würde das die Wundheilung beschleunigen.

Ich setzte den linken Blinker und fuhr hinunter zur Hjøllobrücke. Eine Gruppe Schaulustiger hatte am Geländer Stellung bezogen. Ich hielt mitten auf der Brücke. Martinsen schnappte sich seine Kamera und stieg aus. Der Opel stand immer noch hochkant im Wasser, wie die Skulptur eines modernen Künstlers. Vorhin noch hatte ich geglaubt, die Strömung werde den Wagen erfassen und mit sich forttragen. Aber die Frontpartie musste sich seltsam zwischen den Steinen verkeilt haben, der Opel konnte nicht mehr als anderthalb

Meter im Wasser sein. Die restliche Karosserie ragte heraus. Die Vordertüren standen halb offen, und ein paar der Seitenfenster waren eingedrückt. Es sah aus, als sei der Wagen als Schlussbild eines Films eingefroren worden. Wenn man sich das Wrack anschaute, konnte man die Szene vor sich sehen: Der Opel, der in hohem Tempo den Berg herunterkam. Der Fahrer, der die Kontrolle verlor. Der Wagen, der das Geländer durchbrach, bevor er in den Fluss flog.

Der Fluss war bleifarben, die Massen von Schmelzwasser erzeugten ein lautes Dröhnen, wie von einem Motor. Am Ostufer befand sich ein Gebrauchtwagenladen, die ausgestellten Autos glänzten in der Sonne. In meiner Kindheit hatten wir Unterschriften gegen den Laden gesammelt. Die Gemeinde hatte dem Besitzer das Grundstück angeboten, auf dem unser Bolzplatz lag. Wir spielten jeden Abend. Jeden Abend mussten wir Bällen hinterherjagen, die im Fluss gelandet waren. Meistens wurde der Ball an einer der ruhigeren Stellen ans Ufer gespült. Wenn nicht, mussten wir uns das Boot vom Schmelzwerk ausborgen und auf den Fjord rudern.

Martinsen kam wieder nach oben. Er sagte nichts. Ich überlegte, ob ich erzählen sollte, dass ich hier aufgewachsen war. Dort war der Fußballplatz. Dort die Sprungschanze. Dort waren die Schlackenhalden, wo wir den Rohstoff für unsere Karbidbomben holten. Von der Brücke aus konnte man sogar ein kleines Stück von unserem Haus sehen. Es lag auf dem Plateau oberhalb des Flusses, hinter Bäumen versteckt.

Was ist eigentlich passiert?, fragte Martinsen.

Ich zuckte mit den Schultern. Es gab keine Zeugen, auch wenn der Opel direkt neben dem Königreichssaal im Fluss gelandet war. Das Gebäude war innerhalb weniger Tage von den Zeugen Jehovas hochgezogen worden. Aber letzte Nacht war kein Mensch dort gewesen.

Ein Mord?, fragte Martinsen.

Ich wusste es nicht. Niemand wusste es. Es gab nur Gerüchte. Einen Vermissten. Zwei Verdächtige.

Weißt du etwas über den Jungen?

Ich sagte, dass er Guttorm Pedersen heiße. Er sei neunzehn, arbeitslos und Sohn des Eismanns.

Wir fuhren weiter das Tal hinauf, folgten der Straße, die sich den Fluss entlangwand. Ich hielt die Hand aus dem Seitenfenster. Die Sonne brannte auf der Haut, aber der Fahrtwind kühlte ein wenig. Am Krankenhaus gerieten wir hinter ein deutsches Wohnmobil. Der Gegenverkehr machte ein Überholen unmöglich. Der Deutsche hatte einen Aufkleber hintendrauf: *Ich liebe Deutschland*. Ich fragte mich, warum er dann nicht einfach zu Hause blieb. Am Sandvinvatnet fuhr ich an die Seite und hielt. Das Wohnmobil rollte weiter Richtung Süden. Der Deutsche hatte bereits eine ziemlich lange Schlange hinter sich angesammelt. Die meisten sahen aus wie Touristen auf der Durchreise. Vor hundert Jahren kamen sie aus ganz Europa, um Odda zu erleben. Heute fuhren sie einfach hindurch.

Ich sollte mir die Sache mit dem Hubschraubertourismus genauer ansehen, dachte ich. Wenn es etwas Neues gab, konnte ich vielleicht eine größere Geschichte daraus machen. Irgendwie hatte Samson Nilsen recht: Der Gletscher und die Wasserfälle hatten Ausländer hergelockt, bis die Industrialisierung die Nationalromantik kaputtmachte. Warum sollten sie nicht wieder Touristen anziehen, wenn jetzt die Industrie zu verschwinden drohte? Die Natur war eine Goldgrube. Die ersten Ausländer waren im 19. Jahrhundert hierhergekommen. Engländer hatten sich blaue Eisblöcke vom Gletscher abgebrochen und mitgenommen. In den snobistischen Clubs in London galt es als chic, seinen Whisky mit exklusivem

Hardangereis zu kühlen. Das *National Geographic* hatte Hardanger kürzlich zum schönsten Reiseziel der Welt erkoren. Vorläufig gehörte Odda kaum dazu.

Martinsen überquerte die Straße und machte ein paar Gesamtaufnahmen vom Asylantenwohnheim. Es war ein gelbes Gebäude aus Stein, sehr schön gelegen, dort, wo der See zu einem Fluss, wo Odda zu einer Stadt wird. Das Gebäude war in meiner Kindheit ein Altenheim gewesen. Meine Großmutter hatte dort die letzten Jahre ihres Lebens verbracht. Ich erinnere mich, wie ich sie an einem Weihnachtswochenende besuchte. Damals glaubte sie, ich sei ihr Sohn. Vor ein paar Jahren hatten Lokalpolitiker festgestellt, dass die Alten ein Kostenfaktor waren, Asylbewerber hingegen eine Einnahmequelle.

Ich rauchte und stieß heiße Luft aus. Dabei fühlte ich mich besser. Ich war in Bewegung. Etwas passierte. Es waren nicht länger nur ich und eine Reihe von Idioten hier, die nicht mit der Sprache rausrückten. Martinsen kam zurück und sagte, er wolle ins Asylantenheim, aber erst später.

Weißt du, wer die Verdächtigen sind?, fragte er.

Ich schüttelte den Kopf. Ich hatte Gerüchte gehört. Einige sagten, es seien Somalier. Andere meinten, es seien die Kosovoalbaner. Der Sohn von Pedersen soll sich angeblich an dem Abend, an dem er im Fluss gelandet war, vor dem *Hamburger Heaven* mit einer Gruppe von Asylanten gestritten haben. Es ging das Gerücht, dass die Asylanten ihm aufgelauert und sich an den Opel drangehängt hätten.

Martinsen bat mich, durch die Gegend zu fahren. Er wollte sehen, ob es Bildmotive gab, die er noch nicht eingefangen hatte. Wir fuhren über Eidesmoen, das Tjoadal hinunter, vorbei an *Sing Sing*, durch ganz Odda hindurch. Im Schneckentempo ging es am Polizeirevier, am Arbeiterblock und an der

Grundschule vorbei. Ich blinkte und fuhr wieder auf die Hauptstraße.

Im Eitrheimsvegen musste ich bremsen. Eine ältere Frau war schimpfend auf die Fahrbahn getreten. Sie trug ein geblümtes Sommerkleid und hatte eine Perücke auf, die nicht richtig saß. Der Verkehr kam zum Stillstand, während die Frau wie in Zeitlupe versuchte, wieder zu ihrem Gehwägelchen zu gelangen.

Ich nickte der Frau zu.

Willkommen in Odda!, sagte ich.

Wir blieben sitzen und sahen durch die Windschutzscheibe. Auf dem Marktplatz wimmelte es von Menschen. Es schien, als bewegten sie sich völlig planlos. So ist es an kleineren Orten, dachte ich. Alles wirkt konfus. Du musst mit dem Ort vertraut sein, um den Plan zu erkennen. Ich kannte diesen Ort in- und auswendig. Ich wusste alles über ihn. Dennoch sah Odda merkwürdig aus, wenn ich es durch die Windschutzscheibe betrachtete. Die Straßen verloren sich in einem weißen Licht, das den Ort unkenntlich machte. Jetzt weiß selbst ich nicht mehr, was der Plan ist, dachte ich.

Der *Schmelzer* war voll, obwohl es mitten am Tag war. Der Besitzer hatte die Fenster mit Plakaten und schwarzem Klebeband tapeziert, um den Sommer auszusperren. An dem Match kam man nicht vorbei. Es stand zu viel auf dem Spiel. Zu viel Geld war involviert.

Ich war für Argentinien. Ich hatte Argentinien immer gemocht, zumindest, wenn sie zu spielen versuchten. Jetzt versuchten sie es nicht einmal, jeder schob den Ball nur zum nächsten Mitspieler. Ich sah Körper, die sich fast antriebslos bewegten, als wären sie unter Wasser. Ich empfand wieder dasselbe Gefühl wie damals, als ich selbst noch aktiv war.

Der Schweiß strömte nur so aus mir heraus, als hätte der Körper eine heimliche Quelle entdeckt und pumpe nun alles in hohem Tempo heraus. Ich sehnte mich nach einer Dusche. Das Handy vibrierte in regelmäßigen Abständen. Ich ging nicht ran. Ich wollte einfach nur dort im Halbdunkel stehen und zusammen mit den anderen dieses beschissene Spiel sehen.

Gibt's was Neues von dem Mord?, fragte der Typ neben mir.

Fragst du mich, frag ich dich.

Der Typ sah mich beleidigt an.

Ich frage dich, sagte er.

Ich weiß nicht mehr als das, was alle wissen, sagte ich.

Und alle wissen, wer es war, sagte der Typ.

Er leerte sein Bier und stellte das Glas ab.

Ich fragte, woher er wisse, dass es Mord sei.

Weiß ich nicht, sagte er.

Aber du hast gefragt, ob es was Neues von dem Mord gibt.

Mord ist Mord. Das wissen alle.

Und woher weißt du, dass es Mord ist?

Was soll es sonst sein? Glaubst du, Pedersens Sohnemann ist es zu heiß geworden und er wollte sich etwas abkühlen?

Ich weiß es nicht. Ich bin nicht im Dienst.

Ich dachte, Journalisten seien immer im Dienst.

Ich kannte den Typ nicht, aber er kannte offensichtlich mich. Das ist der Nachteil, wenn man Journalist einer Lokalzeitung in einer Kleinstadt ist. Alle wissen, wer du bist. Alle wissen, was du tust. Alle meinen, sie könnten alles Mögliche zu dir sagen.

Kannst du mir eins erklären?, fragte der Mann. Wenn alle

wissen, wer den Mord begangen hat, warum verhaftet die Polizei die Schuldigen dann nicht?

Das weiß ich nicht, antwortete ich.

Hör mal, sagte der Typ. Alle wissen, wer sie sind, und sie können sich glücklich schätzen, dass sie kein Mädchen umgelegt haben.

Ich sagte, dass ich gern wüsste, von wem die Rede sei und warum sich gerade sie glücklich schätzen könnten.

Alle kennen die Serben, sagte der Mann. Machen nur Ärger. Gestern sind sie vorm *Hamburger Heaven* auf den Sohn von Pedersen losgegangen. Die Polizei musste sie trennen. Wäre es ein Mädchen gewesen, würde keiner von uns jetzt hier stehen. Dann wären wir da draußen. Verstehst du? Da draußen.

Er zog ab, um sich noch ein Bier zu holen.

Ich konnte es nicht erklären, aber das hier war eine andere Kneipe geworden. Vielleicht war es das Spiel, vielleicht etwas anderes, ich war mir nicht sicher. Ich war diese Woche jeden Tag im *Schmelzer* gewesen, um Fußball zu schauen. Heute hatte sich ein rauer Film über die Tische gelegt. Die lautesten saßen in den Trikots der englischen Nationalmannschaft da und riefen in Richtung Bildschirm: *Lasst euch die Haare schneiden, Degos! Auf die Füße mit euch Weibern!*

Nach einer halben Stunde Spielzeit bekam England einen Elfmeter. Alle konnten sehen, dass Michael Owen geschauspielert hatte, trotzdem gab es einen Elfmeter. David Beckham ging zur Elfmetermarke. Nach kurzem Anlauf kickte er den Ball mitten ins Tor. Argentinien ging zum dritten Mal unter. Ich zwängte mich durch die jubelnden Menschen.

Das Auto stand bei der Kirche. Es war siedend heiß. Ich fuhr auf die Straße und spürte, wie es in der linken Hand pochte. Ich bräuchte eine Dusche, müsste den Verband wechseln und ernsthaft anfangen zu arbeiten. Es war lange her, dass ich einen Aufmacher hatte. Das letzte Mal musste gewesen sein, als ich über den blinden Kabeljau geschrieben hatte, der immer wieder in dieselbe Reuse ging. Ich kam mit der Geschichte zweimal auf die Titelseite. Einmal, als ich ein Porträt von dem Kabeljau machte. Ein zweites Mal, als sich der Fisch im Aquarium in Bergen zu Tode gefressen hat.

Zu Hause in Tokheim roch es muffig. Ich machte die Tür zum Balkon auf. Während ich mich auszog, hörte ich die Nachrichten auf dem Anrufbeantworter ab. Es kam vor, dass ich sie löschte, ohne sie abgehört zu haben. Ich ertrug die Talfahrt nicht, die ein weiterer Tag ohne einen Anruf von Irene bedeutete. Anschließend bereute ich es immer. Es konnte ja sein, dass sie genau an diesem Tag angerufen hatte.

Die ersten Nachrichten waren von der Zeitung. Ich hörte eine Aufforderung von heute Morgen, zurückzurufen, Martinsen, der vom Taxi auf dem Weg zum Wasserflugzeug aus anrief, die Stimmen verschiedener Chefs. Allein anhand dieser Nachrichten wäre ich in der Lage, ein Organigramm des Ladens zu erstellen. Normalerweise hörte ich keinen Mucks von ihnen. Das hier war wirklich mein großer Tag.

Ich blieb mit halb ausgezogenen Shorts stehen, als ich eine vertraute Stimme hörte: Robert, können wir uns heute Abend sehen? Am üblichen Ort, um zehn?

Die Stimme beunruhigte mich. Ich spielte die Nachricht noch einmal ab, um zu hören, ob es eine versteckte Botschaft gab, etwas, das ich überhört hatte. Ich ging zum Fenster und sah auf die Zinkfabrik. Ein Frachtschiff lag am Kai. Auf dem Golfplatz in der Bucht waren die Spieler nur Punkte, die sich bewegten. Ein Wasserflugzeug segelte hinunter zum Fjord. Das musste die Boulevardpresse sein. Jetzt sind wir nicht länger allein, dachte ich.

Ich hätte Irene gern angerufen und gefragt, warum sie mich sehen wollte. Was passiert sei. Ich ließ es bleiben, ich hatte versprochen, niemals anzurufen. Ich versuchte, sie vor mir zu sehen. Ihr Gesicht verblasste. Ich dachte zu viel an sie. Ich dachte sie kaputt.

Das Telefon klingelte. Ich nahm den Hörer sofort ab. Ich hoffte, es sei Irene. Ich wollte ihre Stimme hören. Ich wollte mit ihr reden. Auch wenn sie mich beschimpfte, auch wenn sie mich den größten Idioten der Welt nannte oder mich zur Hölle schickte. Ich wollte nur ihre Stimme hören.

Es war Martinsen. Er stand unten an der Flussmündung. Sie hatten den Jungen gefunden.

Zwei Hubschrauber hingen über dem Fjord. Der Druck der Rotorblätter peitschte das Wasser auf. Das Geräusch traf mich in der Brust und pflanzte sich im Körper fort. Ein Gefühl von Aufruhr schien sich in der Landschaft auszubreiten, als würde der Lärm den Ort verändern und ihn langsam auflösen.

Mehrere Presseleute standen wie aufgereiht an der Polizeiabsperrung. Ich kannte keinen von ihnen, und ich konnte auch Martinsen nicht sehen. Schaulustige hatten auf der alten Schmelzwerkbrücke Stellung bezogen. Ich kletterte zu ihnen hinüber. Unten am Fjord hatte sich die Suchmannschaft auf dem Importkai versammelt. Mein Blick fiel auf meinen Bruder. Frank gestikulierte, während er in sein Handy sprach. Ein Schlauchboot fuhr langsam ans Ufer. Eine Polizistin nahm das Tau entgegen und sicherte das Boot. Ein schwarzer Sack wurde auf den Kai gehoben und zu einem bereitstehenden Krankenwagen gebracht. Alles geschah schnell und effektiv, als hätten sie es schon hundertmal gemacht.

Ich notierte Viertel nach vier auf meinem Block und rief meinen Bruder an. Er ging nicht ran. Auch Martinsen nicht. Einer der Hubschrauber stieg auf und verschwand Richtung Süden. Der andere blieb über dem Fluss hängen und ging dann noch weiter runter. Ich konnte das Logo erkennen, weiß auf rotem Grund: *Viking Air*.

Ich blieb stehen, bis Martinsen zurückrief. Seine Stimme ging in dem Lärm fast unter. Ich erfuhr, dass *VG* beide Hubschrauber gemietet hatte. Martinsen hatte Bergen gebeten zu überprüfen, ob weitere Hubschrauber erhältlich waren, aber *VG* hatte bei allen Konkurrenzgesellschaften Flugzeiten reserviert. Martinsen rief ins Telefon, dass er mir zuwinke. Ich sah mich um und entdeckte ihn auf den Containern im Fabrikgelände. Ich fragte mich, wie er dort hinaufgekommen war. Im Zaun waren angeblich mehrere Löcher. Die Werksangestellten hatten sie benutzt, wenn sie blau gemacht oder mit dem Boot Schnaps geschmuggelt hatten.

Der andere Hubschrauber verschwand ebenfalls. Plötzlich war es sehr still, die einzigen verbliebenen Geräusche kamen vom Fluss. Ich rief erneut meinen Bruder an. Er ging nicht ran. Der Mann neben mir behauptete zu wissen, was ich schreiben solle.

So?, sagte ich. Was denn?

Sie müssen das Asylantenheim dichtmachen. Das kannst du schreiben. Dass sie das verfluchte Heim dichtmachen sollen.

Mehr nicht?

Du kannst schreiben, dass die Ausländer eher nach Oslo gehören. Dort hat es schon immer allerhand merkwürdige Gestalten gegeben. Hier passen sie nicht her. Das wäre so, als würden die Bauern am Fjord anfangen, Oliven anzupflanzen. Das kannst du schreiben.

Ich fragte, was das mit der Sache zu tun habe.

Sein Begleiter mischte sich ein: Die Moslems werden das Ruder übernehmen. Nicht jetzt oder nächstes Jahr, aber sie werden es übernehmen. Wer sich am meisten vermehrt, setzt sich immer durch. Die Moslems kriegen ein Kind nach dem anderen, während wir aussterben.

Ich sagte nichts. Die Chefin vom Dienst rief mich auf dem Handy an. Ich ließ es klingeln. Der erste der beiden beugte sich zu mir herüber. Er roch nach Schweiß.

Sieh dir den Fluss hier an, sagte er. Industrieabwässer und Zuchtlachse haben fast den gesamten Wildlachsbestand vernichtet. Verstehst du?

Nicht ganz.

Die Moslems sind wie Zuchtlachs. Wir füttern sie heran, stimmt's? Wir machen sie stark. Irgendwann schwimmen sie den Fluss hinauf und übernehmen das Ruder.

Und da bist du ganz sicher?, fragte ich.

Beide Hubschrauber kamen zurück und durch ihr Dröhnen hindurch brüllte mir einer der beiden Männer ins Ohr: Schreib, dass wir den Moslems eine gute Heimreise wünschen!

Ich nahm die Sonnenbrille ab und sah ihn an. Dann kletterte ich über den Zaun und ging am Fluss entlang wieder nach oben. An einem der Anglerschuppen stand Martinsen und wartete auf mich. Er hielt mir das Handy hin: Du bist ein begehrter Mann.

Ich nahm das Telefon.

Da bist du ja, sagte die Chefin vom Dienst.

Da bin ich ja, sagte ich.

Martinsen hat erzählt, dass sie den Jungen gefunden haben, sagte sie.

Etwas haben sie auf jeden Fall gefunden, sagte ich.

Wie meinst du das?

Jemand hat irgendwas in ein Leichentuch gesteckt, bevor jemand irgendwas in einen Krankenwagen gehievt hat.

Den Jungen?

Es kann auch ein Delphin gewesen sein.

Am anderen Ende war es still. Dann lachte sie los. Sie hatte also Humor.

Gibt es im Sørfjord Delphine?, fragte sie.

Ja, sie tauchen am Wochenende auf, um ihre Kunststücke vorzuführen. Der Bürgermeister will sie einsetzen, um Odda zu vermarkten. Die Delphingemeinde im Inneren Hardanger.

Ich dachte, der Fjord wäre von all den Industrieabwässern tot?

Nix da, er ist voller Delphine.

Es wurde still.

Kannst du ein Bild von dem Jungen besorgen?

Zusammen mit einem Delphin?

Sie lachte nicht. Der Spaß war vorbei.

Wir brauchen ein Bild von dem Jungen, sagte sie. Wir werden auf diese Geschichte setzen.

Ich gab Martinsen das Handy zurück.

Wir liefen den Weg hinauf, setzten uns ins Auto und fuhren ins Zentrum. Martinsen ging ins Hotel, um die Bilder zu verschicken. Ich ging in den *Hardangerkrug*, um mir ein Bier und ein paar Bissen Fleisch zu gönnen. Es war ein ruhiger Nachmittag. Tor setzte sich zu mir an den Tisch, während ich aß. Tor und ich waren zusammen zur Schule gegangen. Er fand Arbeit im *Krug*, als sie die Belegschaft im Werk reduzierten. Tor hatte nicht mehr von einem Koch als ich. Die Pommes waren lauwarm, das Fleisch verbrannt.

Tor zündete sich eine Zigarette an und fragte, ob es was Neues gebe. Er glaube nicht an die Gerüchte, sagte er. Die Serben kämen jeden Tag in den *Krug*, es seien nette Kerle.

Ob ich mit ihnen gesprochen hätte? Ich schüttelte den Kopf und fragte mich, ob es die drei waren, die ich heute Morgen beim Bowling gesehen hatte.

Dabei hätten sie weiß Gott Motive genug, sagte Tor. Die Typen von der Heimwehr sind üble Burschen. Kommen hierher, spielen sich auf und belästigen die Leute, vor allem die Ausländer. Aber Motive allein machen dich noch nicht zum Mörder, oder?

Er redete davon, dass sie sich langweilten, die Serben wie die Oddaer. Die Jungs waren wie er selbst. Sie waren auf die Welt gekommen, um zu arbeiten und zu vögeln. Sonst nichts. Darauf hatten sie sich eingestellt. Wenn sie achtzehn oder neunzehn waren, wollten sie arbeiten und vögeln. Sie wollten ihren Körper benutzen. Sie wollten sich schinden und schwitzen. Aber hier gab's keine Jobs und fast keine Mädchen. Er wusste selbst, wie es war, arbeitslos zu sein. Das macht dich verrückt. Du verlierst die Übersicht. Du verlierst dich selbst.

Ich war mit essen fertig und trank das Bier aus.

Tor stand auf. Sie sind nicht wie du, Robert, du konntest schon immer gut schreiben.

Ich ging aufs Klo und übergab mich. Ich hatte zu schnell gegessen. Die Fleischbrocken und die Sauce béarnaise kamen als gelbbraune Suppe hoch. Anschließend holte ich mir noch ein Bier und zündete mir eine Zigarette an. Ich hatte noch immer das Dröhnen der Hubschrauber in mir, die Rotorblätter peitschten alles in mir auf. Ich betrachtete die Leute, die draußen in der Sonne vorbeigingen, Autos, die vorbeifuhren, Lichter, die hierhin und dorthin schienen. Odda, das dort draußen hüpfte und flimmerte.

Mein Bruder hatte ganz schön zugenommen. Ich stand so, dass ich ihn von der Seite sehen konnte. Über dem Gürtel hing deutlich ein Schwimmring, der mir früher schon aufgefallen war. Der Anblick eines deutlichen Bauchs unter dem blauen Uniformhemd freute mich.

Die Fenster in der Rathauskantine standen offen, aber es nützte nichts, die Luft war schwer und das Zimmer voller Journalisten. Sie waren aus dem Nichts aufgetaucht. Sie waren fast alle jung, und viele sahen aus wie Praktikanten. Alle waren sonnengebräunt und hell gekleidet.

Ein paar von ihnen glaubte ich schon im Fernsehen gesehen zu haben, aber ich kannte keinen. Es sah jedoch so aus, als würden sie sich gegenseitig kennen. Vor der Pressekonferenz unterhielten sie sich lächelnd miteinander. Ein blondes Mädchen erzählte, sie seien falsch gefahren und beinahe in Haugesund rausgekommen. Ein hagerer Typ mit Brille klagte über das Hotelessen.

Frank war nicht schlecht. Er sprach mit fester Stimme in die Mikrofone. Ich war stolz auf ihn. Ich wollte nicht, dass sich mein kleiner Bruder vor dem versammelten Medienpulk blamierte. Er und einer von der Kripo servierten die harten Fakten. Die Vermisstenmeldung. Die Suche. Den Fund. Die unbekannte Todesursache. Nichts davon war neu. Sie sprachen über den Sohn von Pedersen, als wäre er eine abstrakte Größe. Eine Pressekonferenz ist die schwierige Kunst, auf die richtige Art nichts zu sagen, dachte ich. Die Polizei will keine Spur verraten, die Presse nicht ihre Vermutungen.

Ich hatte Frank zugenickt, als er in die Kantine kam, aber er hatte nicht zurückgegrüßt. Ich sah, dass er nervös war. Er strich sich immer die Haare hinter das Ohr, wenn er nervös war. Er hatte zu viel Gel genommen, fand ich. Außerdem musste er die Haare gefärbt haben. Im letzten Jahr war er an den Schläfen grau geworden. Ich hatte ihn damit aufgezogen.

Die Pressekonferenz war kurz davor, ins Leere zu laufen, als sich ein Journalist der Lokalzeitung zu Wort meldete. Bis jetzt hatten alle die Spielregeln befolgt. Sie hatten lediglich auf den Augenblick gewartet, in dem sie aufstehen und richtig loslegen konnten. Nach der Pressekonferenz, im Hinterzimmer oder vor der Kamera konnten sie die Dinge herauszukriegen versuchen, auf die sie aus waren. Vielleicht konnten sie sogar einen Unglücklichen dazu bringen, das erlösende Wort Mord in den Mund zu nehmen.

Der Typ vom *Folkeblad* war noch nie richtig gut gewesen. Das sah man ihm an. Die dicke Brille. Die zerzausten Haare. Der graue Bart. Er fragte, ob die Polizei davon ausgehe, dass das Mordmotiv umgekehrter Rassismus sein könne. In der Rathauskantine wurde es mucksmäuschenstill. Der Typ von der Kripo antwortete, man könne nichts ausschließen. Bisher hätten sie sich noch keine Vorstellung von dem ganzen Fall gemacht, auch nicht, ob es tatsächlich Mord war.

Der Bartschrat ließ sich nicht abwimmeln. Er fragte, ob die Polizei in Odda eine Lynchstimmung fürchte. Dazu gebe er keinen Kommentar, antwortete mein Bruder. Das *Folkeblad* wollte wissen, ob die Polizei ein bestimmtes Umfeld im Visier habe und ob es stimme, dass der Verstorbene gestern Abend mit Personen aus diesem Umfeld gestritten habe. Mein Bruder wollte auch das nicht kommentieren. Er übermittelte den Wunsch der Familie, kein Bild des Verstorbenen zu veröffentlichen. Die Pressekonferenz war vorbei.

Die Journalisten rafften ihren Kram zusammen. Der Typ von der Kripo und Frank wurden vor das Justizgebäude gebeten. Sie wurden so platziert, dass das Polizeischild an der Eingangstür mit aufs Bild kam. Es wimmelte von Presseleuten.

Ich versuchte, sie zu zählen, kam aber aus dem Tritt. Ich hörte, wie *Aftenposten* den Typ von der Kripo fragte: Als Hauptstädter erleben wir ja allerhand, aber wie kann es sein, dass so etwas in der friedlichen Hardangergegend passiert?

TV 2 interviewte meinen Bruder. Die Journalistin war eine junge Frau im Hosenanzug und mit hochgeschobener Sonnenbrille. Ich sah, wie sich mein Bruder vor der Aufnahme die Haare hinters Ohr strich. Er steckte das Uniformhemd in den Hosenbund, so dass sein Bauch zu sehen war, falls die Kamera weiter nach unten ging. Ein Glücksgefühl stieg in mir hoch. Ich selbst war im letzten Jahr schlanker geworden. Ich war immer noch rund. Wir waren klein und kompakt in unserer Familie, aber ich hatte abgenommen. Wir würden uns irgendwo auf halbem Weg treffen, dachte ich. Vielleicht würde ich Frank dann mehr ähneln. Dennoch hatte ich das Gefühl von einer Art Überlegenheit.

Das Interview mit meinem Bruder war nach wenigen Minuten vorbei. Frank sagte nichts. Er präsentierte nur noch mehr perfektes Nichts. Ein weiterer Fernsehsender schnappte sich ihn und stellte ihn neben das Schmelzerdenkmal auf der Wiese. Sogar der Bartschrat vom *Folkeblad* war vor eine Kamera gezerrt worden. Haben die Oddaer jetzt Angst?, fragte *TV Norge*. Der Bartschrat konnte das bestätigen: Die Oddaer hatten jetzt Angst.

Ich drehte mich um und ging zum Coop Mega. Ich wollte ins Büro, um den Artikel zu schreiben. Dann wollte ich nach Hause und duschen. Mir fiel auf, dass ich keine einzige Frage gestellt hatte. Es spielte keine Rolle. Man bekam sowieso keine Antwort. Eine Pressekonferenz war destilliertes Nichts. Man musste nur dabei sein, sich das Nichts anhören, nach dem Nichts fragen und sich das Nichts notieren.

Ich überquerte die Straße. Mir fiel auf, dass der Mann auf

dem Fußgängerschild kurz davor war zu verschwinden. Das hatte ich bisher nie bemerkt, aber der Typ mit dem Hut war fast unsichtbar geworden. Frank rief mir etwas hinterher. Ich drehte mich um und sah ihn auf mich zukommen. Ich wartete. Frank sagte, er habe mit Mutter gesprochen. Sie sei unruhig, weil Vater wieder verschwunden sei. Der Alte habe sich seit heute Morgen nicht mehr gemeldet. Ich sagte, er würde garantiert wieder auftauchen. Frank fragte, ob ich bei ihnen vorbeischauen könne. Er selbst habe keine Zeit.

Wir blieben stehen und sagten eine Weile nichts.

Hast du aufgehört zu grüßen?, fragte ich dann.

Frank warf mir einen Blick zu, den ich nicht zu deuten vermochte. Ich verspürte plötzlich ein Schwindelgefühl im Kopf. An den Schläfen pochte das Blut. Ich registrierte Autos, die auf der Straße fuhren. Journalisten, die immer noch um das Justizgebäude kreisten. Ich sah, dass sein Uniformhemd unter den Achseln einen dunkleren Blauton angenommen hatte.

Du solltest das Hemd wechseln, sagte ich und ließ ihn stehen.

Ich ging durch die Fußgängerzone. Es war kurz nach acht. Es war immer noch warm. Die Wärme hatte etwas Rastloses an sich, als ob das gute Wetter weiterwollte, aber zum Bleiben gezwungen wäre. Der Besitzer vom *Ali Baba Kebab* hatte den Fernseher draußen auf einen weißen Plastikstuhl gestellt. Ein paar Leute sahen die Wiederholung des Englandspiels. Beim Reisebüro kickten die Jungs mit dem Ball an die Wand. Einer von ihnen hatte eine fantastische Technik. Der Junge traf perfekt, und der Ball wurde zwischen den Häusern zur Sonne.

Ich dachte an damals, als ich selbst noch gespielt hatte. Irgendwo in meinem Hinterkopf war ich immer noch dort. Hatte den Himmel über und den Schlamm unter mir. Ich hatte nicht mehr gespielt, seit ich mir mit 22 eine Knieverletzung zugezogen hatte. Mein Vater hatte recht behalten. Er war der Meinung gewesen, dass aus mir nie ein großer Spieler werden würde. Du bist zu lieb, hatte mein Vater gesagt, du bist zu weich.

Irene hatte auf einem Gartenfest vor ein paar Jahren dasselbe gesagt. Wir saßen unter einem Sonnenschirm und lauschten dem Regen. Bist du immer so lieb?, hatte sie gefragt. Wir hatten einiges getrunken, aber ich erinnere mich noch an ihren Blick, als sie das sagte. So hatte sie mich noch nie angesehen. Ich hatte ihren Blick erwidert, ohne zu antworten. Zum ersten Mal hatte ich gedacht, dass ich mir nicht trauen konnte. Ich war kein Mann, dem man trauen konnte.

Ich ging ins Büro und rauchte eine Zigarette, bevor ich die Notizen hervorholte. Alles wirkte so offensichtlich. Als fiele ein Lichtstrahl auf die Geschichte und alle Details und Handlungen lägen offen da. Als hätte jemand eine Röntgenaufnahme gemacht, und jeder Idiot könnte auf die Stelle zeigen, wo die Krankheit saß. War es so einfach? Hatte der Sohn von Pedersen die Asylanten ständig provoziert, und hatten sie dann den Opel verfolgt und ihn in den Fluss gedrängt?

Ich begann zu schreiben. Das war der einfachste Teil der Arbeit. Die Leute glauben, ein Journalist müsse gut schreiben können. Ein Journalist muss gerade schlecht genug schreiben. Wenn ein Journalist darüber nachzudenken beginnt, dass er gut schreiben sollte, muss er sich einen anderen Job suchen. Bei einer Zeitung gibt es keinen Karriereweg für einen, der gut schreiben kann. Will man bei einer Zeitung Karriere machen, muss man schlecht genug schreiben oder damit aufhören.

Eine Stunde später hatte ich den Artikel abgeschickt und mir eine weitere Zigarette angezündet. Ich rief bei meinen

Eltern an. Es ging keiner ran. Ich rief noch einmal an, ohne Erfolg. Mein Vater hatte mit diesen Verschwindemanövern angefangen, nachdem er vom Werk die Kündigung erhalten hatte. Er sagte, er wolle ins Zentrum, um Zeitungen zu kaufen, und blieb dann stundenlang weg. Ich hatte ihn in Bierkneipen, an Tankstellen, auf Campingplätzen und bei Sportveranstaltungen aufgelesen. Er hatte dann oft schon den ganzen Tag dort gesessen und jeden einzelnen Artikel in der Zeitung gelesen. Schließlich nahmen andere die Sache in die Hand und informierten meinen Bruder oder mich.

Die Redaktion rief an und sagte, sie würden die Geschichte groß rausbringen. Sie baten mich, den Aufmacher schärfer zu formulieren. Ich dachte über das Geschriebene nach und schickte eine neue Schlagzeile. Ich überlegte, Irene anzurufen, ließ es aber bleiben. Ich sollte nach Hause fahren und duschen, hatte aber absolut keine Lust. Ich rief das Kartenspiel im Computer auf und gewann 800 Dollar.

Ich blieb sitzen und wartete darauf, dass es zehn Uhr wurde. Der Belüfter im Computer arbeitete, um den Prozessor zu kühlen. Von der Straße hörte ich vorbeifahrende Autos. Mopeds. Jugendliche. Einen Köter. Alles Geräusche, die mir sagten, dass der Sommer draußen vorbeiströmte.

Ich ging zum Auto. Das Lenkrad war immer noch blutverschmiert. Ich würde es später abwischen. Meine Hand pochte, aber sie tat nicht mehr so weh. Ich fuhr langsam durch die Straßen und suchte im Radio den Lokalsender. Dort brachten sie Radiobingo. Der Sprecher las mit monotoner Stimme eine Reihe von Zahlen vor. Ich schaltete wieder aus.

Frische Abendluft füllte den Wagen. Es war jetzt etwas

kühler, nachdem die Sonne untergegangen war. Ich zündete mir eine Zigarette an und fuhr durch die Gegend. Auf der Brücke bei Shell hatten Leute Blumen niedergelegt und Kerzen angezündet. Ein paar Jugendliche hielten sich in den Armen und weinten. Ein Fernsehfotograf stand auf der Fahrbahn und dirigierte sie enger zusammen.

Jemand von der Bildmontage rief an. Sie wollten ein Foto des Jungen. Ich sagte, die Familie wolle nicht, dass ein Foto veröffentlicht wird. Der Bildchef gab zurück, es sei nicht Aufgabe der Familie, *Bergens Tidende* zu redigieren. Ich versprach, mein Glück zu versuchen. Oben im Büro war ich das interne Fotoarchiv durchgegangen, und das Ergebnis lag immer noch vor mir. Der Sohn von Pedersen hatte ein Gewehr in der Hand, im Gesicht waren orange Farbreste zu erkennen. Der Schädel war rasiert, und der noch sichtbare Haarkranz ließ die kindliche Gestalt aggressiv und furchteinflößend aussehen. Vielleicht lag es daran, dass ich wusste, dass er tot war.

Das Foto hatte einer der festangestellten Fotografen gemacht, den man mir ausnahmsweise mal mitgegeben hatte. Wir hatten die Clique verfolgt, die oben im Jordal Paintball spielte. Das Foto war nie abgedruckt worden. Die Wochenendredaktion hatte parallel dazu an einer ähnlichen Geschichte gearbeitet, ohne dass ich davon wusste. Ich hatte einen Doppelaufmacher vorgeschlagen, aber die Version der Bergenser war vorgezogen worden. Später war es mir egal. Diese Jungs von der Heimwehr hatten etwas Krankhaftes. Sie posierten zu gern in Uniform und mit Schusswaffe. Wäre das Foto abgedruckt worden, hätte sie das nur noch mehr angespornt.

Mir war aufgefallen, dass es Kinder gab, die ohne Richtung, Korrektur oder Einmischung aufwuchsen. Die Leute sprachen dann von Dummejungenstreichen. Die Leute sagten, das verwächst sich, und sahen weg. Eines Tages stand die Clique unten auf der Straße, und es waren keine Kinder mehr. Sie waren zu etwas geworden, was sich nicht länger kontrollieren ließ. Das konnte man an Pedersens Sohn sehen. Man konnte sehen, dass er imstande wäre, etwas Schreckliches zu tun. Er wäre zu allem imstande, und es würde ihm am nötigen Verstand fehlen, um seine Handlung zu ermessen.

Der Bildchef wäre überglücklich, wenn er das Bild bekäme. Ich würde es ihm nicht geben. Sie wollten das Bild von dem Jungen nicht haben, als er noch lebte. Sie würden das Angebot nicht noch einmal bekommen, jetzt, wo er tot war. Ich hatte keine Ahnung, wie viele Artikel ich geschrieben hatte, die nie über das interne Archiv hinausgelangt waren. Früher hatte ich angerufen und mich beschwert, doch damit hatte ich aufgehört. Beschwerden führten zu nichts.

Fünf vor zehn hielt ich vor dem Krankenhaus. Ich ging den Pfad hinunter und über die Brücke zur Insel. Der Fluss teilte sich hier und strömte beidseits der lungenförmigen Insel vorbei. Die Insel war ein perfekter Treffpunkt. Am Sonntag kamen nur Bingospieler hierher, um in den Räumen des Anglerverbands zu spielen. Gleichzeitig machte es den Ort gefährlich. Wenn uns jemand überraschte, hätten wir keine gute Erklärung dafür, was wir hier eigentlich taten.

Das Auto stand zwischen den Bäumen verborgen. Ich setzte mich auf den Beifahrersitz. Irene rauchte und sah nicht auf. Sie trug ein weißes Sommerkleid. Wir schwiegen eine Weile. Ich sagte etwas von wegen, dass ich geglaubt hätte, sie habe mit dem Rauchen aufgehört. Sie sagte, sie habe wieder angefangen.

Dann drehte sich Irene zu mir. Ich weiß, dass das so nicht richtig ist, sagte sie.

Sie hielt inne. Ich wusste, was kommen würde. Ich hatte es

gewusst, seit ich ihre Stimme auf dem Anrufbeantworter gehört hatte.

Ich verstehe, sagte ich.

Ja?

Nein, ich verstehe nicht.

Es war schon immer aussichtslos, aber jetzt ... Es muss doch mehr geben. Eine Zukunft. So was wie das hier kann nicht sein ohne das Versprechen auf etwas Größeres.

Ich sagte, nichts sei größer als das hier.

Sie sagte: Sich so zu treffen? Sich zu verstecken? Hier eine halbe Stunde, da eine halbe Stunde im Auto zu sitzen?

Ich sagte noch einmal, nichts sei größer als das hier.

Es ist nicht so, dass ich dich nicht liebe, sagte sie. Ich liebe dich mehr, als du dir vorstellen kannst. Aber es macht mich kaputt. Es macht meine Familie kaputt. Es macht alle kaputt. Weißt du, das ist der Unterschied zwischen uns. Du brauchst nur an dich zu denken.

Ich müsse auch an sie denken, sagte ich.

Ach, du verstehst das nicht.

Ich muss auch an dich denken ...

Du verstehst das wirklich nicht.

Ich muss auch an dich denken.

Dann denk an mich, Frank!

Sie schwieg. Sie drehte sich zu mir und versuchte zu lächeln. Sie hatte den Namen meines Bruders benutzt, wie sie es garantiert schon viele Male gemacht hatte, wenn sie Streit hatten. Jetzt hatten *wir* Streit, und ich könnte den Schnitzer für mich ausnutzen. Ich sagte nichts.

Schließlich sagte sie: Wir können uns nicht mehr so treffen. Nicht jetzt. Nicht, wo alle so angespannt sind und es überall von Polizisten, Fotografen und Journalisten wimmelt. Es gibt tausend Augen an diesem Ort.

Und später? Wenn sich die Dinge beruhigt haben?

Wenn sich die Dinge beruhigt haben?

Ja, wenn die ganze Aufregung vorbei ist. Können wir uns dann sehen?

Wozu?

Um zusammen zu sein.

Ach, darüber haben wir doch schon gesprochen. Du meinst, ich könne einfach den einen Bruder gegen den anderen austauschen?

Ich hielt mich zurück. Sie hatte recht. Es würde nicht gehen. Es war aussichtslos. Ich ertrug nur den Gedanken nicht, sie loszulassen. Mir wurde angst und bange, wenn ich daran dachte, sie zu verlieren. Ich sagte, wir hätten wenigstens denselben Nachnamen. Das müsse die Sache doch leichter machen.

Sie lachte. Dann weinte sie.

Was haben wir getan, Robert? Was haben wir nur getan?

Ich legte ihr den Arm um die Schulter. Sie schob ihn weg. Sie saß eine Weile, ohne sich zu rühren. Sie drehte den Rückspiegel zu sich und wischte die Schminke ab, die verlaufen war.

Wir können uns nicht mehr treffen, sagte sie und seufzte.

Sie nahm meine Hand. Erst jetzt entdeckte sie den Verband. Was ist passiert?, fragte sie.

Nichts.

Nichts? Es muss doch etwas passiert sein?

Sie nahm meine Hand und küsste sie.

Wir saßen lange ganz still.

Ich werde es bereuen, sagte sie.

Sie sagte, sie würde es bereuen, wenn sie den Zündschlüssel drehte. Sie würde es bereuen, wenn sie über die Brücke fuhr. Wenn sie zu Hause das Auto abstellte. Wenn sie ins Bett ging. Wenn sie aufwachte. An jedem einzelnen Tag würde sie es bereuen.

Ich bereue es schon jetzt, sagte ich.

Sie küsste noch einmal meine Hand.

Das ist verrückt, weißt du?, flüsterte sie. Was sollen wir tun, Robert?

Ich beugte mich zu ihr hinüber. Sie wich zurück wie ein Tier, das sich bedroht fühlt. Ich rückte nach. Ich fuhr ihr durch die kurzen blonden Haare. Sie nahm mein Gesicht in die Hände und küsste mich. Ich drückte mich an sie. Sie reagierte verhalten, aber ich wollte weiter. Ich wollte vorbei an Parfümgeruch und Cremes, vorbei an allem, was andere riechen konnten. Hinein in das, was nur sie war. Hinein in das, was nicht mir gehörte.

Ach, Robert, flüsterte sie.

Sie ließ mich gewähren. Sie schloss die Augen und legte eine Hand um meinen Nacken. Sie küsste mich, öffnete sich. Ich spürte ihren Atem, ihre Wärme, den Geruch, den nur mein Bruder und ich kannten. Ich dachte, dass sich alles regeln würde.

Abrupt riss sie sich los.

Ich bin zu alt für so was, sagte sie.

Sie rückte ihr Kleid zurecht und betrachtete sich im Rückspiegel. Sie müsse nach Hause. Die Kinder seien allein. Ich drehte mich weg. Es hatte angefangen zu dämmern. Durch das Seitenfenster hörte ich den Fluss rauschen. Weiß schoss der Opo in der Abenddämmerung zwischen den Baumstämmen dahin. Das Schmelzwasser knabberte unablässig am Ufer. Wenn wir hundert Jahre lang in diesem Auto blieben, würde uns der Fluss vielleicht wegführen, dachte ich.

Sie sagte: Wir können uns nicht mehr treffen, Robert.

Ich konnte nicht heulen. Nicht einmal das konnte ich. Ich saß in meinem Volvo vor dem Krankenhaus und hörte Radio. Wartete darauf, dass sie anrief. Wartete darauf, dass sie es sich anders überlegte. Wartete darauf, dass sie es bereute. Sie überlegte es sich immer anders. Sie bereute es immer.

Diesmal bereute sie es nicht.

Martinsen rief an. Er wollte im Hotel eine Runde Bier ausgeben. Er sei von den Kollegen enttäuscht, sagte er. Sie seien zu jung und zu ordentlich. Ich fuhr langsam hinunter ins Zentrum. Ich mag Martinsen, dachte ich. Er ist einer dieser Männer, die immerzu in Bewegung sind, die dabei draufgehen, wenn sie stehen bleiben. Er wusste, was er wollte. Vielleicht war es das, was einen Journalisten von einem Menschen unterschied, der sich für einen Journalisten hielt. Instinkt. Biss. Der Code, den er geknackt hatte.

Ich hatte eine Biographie über Weegee gelesen, den allerersten Boulevardfotografen. Er schlief in voller Kleidung, hatte Polizeifunk im Auto und einen Ellbogen, der juckte, wenn etwas passierte. Den Hut auf dem Kopf, die Zigarre im Mund durchkämmte er New York auf der Suche nach frischen Leichen. Oft war er vor der Polizei am Tatort. Sein Blitzlicht flammte in dunklen Gassen auf. Morgens verkaufte Weegee das Bild des Ermordeten oder Verunglückten an die Abendzeitungen, die am besten bezahlten.

Die Gäste in der *Låtefossen Bar* sahen auf, als ich hereinkam. Als warteten sie auf den Retter des Abends. Als sie sahen, dass ich es war, starrten sie wieder in ihre Gläser. Es war ein stiller Abend in Odda. Zur Zeit waren in Odda alle Abende still. Odda war wie Memphis nach Elvis.

Herrscht hier Lynchstimmung?, fragte ich Martinsen.

Er saß mit einem *Aftenposten*-Journalisten, den er offensichtlich von früher kannte, an der Bar. Der Typ stellte sich vor. *Aftenposten* fragte, ob ich es für Mord hielte. Ich zuckte mit den Schultern. *Aftenposten* selbst war der Meinung, es müsse Mord sein. Er grinste und sagte, er brauche einen Mord. Es sei jetzt wochenlang still gewesen. Er habe den Schreibtisch und die Kontrollanrufe satt. Eigentlich sei es ungewöhnlich. *Aftenposten* sagte, er würde jetzt seit über zwanzig Jahren mit Kriminalfällen arbeiten und normalerweise gebe es so viel Schlechtigkeit rund um ihn herum, dass er kaum Zeit hätte, eine Geschichte zu Ende zu schreiben, bevor er zur nächsten müsse.

Ich trank rasch. Einer der lokalen Alkis war aufgetaucht und hatte ein Auge auf *Aftenposten* geworfen.

Sie sehen nicht aus wie ein Journalist, murmelte der Alki. Sie sehen aus wie ein wahrer Freund.

Aftenposten lachte.

Gegen Mitternacht stellte der Barkeeper den Fernseher lauter. Es war die Aufzeichnung der Pressekonferenz vom frühen Abend. Ich sah meinen Bruder und den Typ von der Kripo. In einem Kameraschwenk konnten wir die Journalisten und Fotografen in der Rathauskantine sehen. Im Hintergrund sah ich mich selbst. Ich sah ganz normal aus. Ich könnte jeder sein.

Der Alki war auf den Barhocker geklettert und redete von Einwanderern, die alles nachgeworfen bekämen. Und was bekämen diejenigen, die das Land aufgebaut hatten? Was bekäme er? Was zum Teufel bekäme er?

Das Land aufgebaut?, fragte der Barkeeper. Du hast doch seit Anfang der Siebziger diesen Barhocker nicht verlassen.

Wir setzten uns zu den anderen Journalisten. Der Typ von der Norwegischen Nachrichtenagentur war mitten in einer Geschichte aus Sarajevo. Er erzählte, er sei einfach so hineingeworfen worden, nach dem Motto, hallo, kann einer von euch mit nach Sarajevo? Und zufällig hatte ich mein freies Wochenende. Ich Idiot hatte die Pfoten oben, bevor ich darüber nachgedacht hatte.

Die anderen lachten. Die Nachrichtenagentur fuhr sich über den Bürstenhaarschnitt. Als sie in einem Pick-up die Marschall-Tito-Straße hinunterfuhren, erzählte er, habe die serbische Miliz auf das Auto losgeballert. Die Idioten schossen auf alles und jeden.

Du denkst ja nicht nach, sagte die Nachrichtenagentur. Du wirfst dich einfach hinter den größten und dicksten Mann, den du siehst. Und in dem Moment war das Schjerven von *VG*.

Alle lachten.

Ich weiß nicht, ob Schjerven am Abnehmen ist, aber damals war ich heilfroh über seine zusätzlichen Kilos.

Hattest du Angst?, fragte *TV Norge*.

Du schaffst es nicht mal, Angst zu haben, antwortete die Nachrichtenagentur. Aber du solltest die ganze Zeit über etwas Schiss haben, sonst kriegst du Probleme.

Der Odda-Alki hatte sich neben den Tisch gestellt. Er drehte sich eine Zigarette und schwankte leicht von einer Seite zur anderen. Er zündete sie an und sang mit geschlossenen Augen: *You look wonderful tonight.*

Ich hatte fünf Halbe getrunken, fühlte mich aber immer noch nüchtern. Normalerweise musste ich bei so viel Bier wie ein Wasserfall pinkeln, aber heute Abend verließ das Bier die Poren in Form von Schweiß. Das war fast schon Betrug. Du legst Geld auf die Theke, bekommst deinen Halben, und alles löst sich in Luft auf.

Ich fuhr nach Hause. Die Straßenlaternen brannten, aber die Juninacht war nur etwas Blaues, das man zwischen die Häuser geworfen hatte. Irgendwann würden sie mich erwischen. Irgendwann würde einer anrufen und mich verpfeifen. Irgendwann würden sie mich mit einem breiten Grinsen abpassen. Bis jetzt hatte Frank mich über alle Kontrollen in der Gegend informiert. Zuerst hatte ich gedacht, er täte es, um mir zu helfen. Später war mir klar geworden, dass er es seinetwegen tat. Ein Polizist kann sich keinen Bruder leisten, der in der Zelle hockt.

In Tokheim machte ich den Motor aus und blieb im Auto sitzen. Durch die Windschutzscheibe sah ich auf Odda hinunter. Das gelbe M von McDonald's drehte sich auf dem Dach des Busbahnhofs. Die Zinkfabrik lag wie ein leuchtendes Schmuckstück auf der Halbinsel unter mir. Ein paar Autos waren auf dem Weg den Fjord entlang. Ich verfolgte die Lichter, die sich durch die Kurven ihren Weg suchten. Ich war ein Blödmann, dass ich sie liebte. Ich war ein Idiot, sie haben zu wollen. Ich wollte nur, dass sie anrief. Ich wollte sie sagen hören, sie habe es sich anders überlegt, sie wolle mich.

Ich erinnerte mich an das erste Mal, als sie sich zwischen den Brüdern Bell entscheiden musste. Wir hatten den ganzen Silvesterabend nach demselben Mädchen geschielt. Irgendwann nach Mitternacht waren wir gleichzeitig aufgestanden, hatten Seite an Seite den Tanzboden überquert und waren vor ihr stehen geblieben. Sie hatte gelacht und von einem zum anderen geschaut. Dann hatte sie sich für Frank entschieden und mich angelächelt: Sorry, habe mich für ihn entschieden.

Jahre später, nachdem wir miteinander geschlafen hatten, hatte ich sie nach diesem Silvesterabend gefragt. Sie konnte sich kaum erinnern. Sie hatte keinen Orientierungssinn und ein schlechtes Gedächtnis. Ich hatte sie gefragt, was wohl ihrer Ansicht nach passiert wäre, wenn sie sich an dem Abend anders entschieden hätte. Das weiß nur Tante Augusta, hatte sie geantwortet und meinen Nacken geküsst. Wer?, hatte ich gefragt. Tante Augusta, hatte sie lachend geantwortet. Tante Augusta weiß alles.

Ich beneidete sie. Sie erinnerte sich an nichts. Ich erinnerte mich an alles. Ich trug das ganze verdammte Archiv mit mir herum. Jede einzelne Schublade. Jeden einzelnen Aktenordner. Ich konnte sie jederzeit hervorholen. Ihre Bewegungen an diesem ersten Abend. Ihr Lächeln, als sie sich für Frank entschied. Das Kleid. Den Anzug meines Bruders. Die Tanzschritte. Meinen Mantel. Den Zigarettenrauch. Den Regen, als ich in die Nacht hinausging. Den ersten Tag im neuen Jahr.

Ich schloss die Wohnungstür auf. Vom Stockwerk über mir hörte ich einen Bass und lautes Rufen. Es waren die traurigen Geräusche eines weiteren missglückten Absackers nach einer Fete. Dem Sommer war wirklich nicht zu trauen, dachte ich. Auf dem Tisch blinkte das kleine Lämpchen des Anrufbeantworters. Ich hörte die Nachrichten ab. Eine war von Martinsen, der ein Bier ausgeben wollte. Eine war von meiner Mutter, die sagte, Vater sei nach Hause gekommen.

Ich duschte. Der lange Tag rann an mir herunter und verschwand im Abfluss. Ich trocknete mich ab und betrachtete mich im Spiegel. Eines Abends hatte ich zu Irene gesagt, dass ich zu dick sei. Du bist wunderschön, hatte sie geantwortet, weißt du das? Sie hatte mich im Arm gehalten und gesagt, ich sei der schönste Mann der Welt.

Ich dachte plötzlich wieder an das küssende Paar, das ich auf dem Parkplatz gesehen hatte, angestrahlt von der sanften Innenbeleuchtung der Kirche. Bei dem Anblick hatte ich zugleich Lust und Kälte verspürt. Ich stand mit dem Pimmel in der Hand da und flüsterte, sie solle mich nicht verlassen. Verlass mich nicht, flüsterte ich und hielt meinen Pimmel umfasst.

Ich hatte ihr erzählt, dass ich mit ihr sprach, auch wenn sie nicht da war. Ich erzählte ihr von Dingen, die im Lauf des Tages vorgefallen waren. Was ich gemacht hatte, was ich gedacht hatte, was ich geträumt hatte. Ich sprach über alles mit ihr.

Ist das eigentlich noch ganz gesund?, hatte sie gefragt.

Ich wurde von anhaltendem Klingeln geweckt. Der Heftigkeit nach zu schließen stand jemand schon seit geraumer Zeit vor der Tür. Ich zog eine Hose an und ging los, um zu öffnen. Auf der Treppe stand meine Nachbarin. Ich sah, dass sie über dem Auge eine kleine Schnittwunde hatte. Sie fragte: Kann ich reinkommen?

Ich war noch nicht richtig wach, machte die Tür aber ganz auf und Mumuki schlüpfte an mir vorbei. Ich roch Parfüm und Shampoo. Sie trug eine kurze weiße Hemdbluse über einem schwarzen Rock. Die dunklen Haare waren zu einem kleinen Knoten hochgesteckt. Mumuki blieb stehen, sie schlang die Arme um sich, als wäre es kalt und als hätte sie sich nicht richtig angezogen. Vom Stockwerk über mir hörte ich Musik, Getrampel und Schreie.

Was ist passiert?, fragte ich.

Bevor sie antworten konnte, klingelte es erneut. Jemand drückte den Klingelknopf und versuchte mit Nachdruck, die Tür zu zerlegen. Mumuki sagte nichts. Ich schickte sie ins Wohnzimmer.

Draußen standen vier Typen von der Heimwehr. An einige von ihnen konnte ich mich von der Paintball-Reportage her erinnern. Die anderen waren mir in den Kneipen von Odda aufgefallen. Sie spielten Pferdelotto, aßen Hähnchen und legten sich mit anderen an.

Wir wissen, dass sie da ist, sagte einer von ihnen.

Wer?, fragte ich.

Wir wissen, dass sie bei dir in der Wohnung ist, sagte er wieder.

Bei mir ist keiner.

Bei mir ist keiner, äffte der Typ mich nach.

Sie grinsten und forderten mich auf, sie reinzulassen. Der längste Typ trat einen Schritt vor. Ich stellte mich mitten in die Tür. Der Typ hatte eine Kautabaklippe und chlorgebleichte Haare. Er kam ganz nah an mich heran und bohrte seinen Zeigefinger in meine Brust. Der Druck der anderen hinter ihm zwang mich, einen Schritt rückwärts zu machen. Ich strauchelte und verlor den Halt, fiel hin und schlug mit dem Kopf auf den Boden. Die Jungen waren über mir. Ich bekam einen Schlag in den Bauch. Mir blieb die Luft weg. Ich krümmte mich und wartete auf den nächsten Schlag.

Er kam nicht.

Ich sah auf und erkannte meinen Nachbarn. Ask stand hinter den Jungen. Er war ein riesiger, grobschlächtiger Mann, der den längsten Heimwehrtypen packte und wegschob.

Ganz ruhig, sagte Ask. Wir wollen hier keinen Ärger haben.

Die Kautabaklippe richtete die blonde Schniekefrisur. Er sagte zu Ask, seine Frau sei bei mir in der Wohnung.

Ask drehte sich zu mir um.

Stimmt das?, fragte er.

Ich versuchte aufzustehen. Mein Körper schmerzte.

Alles in Ordnung mit dir?, fragte Ask.

Ich nickte.

Ist sie hier?

Ich schüttelte den Kopf.

Sie ist hier drinnen!, sagte die Kautabaklippe.

War sonst noch was?, fragte ich.

Tut mir leid, sagte Ask.

Er forderte die Jungen auf, wieder mit ihm nach oben zu kommen. Sie protestierten. Die Kautabaklippe wiederholte noch einmal, dass Asks Frau bei mir in der Wohnung sei.

Ich schloss die Tür und ging hinein. Mumuki saß auf dem Sofa.

Haben sie dich verprügelt?, fragte sie.

Ich antwortete nicht.

Das tut mir sehr leid, sagte sie.

Ich sagte, es müsse ihr nicht leid tun. Sie habe mich ja nicht geschlagen. Ich zog ein Hemd an und fragte, ob Mumuki etwas trinken wolle. Ohne die Antwort abzuwarten, holte ich eine Flasche Whisky und zwei Gläser. Wir tranken schweigend. Im Stockwerk über uns hörten wir, wie die Musik noch lauter gedreht wurde.

Ich nickte zu der Schnittwunde, die Mumuki über dem Auge hatte.

Soll ich die Polizei rufen?

Nein, sagte sie. Bitte keine Polizei.

Mumuki leerte das Glas und bat um mehr. Ich stand auf und schenkte nach. Sie hatte schlanke Hände, die das Glas umfassten. Sie sagte, es schmecke gut. Sie war erst seit drei, vier Jahren hier, trotzdem sprach sie fast perfekt Norwegisch.

Es ist dieser Junge, sagte Mumuki. Den sie in den Fluss getrieben haben.

Was ist mit ihm?

So ist es immer. Die Leute brauchen jemanden, an dem sie sich austoben können.

Darauf hätte ich selbst kommen können. Die Clique waren die Kameraden des Verstorbenen. Sie waren stinkwütend. Sie wollten jemanden verprügeln. Ich verstand nicht ganz, was sie bei dem Nachbarn machten, aber Ask war einer dieser Typen, die alle zu sich nach Hause einluden. Mumuki fragte, ob ich wisse, wie das mit dem Jungen passiert sei. Es ist unklar, sagte ich, was passiert ist, bevor er im Fluss landete.

Es klingelte noch einmal. Wir rührten uns nicht. Draußen wurde eine Flasche oder ein Glas zerschmettert. Ich fürchtete, sie würden sich vielleicht mit Gewalt Zutritt verschaffen, aber nichts weiter geschah. Auch über uns wurde es still.

Ich schenkte mehr Whisky nach.

Sie sind ein lieber Mann, sagte Mumuki.

Sie stand auf und ging an den Bücherregalen entlang. Sie sah sich die Bücher an und blätterte in einigen. Sie sagte, in meiner Wohnung sei es viel schöner, als sie erwartet habe. Sie habe geglaubt, alle Männer seien unordentlich.

Ich lese für mein Leben gern, sagte sie. Sie nicht auch?

Sie nahm *Norwegian Wood* aus dem Regal und lächelte.

Lieben Sie dieses Buch nicht auch?

Ich sah sie an. Seltsam. Hier war eine Frau, die Haruki Murakami liebte, sich adrett anzog und bei einem Typen wohnte, der garantiert in seinem ganzen Leben noch kein einziges Buch gelesen hatte. Ich wusste, was über Ask erzählt wurde, aber ich mochte den Typen. Er hatte für Odda im Tor gestanden und Jahre, bevor ich in die Erste Mannschaft kam, aufgehört. Er hatte fantastische Rettungsaktionen geliefert, aber auch die dümmsten Kullerbälle reingelassen. Jetzt arbeitete er als Fahrer bei der Müllabfuhr, ging in die Kneipen von Odda und hatte zu Hause die schönste Frau der Welt.

Kann ich auf dem Sofa schlafen?, fragte Mumuki.

Ob das eine gute Idee ist?, fragte ich.

Auf jeden Fall besser, als wieder nach oben zu gehen.

Ich sagte, sie könne mein Bett haben. Ich holte frische Bettwäsche und bezog es neu. Es war nicht leicht mit der verletzten Hand, aber Mumuki half mir dabei. Ich wünschte ihr eine gute Nacht. Sie blieb einen Augenblick in der Tür stehen, dann drehte sie sich um und machte sie zu. Ich schaltete den Fernseher ein. Nach dem Schlag hatte ich Schmerzen im Bauch und würde sowieso nicht schlafen können. Ich zappte mich durch die Programme bis zu einem alten Film, in dem ein Zug durch die Wüste raste. Ein Mann mit Hut und schwarzem Anzug stieg an einem abgelegenen Bahnhof aus. Ich glaube, es war Spencer Tracy. Er stand auf einem Bahnsteig in der Wüste und hatte ganz offensichtlich keine Ahnung, was er dort sollte. Der örtliche Telegrafist fragte, was er wolle. Spencer Tracy antwortete, er wolle nur einen Tag bleiben. Der Telegrafist sagte, an so einem Ort könne einem dies wie ein ganzes Leben vorkommen.

Es klingelte noch einmal. Ich blieb sitzen. Ich hörte das Klingeln und laute Stimmen, die nach einer Weile verschwanden. Ich stand vom Sofa auf und ging ins Schlafzimmer, um nach Mumuki zu sehen. Ihr Gesicht leuchtete schwach im Licht der Straßenlaternen. Sie hatte sich zur Hälfte aufgedeckt. Sie schlief still und klammerte sich an *Norwegian Wood*.

Ich nahm die Zigarettenschachtel aus der Nachttischschublade, steckte mir eine Zigarette in den Mund, zündete sie aber nicht an. Ich fragte mich, wann zuletzt eine Frau in meinem Bett gelegen hatte. Ich dachte an Irene. Sie lag jetzt im selben Bett wie mein Bruder. Es war ein Bild, das ich aus meinem Kopf vertreiben wollte, das aber immer wieder zurückkehrte. Ich versuchte, an Irene allein zu denken, an Irene zusammen mit mir, aber die Bilder wurden immer wieder von der Vorstellung verdrängt, wie sie sich an meinen Bruder schmiegte.

Das Sonnenlicht fiel durch die Vorhänge herein. Es musste schon später Vormittag sein. Das Telefon klingelte. Ich wollte rangehen, aber das Klingeln hörte auf, bevor ich auf die Füße kam. Ich war schweißnass und hatte Schmerzen. Ich dachte an Irene. So war es jeden Morgen. Ich wachte auf und dachte an Irene. Es kam vor, dass ich mit dem Gefühl erwachte, sie wäre in der Nacht aus mir herausgepumpt worden. Ich könnte in den Tag hineingehen als freier Mann. Kurz darauf strömte sie wieder zurück und erfüllte mich erneut, als gäbe es eine Öffnung, die ich nicht zu stopfen vermochte.

Guten Morgen, du Depp!, sagte ich zu dem Spiegel im Badezimmer.

Ich duschte und zog mich an. Ich hatte stechende Schmerzen in der linken Hand. Möglicherweise hatte sich die Wunde entzündet. Ich klopfte an die Schlafzimmertür. Keine Antwort. Mumuki hatte das Bett gemacht und war verschwunden. Nur der Roman lag noch auf dem Kissen. Ich fragte mich, was wohl mit ihr geschehen würde. Ich wünschte, sie wäre hier und ich könnte sie wecken und fragen, was ich für sie tun kann. Aber ich hatte schon allein mehr als genug Probleme. Ich hob *Norwegian Wood* auf und stellte das Buch an seinen Platz im Regal.

Ich holte die Zeitung von der Treppe. Die Geistesgestörten hatten über die halbe Titelseite ein Foto von zwei leicht bekleideten Mädchen gedruckt. Die Mädchen ließen sich vom Wasserstrahl eines Gartenschlauchs kühlen. Die Schlagzeile lautete: *Das heiße Wetter hält an.* Mein Artikel war in einem Kästchen weiter oben abgedruckt. Im Innenteil der Zeitung hatte ich fast eine ganze Seite bekommen. Sie hatten ein Foto von der Flussmündung genommen. Die Aufmachung war gut, aber sie waren wirklich nicht ganz richtig im

Kopf. Ich sollte anrufen und sie beschimpfen. Ich sollte ihnen den Kopf waschen.

Das Telefon klingelte erneut. Diesmal ging ich ran.

Guten Morgen, sagte die Chefin vom Dienst.

Ich antwortete nicht.

Ist der Morgen nicht gut?, fragte sie.

Ja, was sonst?, gab ich zurück.

Sie fragte, ob ich mit dem falschen Fuß aufgestanden sei. Sie hätte es mit etwas menschlicher Zuwendung versucht. Das hätte sie in einem Kurs für Führungskräfte gelernt. Man möchte das Gelernte ja gern anwenden, sagte sie. Ich fragte, was sie tat, wenn es nicht funktionierte. Das käme im nächsten Kurs, antwortete sie. Es wurde still. Sie hatte vor ein paar Jahren versucht, mich bei einem Sommerfest anzumachen. Das war, bevor sie die Karriereleiter hinaufgefallen war. Jetzt würde sie sich einem wie mir nicht mehr nähern. Ich war wie Blei durch das System gefallen. Sie war nach oben gedriftet.

Wir haben dich heute Morgen bei der Telefonkonferenz vermisst, sagte sie.

Tatsächlich?

Ja, wir schicken heute noch einen Journalisten los.

Sie hätte gleich sagen können, was Sache ist, dachte ich. Sie hatte bestimmt auch irgendeinen Kurs besucht, in dem man lernte, frei von der Leber weg zu reden. Sie hätte geradeheraus sagen können, dass ich unbrauchbar war. Ich war nicht gut genug. Sie vertrauten mir nicht. Sie waren der Meinung, ich bräuchte Verstärkung.

Und wer ist derjenige?, fragte ich.

Erik Bodd, antwortete sie. Kannst du ihn um halb zwölf abholen?

Ich antwortete nicht.

Du bist ein Engel, sagte sie.

Ich frühstückte und fuhr ins Zentrum. Die Sonne polierte die Berghänge, Bürgersteige und Straßen. Odda lag wie ein weißes Blatt Papier auf der anderen Seite der Windschutzscheibe. Noch ein heißer Tag, noch ein verschwitzter Tag. Es wurde allmählich langweilig, wie die Episoden einer amerikanischen Seifenopfer.

Fetzen eines Traums wurden angetrieben. Der Traum war verschwunden gewesen, als ich aufwachte, aber jetzt erinnerte ich mich, wie ich an einer Straßenkreuzung gestanden hatte, das Wasser ging mir bis zum Bauch. Mein Vater war in seinem alten Volvo PV die Straße entlanggekommen. Frank saß auf dem Beifahrersitz. Sie mussten mich gesehen haben, verschwanden aber dennoch in einer Seitenstraße. Mein Bruder drehte sich um und starrte mich durch die Heckscheibe an. Kaltes Wasser hatte mich eingeschlossen.

Bei Mix kaufte ich die Boulevardzeitungen. Die Kioskfrau fragte, ob es was Neues gebe. Ich wüsste nicht, sagte ich. Sie glaube, die Asylbewerber stünden dahinter, sagte sie. Es habe so viel Ärger mit ihnen gegeben.

Was für Ärger?, fragte ich.

Diebereien.

Diebereien?

Ja, Diebereien und alles Mögliche.

Ich ging ins Büro. Es befand sich in einem Gebäude aus den Siebzigern, das Etablierhaus genannt wurde. *Bergens Tidende*, meine *BT*, war als Teil einer größeren Maßnahme dort untergekommen. Medien, Architekten und Werbeagenturen sollten sich im Etablierhaus austoben und für ein neues Odda sorgen. Auf dem Dach stand ein riesiger, leuchtender Bowlingkegel. Innen hingen an den meisten Türen Zettel: *Büro zu vermieten*. Die Zeitarbeitsvermittlung belegte das ganze Erdgeschoss. Sie war eingezogen, nachdem die ganzen

Reformer ausgezogen waren. Manchmal fragte ich mich, wo die ganzen Unternehmensberater der Houston Consulting Group abgeblieben waren. Sie waren in Jeans herumgelaufen und hatten nach exklusivem Rasierwasser gerochen. In ihrem Abschlussbericht hatten sie eine Matrix angefertigt, in der Odda als sterbender Hund oder schlafender Bär rubriziert worden war.

Ich schwitzte auf dem Weg die Treppe hinauf in den dritten Stock. Der Fahrstuhl streikte schon seit letztem Winter. Die verschiedenen Besitzer stritten sich aber noch immer darüber, wem die Verantwortung für die Wartung des Fahrstuhls oblag. Ich rief meine Mails ab, in der Hoffnung, Irene habe geschrieben. Ich wusste, dass sie nicht geschrieben hatte. Sie schrieb nie, aber ich hoffte es trotzdem jedes Mal, wenn ich meine Mails abrief. Das war das Erbärmlichste daran, jemanden zu lieben, den man nicht haben konnte. Man gab die Hoffnung nicht auf.

Ich las die Zeitungen. Beide hatten der Geschichte Priorität eingeräumt. *VG* hatte ein riesiges Foto von Guttorm Pedersen auf der Titelseite. Das Bild sah aus, als sei es vor Jahren von einem Schulfotografen gemacht worden. Ich fragte mich, wie sie daran gekommen waren. Die Schlagzeile stand links daneben: *ERMORDET, WEIL ER NORWEGER WAR?*

Samson Nilsen rief an. Er bedauerte den gestrigen Vorfall. Er mache nur Geschäfte, und *VG* habe ihm ein Angebot gemacht, das er nicht ausschlagen konnte. Es war nicht persönlich gemeint, dass wir den Hubschrauber nicht mieten konnten. Er wollte es sich keinesfalls mit irgendwem verscherzen. Ob er es wiedergutmachen könne. Er habe eine Geschichte, die mich interessieren könnte. Er stehe unten am Anleger. Wenn ich nach unten käme, würde ich die Geschichte exklusiv bekommen.

Vor ein paar Jahren hatte ich der Wochenendredaktion vorgeschlagen, etwas über Samson Nilsen zu bringen. Damals war er noch Speedwayfahrer in Polen gewesen. Speedway war dort eine große Sache, und Samson Nilsen hatte sich als einer der Stars des Tarnów-Teams etabliert. Ich hatte von der Redaktion nie eine richtige Antwort bekommen. Ein paar Wochen später fuhr der Sportreporter hinunter und machte die Reportage.

Samson Nilsen sagte, er stehe neben einem Container voller Golfschläger. Die Putter stammten von dem bekannten Ping-Konzern in Phoenix, und er habe die Agentur für den Norden übernommen, weil er den Sohn des Gründers kenne. Diese Putter hätten den Sport bereits revolutioniert und verfügten über einen perfekten Winkel zwischen Schaft und Schlagkopf. Ich hörte nur mit halbem Ohr zu. Der Typ war voller Ideen, aber einige seiner Einfälle waren nichts als heiße Luft. Er hatte der Lokalzeitung seine Vision anvertraut, Odda zu einer Golf City zu machen. Das Schmelzwerkgelände solle zum schönsten Golfplatz des Landes werden. Er war der Meinung, die Oddaer sollten es den Indianern gleichtun. In USA und Kanada hatten Indianerstämme in mehreren Reservaten Kasinos aufgemacht. Dort wurden dem weißen Mann dic Dollars aus der Tasche gezogen. Das Geld verwendeten die Indianer, um ihr Land zurückzukaufen. Die Oddaer sollten es genauso machen.

Ich sagte, ich hätte jetzt keine Möglichkeit zu kommen. Es wurde still.

Du weißt, dass ich etwas gegen dich in der Hand habe?, fragte Samson Nilsen.

Ich bat ihn das zu wiederholen. Er sagte noch einmal, er habe etwas gegen mich in der Hand.

Drohst du mir?, fragte ich.

Ja, sagte er.

Ich fragte mich, ob er von Irene wusste. Ich glaubte nicht, dass jemand Bescheid wusste, aber man konnte nie wissen. Das hier war eine kleine Stadt mit vielen Augen. Vielleicht meinte er die Werbetexte, die ich für ihn geschrieben hatte. Ich war bei der Zeitung über längere Zeiträume ohne Auftrag gewesen und hatte ein paar kleinere Jobs für Samson Nilsen gemacht. Man konnte das unter moralischen Gesichtspunkten bedenkenswert finden, auf der anderen Seite konnte man unter moralischen Gesichtspunkten alles Mögliche bedenkenswert finden, bis man blau im Gesicht wurde.

He, ich mache nur Witze, sagte Samson Nilsen.

Ich wartete einige Zeit, bis ich sagte, diesmal könne ich ihm wirklich nicht helfen. Ich legte auf und rief Martinsen an, er ging nicht ran. Ich rief Frank an, aber auch er ging nicht ran. Ich sprach mit dem Wachhabenden auf dem Polizeirevier. Nichts Neues. Keine Verhaftungen.

Ich blieb sitzen und tat gar nichts. Es ging darum, einen Plan zu haben oder ein Programm. Anzurufen. Zu fragen. Zu notieren. Zu bohren. Ein Nervbolzen zu sein. Ein Arsch zu sein. Auszusehen, als wüsste man, was man tut. Ich wusste nicht, wo anfangen. Vielleicht hatte Bergen recht und ich brauchte Verstärkung. Ich brauchte einen Mann, der die nötigen Tricks drauf hatte.

Ich fuhr mit einem Finger über den PC und rief unterdessen meine Eltern an. Es ging keiner ran. Der Finger zog einen Strich in den Staub. Meine Hände wirkten warm und dick, als hätte die Hitze sie anschwellen lassen. Wie oft hatte ich schon daran gedacht? Bald würde auch an meiner Tür ein Zettel hängen. *Büro zu vermieten.*

Wann ist etwas zu Ende? Wann ist es tatsächlich vorbei? Es ist viel einfacher zu sagen, wann etwas beginnt. Zum Beispiel wurde Odda 1908 zur Industriestadt. Damals stand die Alby Carbide Union mitten im Bauernland fertig da. Aber wann war es zu Ende? In den letzten Jahren war es mit Odda so langsam bergab gegangen, dass niemand den Finger darauf legen und sagen konnte: Hier war es zu Ende!

Ich erinnere mich noch daran, als Irene mich zum ersten Mal umarmte. Wir hatten die anderen im Zentrum von Lissabon verloren. Es regnete, und ich war vor einem Schaufenster mit Anzügen stehen geblieben, deren Schnitte mir gefielen. Irene kam hinter mir her, lehnte sich an mich, steckte die Arme unter meine und schlang sie um meinen Brustkorb. Ich hatte ihr Gesicht im Schaufenster gesehen und gedacht: Jetzt geht es los.

Wann war es eigentlich vorbei? Irene hatte so oft Schluss gemacht, dass ich den Überblick verloren hatte. Sie halte es nicht mehr aus. Sie könne so nicht weitermachen. Jedes Mal bereute sie es. Es war vorbei, nahm aber nie ein Ende. Diesmal war ich sicher. Es war vorbei.

Kurz vor zwölf fuhr ich zum Schwimmanleger. Ronaldo war auch heute an seinem Platz. Er trug wieder dasselbe Trikot. Es hatte etwas Tragikomisches. Das Trikot machte überdeutlich, wie wenig wahrscheinlich es war, dass ein derart dicker Junge ein guter Fußballspieler werden würde.

Ronaldo sah auf, als ich auf den Anleger kam.

Sie haben heute Nacht schon wieder eins geholt, sagte er.

Ich drehte mich um und zählte die Entenjungen in der Bucht. Er hatte recht. Es waren nur noch vier übrig. Ich sagte, wir könnten gern eine Bürgerwehr organisieren. Er verstand nicht, was ich meinte. Ich setzte mich neben ihn und fragte ihn nach seinem Namen. Er antwortete nicht.

Alle haben ein Recht auf einen Namen, sagte ich. Das ist das mindeste.

Das Wasserflugzeug kam zwischen den Berghängen herein. Ich hatte Erik Bodd bisher nicht persönlich kennen gelernt. Er war erst kürzlich von *Bergensavisen* rekrutiert worden, wo er in hohem Tempo Aufmacher produziert hatte. *BT* hatte ihn der Konkurrenz abgekauft, damit er bei uns dasselbe machte. Jetzt war er einer von drei festen Reportern für Verbrechen.

Vom Flugzeug aus kann man New York sehen, sagte Ronaldo. Man sieht die Wolkenkratzer und die ganzen Lichter.

Ich überlegte, dass Ronaldo auf dem Weg hierher über Frankfurt geflogen sein musste. Er hatte sicher Hochhäuser gesehen und geglaubt, es sei New York. Ich war selbst vor ein paar Jahren über Frankfurt geflogen. Es war ein toller Anblick, im Dunkeln auf die Hochhäuser hinunterzuschauen. Man saß oben im Flieger und sah hinunter auf Bürofenster, die noch erleuchtet waren. Man dachte an alle, die am Abend in diesen Gebäuden waren.

Würdest du gern in New York wohnen?, fragte ich.

Ja, dort haben sie McDonald's.

Wir doch auch.

Aber nicht so viele.

Ronaldo sah mich an. Er sagte, die Erde sei nicht rund. Ich protestierte, aber er gab sich nicht geschlagen. Wäre die Erde rund, würde alles Wasser ablaufen, erklärte er.

Du hast völlig recht, sagte ich. Dann würde alles Wasser ablaufen.

Bist du schon einmal in New York gewesen?, fragte Ronaldo.

Einmal vor vielen Jahren. Es hat sogar jemand mit einer Pistole auf mich geschossen.

Was hast du getan?

Nichts. Ich war nur der falsche Mann in der falschen Straße.

Im Fjord setzte das Flugzeug auf und bremste. Es nahm tuckernd Kurs auf den Schwimmanleger. Ronaldo fragte, ob ich jeden Tag Besuch bekäme. Sieht so aus, sagte ich.

Bald kommt mein Vater, sagte Ronaldo. Er hat viel Geld.

Ohne darüber nachzudenken, hatte ich mir ein Bild von Ronaldo zusammen mit seiner Familie gemacht. Ich hatte vor mir gesehen, wie sie miteinander stritten und sich beschimpften, aber sie waren zumindest zusammen. Ich fragte, ob der Junge bei Verwandten wohne. Er schüttelte den Kopf.

Bald kommt mein Vater. Er hat das Geld in einem Schuhkarton. Aber das ist ein Geheimnis.

Ich sagte, das sei der beste Ort, um Geld zu verstecken. Ich würde es niemandem verraten.

Glaubst du, er kann mich vom Flieger aus sehen, wenn er kommt?

Ganz bestimmt.

Das Wasserflugzeug näherte sich dem Anleger. Heute trat der Pilot auf den Schwimmer und manövrierte das Flugzeug.

Wo haben sie dich getroffen?

Ich verstand nicht, was er meinte.

Als sie auf dich geschossen haben, sagte er. Hast du die Kugel im Körper?

Ich erklärte ihm, dass sie nur *nach* mir geschossen hatten. Sie hatten einen anderen getroffen.

Ist er tot?

Ich weiß nicht. Sah so aus.

Ich habe auch schon einen toten Mann gesehen.

Mehr sagte er nicht. Ich sah ihn an. Seine Stoppelfrisur endete in einem Wirbel auf dem Kopf. Er hatte Haare, nach denen man instinktiv die Hand ausstreckte, die man anfassen wollte.

Wie heißt du?, fragte Ronaldo.

Ich angelte nach einer Visitenkarte. Ich bereute es sofort. Er konnte nicht lesen. Er sah sich die Karte nur an und gab sie zurück. Ich sagte, ich hieße Robert und er könne die Karte behalten. Ronaldo steckte sie in die Tasche seiner Shorts.

Das Flugzeug war zum Stillstand gekommen. Der Pilot hob etwas heraus, das wie eine Golftasche aussah. Erik Bodd kletterte auf den Anleger. Er trug einen grauen Anzug und ein weißes Hemd. Er hatte eine schmale Sonnenbrille und Gel in den Haaren. Er trug eine Anzugjacke über der linken Hand und einen Koffer in der rechten. Bodd war dunkelhaarig und schlank, aber ich dachte, dass er einer dieser Typen war, die dick werden würden. Manche haben die Veranlagung dazu, dick zu werden, auch wenn sie anfänglich schlank sind. Man sieht es im Gesicht, das Gewebe, das die Wangenknochen und die Stirn überzieht, das Fett, das ihre Augen in den Kopf drückt.

Hinter mir rief Ronaldo: Kommst du morgen auch?

Ich plauderte mit der Frau an der Rezeption im *Hardanger Hotel*, während ich auf Bodd wartete. Nach einer halben Stunde kam er die Treppe herunter. Er schnipste mit den Fingern und durchquerte auf eine Art den Raum, die mich nervte.

Musstest du das Zimmer erst umräumen?, fragte ich.

Er antwortete nicht.

Weißt du, wo wir die Verdächtigen finden?, fragte er.

Die Verdächtigen?

Ja, die Serben.

Ich zuckte mit den Schultern. Bodd sah mich an.

Ich will, dass wir uns hier verstehen, sagte er. Von jetzt an wollen wir überall die Ersten sein.

Bodd sagte, wir würden alle Beteiligten interviewen. Die Familie. Die Augenzeugen. Die Verdächtigen. Die Serben waren vermutlich immer noch in Odda. Alles andere wäre ein indirektes Geständnis. Und wenn sie verhaftet wurden, sollten wir ein Foto von ihnen parat haben. Außerdem sollten wir ein Foto des Verstorbenen besorgen. *VG* hatte ein Foto in der heutigen Ausgabe. Warum hatten wir keins?

Sollen wir auch den Toten interviewen?, fragte ich lächelnd.

Bodd rief Martinsen an, der ging aber nicht ran.

Typisch, murmelte er, Fotografen sind nie da, wenn du sie brauchst.

Wir gingen zu meinem Volvo. Bodd setzte die Sonnenbrille auf und rümpfte die Nase, nachdem er eingestiegen war. Er habe zuerst gedacht, es sei der Oddageruch, sagte er, aber das hier müsse irgendein Schweinkram in meinem Auto sein, oder etwa nicht? Ich hätte gern gesagt, dass der Schweinkram besser roch als sein Rasierwasser. Ich hielt den Mund.

Wir fuhren durch die heißen Straßen. Am Steinpark begegneten wir meinem Vater. Er fuhr einen neuen Volvo. Ich hupte, aber er sah mich nicht. Mein Vater hatte immer einen Volvo gehabt. Zuerst einen PV 444, den er irgendwann in den Sechzigern am Bahnhof in Granvin abgeholt hatte. Ich weiß noch, wie stolz er war, als er mit dem Auto angefahren kam, das meine Mutter sofort Graukätzchen taufte.

Ich fühlte mich völlig ausgetrocknet und sehnte mich nach einem Bier. Während der Fahrt erklärte Erik Bodd, wie er arbeite. Seine erste Regel laute, die Leute lügen. Die Leute bluffen, aber man muss zuhören. Bodd sagte, das sei seine Stärke. Er sei ein guter Zuhörer. Er stelle Querverbindungen her, überprüfe, untersuche, was die Leute gesagt hatten. Er suche nach Zeugen, mehreren Zeugen, unbekannten Zeugen. Wenn er Glück hatte und gut war, bekam er genug Fakten zusammen, um den Schuldigen auszumachen.

Bodd blieb im Auto sitzen, während ich kurz in Kneipen, Läden und Büros hineinschaute. Ich hatte keine Ahnung, wo die Serben sein konnten. Wäre ich an ihrer Stelle gewesen, hätte ich mich ins nächstbeste Auto gesetzt und Gas gegeben. Bodd sprach davon, dass wir von der *Bergens Tidende* alle eine große Familie seien. Er sei froh, endlich für eine Zeitung zu arbeiten, die über Ressourcen verfüge. Es war Jahre her, dass ich das Gefasel von der großen Familie zuletzt gehört hatte. Ich hatte gedacht, es hätte aufgehört, als die Zeitung an die Börse ging. Aber es kam noch mehr davon. Bodd erzählte, er habe seinen Urlaub abgebrochen, weil er diese Geschichte unbedingt haben wollte. Es kam nicht so oft vor, dass in unserer Gegend ein Mord geschah. Das hier könnte der Fortsetzungsroman des Sommers werden.

Ich fand sie im Bauch meines eigenen Wohnhauses. Das Bowlingcenter war in etwa der letzte Ort, an dem ich sie gesucht hätte, und der erste, an dem ich hätte suchen sollen. Die Serben verfolgten das WM-Spiel auf der großen Leinwand und spielten dabei Bowling. Die Italiener schienen das Spiel in der Hand zu haben, aber die Kroaten führten überraschend. Normalerweise machten die Italiener hinten dicht. Jetzt waren sie offensichtlich überlistet worden.

Die Serben hatten Handys dabei, an denen sie herumfingerten und die sie auf dem Tisch drehen ließen. Ihre Füße gingen wie Stempel auf und ab. Es schien, als hätten sie sich hier verschanzt. Ich war versucht, Erik Bodd zu sagen, von den Serben sei nichts zu sehen, aber ich ging hinauf und sagte, ich hätte sie gefunden.

Bodd rief Martinsen an, aber der ging nicht ran. Er fluchte. Wir gingen langsam ins Bowlingcenter und holten uns jeder einen Kaffee. Bodd bestellte noch eine Cola dazu und sagte zu der Ferienaushilfe hinter der Theke, er komme direkt aus dem Urlaub. Er brauche einen ordentlichen Koffeinschock. Das Mädchen lächelte.

Bodd flirtete weiter: Würdest du heute Minustemperaturen verkaufen, wärst du Millionärin.

Wollt ihr spielen?, fragte das Mädchen.

Mal sehen, sagte Bodd. Bis jetzt reicht es mir vollkommen, dich anzusehen.

Wir setzten uns. Ich war schon einige Male hier gewesen. Es war witzig. Die Ausländer operierten in Clans und spielten jeweils auf ihrer Bahn.

Die Serben spielten links, die Kurden in der Mitte und die Somalier rechts. Sie spielten mit einer Intensität, als würden sie parallel ihre nationalen Meisterschaften austragen.

Ich fragte, wo Bodd im Urlaub gewesen sei.

In Spanien, antwortete er. Costa del Sol.

War es schön?

Dreißig Grad am Tag. Dreißig Mädchen in der Nacht.

Ich überlegte, dass die Redaktion die Entscheidung gestern in aller Frühe getroffen haben musste. Sie hatten Bodd aus dem Urlaub geholt und mir nichts gesagt. Vermutlich hatten sie dem Kerl die Heimreise bezahlt. Sie hatten ihn dafür bezahlt, dass er mir die Geschichte wegschnappte. Ich hatte einen neuen Job bekommen, dachte ich. Ich war Privatchauffeur und Fremdenführer geworden.

Wir fahren die alte Taktik, sagte Bodd. Den Ton finden, für

gute Stimmung sorgen und alles aus ihnen herausquetschen, was sie wissen.

Nach dem Spiel ging er hinüber ins Nebenzimmer. Ich folgte ihm, blieb aber in der Tür stehen. Bodd nahm sich einen Stuhl und setzte sich vor die Serben. Er stellte sich auf Englisch vor und sagte, er würde gern wissen, was passiert sei. Er wolle die Geschichte von ihnen hören. Was wahr sei. Was gelogen sei. Er wolle sich ganz ruhig unterhalten.

Was für ein Blödmann. Er würde alles kaputtmachen. Die Serben sahen demonstrativ an ihm vorbei. Sie starrten auf den Bildschirm, wo noch einmal die Höhepunkte der Partie gezeigt wurden. Italien war ein Tor von Christian Vieri aberkannt worden. Die Wiederholung zeigte, dass es der reinste Betrug war.

Was ist eigentlich passiert?, fragte Bodd.

Offside, antworteten die Serben.

Sie lachten. Bodd lachte.

Der Serbe, der am besten aussah, trug ein Basketballtrikot von New Jersey. Er beugte sich zu Bodd vor: Wir haben nichts zu verbergen, sagte er.

Bodd zückte seinen Notizblock. Was für ein Trottel. Zu Stift und Papier greifen war der sicherste Weg, die Leute zum Schweigen zu bringen. Bodd sagte, sie sollten einfach erzählen. Er sei ein guter Zuhörer. Das könne er am besten. Zuhören.

Keiner sagte etwas.

Bodd schlug mit dem Stift auf den Block.

Ich verstehe, dass es schwierig ist. Aber wir sind nicht die Polizei. Wir sind vielmehr auf eurer Seite.

Einer der Serben bat seinen Nachbarn um eine Zigarette. Die Schachtel auf dem Tisch war leer. Bodd beeilte sich, eine Runde Zigaretten auszugeben.

Was haltet ihr von all dem Gerede in Odda?, fragte er.

Keiner gab eine Antwort.

Es muss ja ein schreckliches Gefühl sein, wenn ihr unschuldig seid.

Der Typ im Basketballtrikot sagte auf Serbisch etwas zu den anderen. Sein Nachbar beugte sich vor und packte ihn an der Schulter, als wolle er ihn zurückhalten.

Warum sollten wir uns mit dir unterhalten?, fragte der Nachbar, der eine rote Schirmmütze von *VG* trug. Du glaubst uns sowieso nicht.

Warum nicht?

Weil wir Serben sind.

Der Besitzer des Bowlingcenters kam herüber und mischte sich ein. Es war ein kleiner Kerl mit Schnurrbart, der sagte, der Sohn von Pedersen sei an dem Abend hier gewesen. Er habe zusammen mit seiner Clique herumgepöbelt. Sie pöbelten immer herum. Das sei schlecht für den Ruf des Bowlingcenters.

Kam es zu einer Schlägerei?, fragte Bodd.

Der Besitzer schüttelte den Kopf. Bodd wandte sich an die Serben und fragte: Aber gab es nicht eine Schlägerei vor dem *Hamburger Heaven*? Habt ihr dort auf ihn gewartet und ihn verfolgt?

Sollte nicht die Polizei die Nachforschungen anstellen?, fragte der Besitzer.

Bodd überhörte ihn und fragte, ob die drei ein Auto hätten. Hatten sie den Jungen verfolgt und ihn von der Straße abgedrängt?

Er war ein Schneeball, sagte der Typ mit der *VG*-Kappe. Eine Kartoffel.

Bodd fragte, was das heiße.

Nur das, antwortete der Typ. Er war eine Kartoffel.

Und das bedeutet?, fragte Bodd.

Dass er Norweger war. Wie du.

Ich bin also eine Kartoffel?

Du bist eine der größten Kartoffeln, die ich je gesehen habe. Du könntest eine ganze Familie ernähren.

Bodd lächelte.

Endlich sagte auch der Serbe, der die ganze Zeit geschwiegen hatte, etwas: Wenn du es wissen willst, es wird kaum einer von uns zur Beerdigung kommen.

Bodd fragte, wieso nicht. Der Typ fragte, ob Bodd schwerhörig sei.

Bodd ließ nicht locker: Und warum wollt ihr nicht zur Beerdigung kommen?

Wir haben nicht die richtigen Klamotten, sagte der Typ im Basketballtrikot.

Die Serben grinsten. Bodd grinste auch, als wäre er einer von ihnen. Er grinste und machte sich Notizen. Was für ein Vollidiot. Die Serben sollten den Mund halten, dachte ich. Sie waren nicht schlau genug, um den Mund zu halten. Sie ließen sich gerade ausziehen und schafften es nicht, den Mund zu halten. Bodd bekam exakt das, was er wollte.

Derjenige, der am besten aussah, schien auch am dümmsten zu sein.

Er sagte: Wir mögen Beerdigungen nicht. Sie sind so traurig. Ich heule schon, wenn ich nur daran denke.

Bodd sah zu mir herüber und lächelte. Er nickte.

Du gehörst also zur Sorte der Rührseligen?

Der Serbe verstand nicht, was er meinte.

Du bist voller Gefühle?

Ja, sagte der Serbe, ich heule bei der kleinsten Gelegenheit.

Bodd fragte erneut, was passiert sei.

Keiner sagte etwas.

Bodd nahm eine Karte aus seiner Brieftasche und gab sie dem Serben mit der *VG*-Kappe. Sie könnten ihn zu jeder Tages- und Nachtzeit anrufen. Bodd wandte sich um und nickte mir zu. Er schob die Sonnenbrille hoch und ging zur Treppe. Ich blieb stehen und sah auf die Leinwand, wo das Spiel gerade zusammengefasst wurde. Christian Vieri lag der Länge nach im Gras. In seinem blauen Trikot sah er aus wie ein Tourist, der in einem Becken mit grünem Wasser trieb.

Jahre der Erfahrung hatten mich gelehrt, dass Dienstag nach dem Mittagessen perfekt war. Schickte ich die Sachen Dienstag nach dem Mittagessen weg, hatte ich eine reelle Chance, dass sie abgedruckt wurden. Das war Teil der Arbeit auf einer Außenstelle. Zu wissen, wann es Löcher gab, die mit Worten und Bildern gefüllt werden mussten.

Jetzt hatten wir Dienstag nach dem Mittagessen, und ich umschloss das Lenkrad so fest mit der Hand, dass sie wieder anfing zu bluten. Ich hätte in Bergen anrufen sollen. Wir haben hier eine entsicherte Kanone, hätte ich sagen sollen. Aber diejenigen, mit denen ich sprechen würde, waren diejenigen, die den Kerl geschickt hatten. Sie würden nicht verstehen, worauf ich hinauswollte.

Erik Bodd saß auf dem Rücksitz des Volvos und schnipste mit den Fingern. Der ganze Typ nervte mich. Manche Leute nerven dich schon, wenn du ihnen die Hand gibst. Die Serben kamen kurz vor zwei aus dem Bowlingcenter. Sie gingen rasch in die Fußgängerzone und telefonierten dabei mit ihren Handys. Martinsen fotografierte durch ein heruntergekurbeltes Seitenfenster.

Tickende Bomben, sagte Bodd.

Martinsen ließ die Kamera sinken.

Hast du sie erwischt?, fragte Bodd. Er sagte, an die Serben würden wir uns später hängen. Im Idealfall hätten wir jetzt ein Team, das sie regulär beschattete, aber im Moment war die Familie Pedersen am wichtigsten. Wo wohnt der Junge eigentlich?

Du interviewst keine Familie in Trauer, protestierte ich. Von einer trauernden Familie hältst du dich fern.

Bodd wartete einen Augenblick, bevor er sagte, auch das Opfer habe ein Recht darauf, gehört zu werden. Es sei Aufgabe eines Rechtsstaats, sich alle Parteien anzuhören. Da der Junge aus natürlichen Gründen nicht für sich sprechen könne, sei die Familie als sein Sprachrohr anzusehen. Ich sah Martinsen an. Er sagte nichts. Er trug ein kurzärmeliges Hemd und eine Sonnenbrille, die seine Augen verdeckte.

Bodd beugte sich zwischen den Sitzen nach vorn: Du kennst diesen Ort in- und auswendig. Wir müssen deine Ortskenntnis nutzen.

Ich sagte, ich könne sie nach Buer bringen. Den Rest müssten sie selbst erledigen. Ohne ein weiteres Wort fuhr ich den Røldalsvegen hinauf, bog bei Vasstun nach rechts und fuhr weiter über Eidesmoen. Durch die Bäume am Stadion hindurch sah ich einen Typen, der die Linien auf dem Fußballplatz nachzeichnete. Er ging langsam die eine Längsseite hinunter. Der weiße Rahmen erinnerte mich daran, dass die Spieler fehlten. Ich hatte gehört, dass Odda Probleme hatte, in dieser Saison die Erste Mannschaft zu stellen. Im Training waren sie manchmal nur zu sechst oder zu siebt. Ein paar lokale Firmen hatten sich zusammengetan, um Geld für einen Topschützen locker zu machen. Ein Nigerianer war vor Saisonbeginn nach Odda gekommen. Der Typ schoss im Eröffnungsspiel drei Tore, dann fuhr er wieder nach Hause. Der Lokalzeitung hatte er erklärt, man habe ihm versprochen, im Fluss Lachse angeln zu dürfen, aber der Club habe ihm keinen Angelschein besorgt.

Buer lag in einem Seitenarm des Oddatals. Das restliche Odda sah aus, als hätte es im Boxring zu Hause verloren. Im Buertal hatte der Gletscher jahrtausendelang unermüdlich daran gearbeitet, ein harmonisches U zu formen. Später hatte sich das Eis zurückgezogen, als wollte es sich an seinem eigenen Werk erfreuen. Heute war das Tal voller Touristen und grasender Schafe.

Auf der Jordalsbrücke saßen zwei Frauen und ein Mann auf Campingstühlen mitten auf der Straße. Ich bremste ab und fuhr an die Seite. Der Mann stand langsam auf. Ich kannte ihn von früher. Es war der Dicke, der kürzlich den Campingplatz Hovden übernommen hatte.

Åge Lyngstad musterte uns durch das offene Seitenfenster.

Tut mir leid, sagte er, aber die Familie will hier keine Journalisten haben.

Bodd machte die Tür auf und stieg aus.

Wir haben einen Termin, bluffte er.

Lyngstad sah Bodd nicht an. Er winkte mich nach draußen und zog mich beiseite: Du bist ein anständiger Kerl, Bell, aber die Familie hat es schon schwer genug. Die Presse hat sich die ganze Nacht um das Haus herumgedrückt.

Kann Bell nicht allein hineinfahren?, fragte Bodd. Er ist schließlich ein ehemaliger Spielkamerad von Pedersen.

Lyngstad forderte Bodd auf, sich herauszuhalten, und wandte sich wieder an mich. Er würde mir vertrauen, sagte er. Er wolle sehen, was sich machen ließe. Er ging zu den anderen. Ich sah, wie sie miteinander redeten. Eine der Frauen holte ein Handy hervor. Ich zündete mir eine Zigarette an und setzte mich auf die warme Motorhaube.

Das hier ist nicht richtig, sagte ich.

Denk dran, du bist Journalist, sagte Bodd. Du bist nicht Jesus.

Åge Lyngstad kam zurück. Er sagte, Pedersen wolle mit mir reden. Ich könne allein zum Haus gehen. Ich zögerte. Dann drückte ich die Zigarette aus und ging den Kiesweg hinauf. Der breite Bach durch das Tal war kurz davor, über die Ufer zu treten. Er war braun und voller Dreck. Auf dem Hof standen zwei Häuser, eins aus den fünfziger Jahren und ein neues, das Pedersen, wie ich wusste, selbst gebaut hatte. Das Ackerland hatte das struppige Aussehen angenommen, das charakteristisch für einen verfallenden Bauernhof ist.

Das Eisauto stand auf dem Hof. Es hieß, Pedersen habe vor ein paar Jahren Probleme mit seinem Finanzbeamten bekommen. Um Steuern zu sparen, hatte Pedersen eine viel zu hohe Kilometerzahl angegeben. Der Finanzbeamte hatte den Steuerprüfer informiert, was Pedersen dazu bewogen hatte, sofort in sein Eisauto zu steigen, den Motor anzulassen und an einem Wochenende nach Schweden zu fahren und wieder zurück.

Ich ging zur Treppe und klingelte. Ich konnte von drinnen Geräusche hören. Niemand machte auf. Ich blieb stehen. Ich klingelte noch einmal. Das Haus stand so, dass sie mich von der Brücke aus nicht sehen konnten. Ich könnte kehrtmachen, mir eine Zigarette genehmigen und wieder nach unten gehen. Ich könnte sagen, Pedersen wolle nicht mit uns reden. Vergiss das Ganze, könnte ich sagen, vergiss den ganzen Mist.

Ein junges Mädchen machte auf. Sie trug ein T-Shirt mit einem Schriftzug über den kleinen Brüsten: I LOVE MY ATTITUDE PROBLEM. Das T-Shirt konnte den Bauch nicht verbergen, der über die Trainingshose hing. Ich fragte nach ihrem Vater. Sie drehte sich halb um und rief nach ihm. Mein Blick wurde von ihrem Bauch angezogen.

Pedersen kam heraus und grüßte. Er lief mit freiem Oberkörper herum. Ich sagte, das mit seinem Sohn sei eine traurige Sache. Ich sagte, ich wolle nicht stören. Pedersen bat mich herein. Ich folgte ihm. Im Wohnzimmer roch es muffig. Der Fernseher lief. Eine neue Partie war im Gang. Portugal gegen Polen, bei richtigem Pisswetter. Pedersen erklärte, er habe sich eine Parabolantenne zugelegt. Jetzt könne er aus sechs Kanälen mit WM-Spielen wählen. Man könne das Spiel von oben, von der Reservebank oder von der Tribüne aus sehen. Er zeigte es mir. Ich sah Spieler, die in einem Regen herumliefen, den es fast nur in Filmen gab.

Willst du was trinken?, fragte Pedersen.

Ohne die Antwort abzuwarten, schenkte er mir aus einer Wodkaflasche ein. Wir tranken und sahen uns das Spiel an. Die Portugiesen wirkten wie die Reservebank für Brasilien. Sie spielten witzigen Fußball, und ich würde gern zu ihnen halten, aber sie enttäuschten fast immer. Wenn es wirklich drauf ankam, waren sie nicht Brasilien. Ich fand es seltsam, in diesem Trauerhaus Fußball zu sehen. Die Tochter von Pedersen kam wieder herein und setzte sich aufs Sofa. Sie sah mich mit frechem Blick an. Ich konnte den Blick nicht von ihrem nackten Bauch nehmen. Sie sah es und zog das T-Shirt weiter herunter. Bald war der Bauch wieder entblößt.

Pedersen zündete sich eine Zigarette an und sagte, er habe überlegt, mich anzurufen. Er habe einiges auf dem Herzen. Er stand auf und musste einen Schritt zur Seite machen, um nicht zu fallen. Er hatte eine mächtige Fahne. Ich sagte, es sei okay, wenn er noch warten wolle. Er wolle reden, sagte Pedersen. Ich wiederholte, dass wir gern warten könnten. Wir hätten Zeit. In Situationen wie diesen sage man oft Dinge, die man sonst nicht sagen würde.

Was willst du damit sagen?, fragte Pedersen. Dass ich besoffen bin?

Ich erzählte, wir seien auf der Brücke angehalten worden. Sie hielten dort alle Presseleute an. Ich dachte, die Familie wolle in Ruhe gelassen werden, sagte ich. Pedersen sagte, er zweifle nicht daran, dass sie es gut meinten. Aber sie hätten keine Ahnung. Sie wüssten nicht, was er den letzten Tag durchgemacht habe. Kein Mensch wisse das.

Ich will mit allen reden, sagte Pedersen. Bring sie nur her. Führ sie herein.

Die Tochter von Pedersen sah mich an. Ich versuchte, wegzusehen. Mein Blick blieb immer wieder an ihrem nackten Bauch hängen. Ich überlegte, wie es wohl wäre, eine Hand auf den weichen Bauch zu legen.

Du hältst ihn für einen Nazi, stimmt's?, fragte Pedersen.

Ich halte ihn für gar nichts, sagte ich. Ich will nur deine Meinung zu der Sache hören.

Du hältst ihn für einen Nazi. Das tun doch alle. Du bist kein Deut besser als die anderen.

Ich sagte, mir ginge es nur darum, herauszufinden, was tatsächlich vorgefallen war.

Er sagte, ich weiß doch, wie der Hase läuft. Hierherkommen. Einem schöntun. Einen auf Freund machen. Ich wolle doch bloß einen ganz gewöhnlichen Jungen abstempeln. Sein Junge sei vielleicht nicht der Sohn vor dem Herrn gewesen, aber er habe gerade eine neue Stelle gefunden.

Willst du ihn sehen?, fragte Pedersen.

Was?

Willst du ihn sehen?

Ich stand auf und sagte, ich könne später wiederkommen.

Willst du ihn denn nicht sehen?

Ich bedankte mich für den Drink und ging zur Tür. Pedersen verstellte mir den Weg. Er packte mich am Arm und führte mich zur Treppe.

Ich will, dass du ihn siehst, sagte Pedersen.

Ich versuchte, mich loszureißen, aber Pedersen war wild entschlossen. Er schob mich die Treppe hinauf, Stufe für Stufe. Ich gab nach und ging mit. Eine Tür im Obergeschoss stand einen Spaltbreit offen. Ich sah hinein und entdeckte Plakate und Fußballspieler, einen Fernseher, eine Stereoanlage. Ich war davon ausgegangen, dass der Junge zur Obduktion geschickt worden war, aber er lag in diesem Zimmer, mit Blumen um ihn herum. Ich erhaschte nur einen kurzen Blick auf ihn und hörte jemanden weinen.

Pedersen drückte mich im Gang an die Wand.

Ich will, dass du schreibst, dass er ein guter Junge war, flüsterte er. Guttorm war der beste Junge der Welt. Das sollst du schreiben. Der beste Junge der Welt.

Ich hörte eine Frauenstimme aus dem Zimmer. Jemand stand von einem Bett auf. Pedersen ließ mich los und ging hinein. Ich blieb stehen und hörte sie streiten. Leise ging ich die Treppe hinunter. Das Mädchen saß immer noch auf dem Sofa vor dem Fernseher. Sie folgte mir mit Blicken, als ich das Wohnzimmer durchquerte.

Draußen blieb ich stehen und rauchte eine Zigarette. Ich ging den Kiesweg hinunter und setze mich auf den Randstein. Ich stank. Ich schwitzte. Sogar im Schritt schwitzte ich. Ein Hubschrauber kam das Tal herauf und begann, über dem Hof zu kreisen. Er ging immer tiefer, bis er nur noch rund dreißig Meter über dem Haus hing. Pedersen kam heraus und schrie. Er winkte dem Hubschrauber zu und zeigte. Er wollte offensichtlich, dass dieser auf dem Hof landete. Ohne, dass ich sehen konnte, warum, stolperte Pedersen, fiel hin und blieb liegen.

Ich ging den Kiesweg hinunter. Der Hubschrauber stieg hoch und verschwand Richtung Sandvinvatnet. An der Brücke nickte ich den Aufpassern zu. Lyngstad stand von seinem Campingstuhl auf und kam hinter mir her. Ich drehte mich nicht um. Bodd und Martinsen warteten unten beim Volvo. Ich sagte, Pedersen wolle noch nicht reden. Wir müssten das respektieren. Die Familie wolle noch warten. Wir setzten uns ins Auto und fuhren langsam ins Zentrum. Ich dachte an den weichen Bauch des Mädchens. Ich dachte an den Regen, der in ein Fußballstadion in Korea fiel.

Ein Hund saß vor dem Coop Mega in der Sonne. Er hatte die Hinterbeine untergeschlagen, die Vorderpfoten hielten ihn mühevoll aufrecht. Der Hund saß in einer Stellung, die zeigte, dass er von der Hitze erledigt war. Ich tätschelte ihm den Kopf, während er zu mir aufsah.

Ich ging ins *Domuscafé*. Domus hatte seinen Namen in Coop Mega geändert, und das *Domuscafé* hieß jetzt *City Life*. Keiner benutzte den neuen Namen, und seit der Renovierung waren auch fast keine Leute mehr hier. An den Wänden hingen Fotos von Filmstars. James Dean überquerte den Times Square im Regen, Jean Seberg und Jean-Paul Belmondo schlenderten eine Avenue in Paris entlang. Seberg trug ein T-Shirt, auf dem *New York Herald Tribune* stand.

Vom Café aus sah man auf die Elektroabteilung und Regale voller Spielzeug. Dort hatten Irene und ich gestanden, als sie mir das erste Mal gesagt hatte, sie würde mich lieben. Es war vorletztes Jahr an einem schönen Sommertag gewesen, und sie hatte eine altmodische Sonnenbrille aufgehabt, die ihr wirklich gut stand. Zwischen den Regalen hatten wir Heimlichkeiten ausgetauscht. Das war der Vorteil, wenn man seine Schwägerin liebte. Man konnte sich mit ihr zwischen den Regalen im Domus unterhalten, ohne dass jemand Verdacht schöpfte.

Ich holte mir eine Tasse Kaffee und ein labbriges Brötchen. Es waren erst dreieinhalb Stunden vergangen, seit ich Erik Bodd am Anleger abgeholt hatte, und schon ertrug ich den Kerl kaum noch. Im Büro hatte er mit den Fingern geschnipst, als wäre er in der hiesigen Disko. Er hatte gesagt, am allerwichtigsten sei es, die Verdächtigen an die Handlung zu binden, sie direkt mit dem Mord in Verbindung zu bringen. Es sei unsere Aufgabe, die Wahrheit zu finden, die Beule in dem Teppich zu entlarven.

Was ist mit der Beule in deiner Hose?, hätte ich gern gefragt.

Bodd hatte vorgeschlagen, er und Martinsen würden den Serben auf den Fersen bleiben. Ich sollte den Puls von Odda fühlen. Die gedrückte Stimmung. Das Unwirkliche. Den Schock. Ich hatte nicht protestiert. Ich hatte mich einfach umgedreht und war ins Café gegangen.

Weder der Bürgermeister noch der Pfarrer nahmen ab, als ich anrief. Ich fühlte mich schwer und müde. Ich überlegte, was man zu einem Mord eigentlich sagen konnte? Jemand ist tot. Jemand ist für immer verschwunden. Jemand ist verantwortlich. Jemand muss den Verantwortlichen finden. Gibt es mehr dazu zu sagen? Ich weiß noch, was der Fotograf Weegee in seiner Autobiografie über Mord schrieb. Es ist die leichteste Sache der Welt, über einen Mord zu berichten, schrieb Weegee, es gibt nichts Leichteres, als über einen Mord zu berichten.

Ich blieb sitzen und beobachtete ein älteres Ehepaar, das schweigend Napoleonschnitten aß. Als sie den Kuchen aufgegessen hatten, standen sie gleichzeitig auf, noch immer ohne ein Wort zu wechseln. Als wären ihnen die Wörter ausgegangen, aber alle Bewegungen waren durch jahrelanges trial and error koordiniert worden. So war es auch, wenn man für eine Zeitung schrieb. Am Anfang hatte man einen Haufen Wörter. Man schrieb und schrieb. Man schrieb über alles Mögliche. Man schrieb früh, man schrieb spät, man schrieb pausenlos. Man pumpte Worte aus sich heraus. Man hämmerte Worte herunter. Allmählich gingen sie einem aus. Man schrieb weiter, aber man schrieb immer weniger. Man schrieb immer wieder die gleichen Artikel, jedoch ohne Feuer. Zum Schluss waren keine Wörter mehr da, nur die Bewegungen waren geblieben, wie ein automatisiertes Repertoire ohne Inhalt.

Ich ging nach draußen. Im Rathaus nahm ich den Fahrstuhl in den zweiten Stock. In den fünfziger Jahren war das Rathaus *das* Schmuckstück der Sozialdemokratischen Vereinigung gewesen. Das Rathaus galt als der Ort für Politik, Verwaltung und Kultur. Jetzt gab es Risse im Putz, Löcher im Linoleum und Zigaretten in den Blumentöpfen. Die Sekretärin des Bürgermeisters lächelte mir zu, als ich das Vorzimmer betrat. Sie sagte, ich könne zu Elvestad hineingehen und auf ihn warten. Er komme sofort.

Der Bürgermeister hatte eine Minigolfbahn in seinem Büro. An der Wand stand eine komplette Golfausrüstung. Vor ein paar Jahren war ich mit dem Bürgermeister aneinandergeraten. *BT* hatte mehrere Artikel darüber gebracht, dass sich die Gemeinde Odda an der Börse verspekuliert habe. Zwei Wirtschaftsjournalisten hatten die Artikel geschrieben. Dennoch hatte der Bürgermeister mich persönlich dafür verantwortlich gemacht. Später hatten wir ein klärendes Gespräch geführt.

Elvestad kam herein und grüßte. Er sei froh, sagte er, dass ich vorbeikomme. Er habe sogar schon erwogen, von sich aus Kontakt aufzunehmen. Er brauche einen Rat von einem, der sowohl die Presse als auch Odda von innen kenne. Das Ganze sei natürlich eine Tragödie, und sein Mitgefühl gelte den Angehörigen. So etwas hätte nie passieren dürfen. Es sei das erste Mal, dass wir diese Art von Krawall in Odda hatten. Die Gemeinde habe für solche Situationen einen Krisenplan, und bislang habe alles funktioniert.

Aber jetzt müssen wir nach vorn schauen, sagte Elvestad. Wir müssen den Blick auf das richten, was an diesem Ort gut ist. Das Negative ins Positive verwandeln. Sind Sie nicht auch dieser Meinung?

Ich hatte keine Ahnung, wovon er sprach.

Er sagte, ausnahmsweise einmal sei Odda im Fokus. Viele tüchtige Presseleute seien derzeit in der Stadt. Es sei eine Situation, die man unbedingt nutzen müsse. Er wisse nicht, ob er für alle Journalisten eine Pressekonferenz abhalten solle oder sich jedem einzeln nähern.

Ich wartete ab. Ich verstand nicht, worauf er hinauswollte. Elvestad sagte nichts mehr.

Was ist eigentlich Ihre Botschaft?, fragte ich.

Der Bürgermeister stand auf. Er zog ein Taschentuch heraus und wischte sich den Schweiß ab. Er sagte etwas von wegen Odda hinke hinterher. Die Küste mache zur Zeit alle Stiche. Die Küste laufe so gut, es sei zum Heulen. Obwohl Odda und vergleichbare Orte Norwegen modernisiert hatten, würde uns keiner dafür danken. Er wolle Odda wieder auf die Karte setzen. Den negativen Trend umkehren.

Die Sonne heizte den Raum so sehr auf, dass es fast unerträglich war. Ich überlegte, was ich über die angespannte Stimmung in Odda schreiben sollte. Ein sicherer Winner war natürlich ein Interview mit dem Blumenhändler vor Ort. Ein Mord war für den Blumenhändler perfekt. Elvestad psalmodierte weiter, man müsse die Wirtschaft stimulieren und lösungsorientiert vorgehen. Er ist kein schlechter Mann, dachte ich. Er meint es gut, und er hat das Vertrauen der meisten Oddaer. Er ist volksnah und strahlt eine natürliche Autorität aus.

Ich blieb sitzen und starrte auf Elvestads Haare. Er hatte mir gestanden, dass er sie grau färbte. Eigentlich waren sie noch immer ziemlich dunkel. Das war ein Trick, den er einem Buch über Bill Clinton entnommen hatte. Man durfte nicht zu gut aussehen, wenn man als Politiker Karriere machen wollte. In Odda musste man zumindest darauf Rücksicht nehmen, dass fast die Hälfte der Wählerschaft Rentner waren.

Ich bekam eine SMS. Von Irene: *Ruf mich bei der Arbeit an.*

Ich betrachtete die Tauben, die draußen auf dem Fensterbrett gurrten und vögelten. Die Sonne presste Tropfen aus meiner Haut, aus meinem Inneren nach außen, in einem kontinuierlichen Fluss. Ich war kurz davor, die Geduld zu verlieren. Der Bürgermeister predigte weiter von wegen wir hätten eine Zeit der Herausforderungen vor uns. Der Oddaer, der glaube, er sei fertig mit Lernen, habe nicht ausgelernt, sondern sei lediglich fertig, meinte der Bürgermeister. Wir sollten von unserem sozialdemokratischen Erbe das Beste mitnehmen und geradewegs in die neue Zeit hineingehen.

Wenn Sie Ihre Botschaft in einem Wort zusammenfassen müssten?, fragte ich.

Der Bürgermeister schwieg. Dann sagte er, er denke nach. Er wolle das hier richtig formulieren. Er ging zu der Minigolfbahn und machte einen Probeschlag. Dann drehte er sich zu mir um.

Wenn ich es in einem einzigen Wort sagen soll, müsste es heißen: *Aufwärts mit Odda*.

Er sagte, die Reformmaßnahmen seien geglückt. Das zeige die Evaluierung der Houston Consulting Group. Durch das Projekt *Aufwärts mit Odda* seien viele neue Arbeitsplätze entstanden. Jetzt sei es wichtig, die Medien ins Boot zu holen. Mir war aufgefallen, dass das zu seinen Lieblingsausdrücken gehörte: *Die Medien ins Boot holen*. Wenn er nur die Medien ins Boot holen konnte, war es vollkommen egal, was die Medien vermittelten.

Ich hätte gern gesagt, der Bericht sei reine Zahlenmagie. Sie hätten jongliert und es so hingedreht, dass es aussah, als hätten sie neue Arbeitsplätze geschaffen. Aber die meisten machten dieselbe Arbeit wie zuvor, nur arbeiteten sie jetzt für Privatfirmen mit wunderbar englischen Namen. Ich sagte nichts, ich wollte nur noch weg aus dem Büro. Ich würde darüber nachdenken, sagte ich. Er würde von mir hören. Elvestad sagte, meine Meinung sei ihm sehr wichtig.

Ich ging in den Steinpark und wählte ihre Nummer. Irene seufzte, als sie hörte, dass ich es war. Sie musste einfach meine Stimme hören, sagte sie. Sie musste wissen, ob es mir gut ging.

Du hast doch nicht etwa daran gedacht, etwas Schreckliches zu tun?

Ich wusste nicht, was ich antworten sollte. Ich war nicht sicher, ob ich daran gedacht hatte, etwas Schreckliches zu tun oder nicht.

Das darfst du nicht, Liebster.

Ich schwieg. Sie sagte, sie müsse mich sehen.

Ich sagte, sie brauche sich nur ans Fenster zu stellen, dann würde sie mich sehen.

Wo bist du?, fragte sie.

Im Steinpark.

Du machst Witze.

Stell dich ans Fenster, sagte ich.

Sie tauchte an einem der Bibliotheksfenster auf. Die Markise war herabgelassen, aber ich konnte sehen, dass sie ein helles Sommerkostüm trug. Sie sah eine Weile nach draußen, bevor sie mich entdeckte.

Wink mir zu, sagte ich.

Du bist so kindisch, sagte sie und winkte.

Sie sagte, dass sie vor Hitze fast vergehe. Sie müsse mich sehen. Es sei bestimmt nicht sehr schlau, aber sie müsse. Sie ertrage es nicht, auf diese Weise Schluss zu machen. Ob wir uns in der Hütte beim Staudamm treffen könnten? Ein letztes Mal?

Heute Abend?, fragte ich.

Ja, sagte sie.

Ich überlegte, dass ich arbeiten und erreichbar sein sollte. Man konnte nie wissen. Die Polizei konnte die Serben verhaften. Jemand konnte Amok laufen. Alles konnte passieren. Dennoch war es ein guter Tag, um sie zu sehen. Die Leute waren zur Zeit mit anderen Dingen beschäftigt. Wir konnten ein kleines Loch in den Tag bohren und verschwinden.

Du musst, sagte sie. Wir müssen.

Ich fragte mich, wie oft es schon so gelaufen war. Ich hatte geglaubt, es sei zu Ende. Es war nie zu Ende. Es war zu Ende. Es ging weiter. Es war vorbei. Es war nicht vorbei.

Küss mich, sagte ich.

Wenn uns jemand sieht.

Küss mich.

Ein Blick, Robert, und sie werden verstehen.

Küss mich.

Robert …

Sie schickte mir eine Kusshand.

Soll ich dich gegen halb zehn abholen?, fragte sie. Bei Shell?

Ich beendete das Gespräch und blieb sitzen. Es wäre fast besser gewesen, wenn es vorbei wäre. Dann hätte ich brüllen und den Kopf auf den Asphalt schlagen können. Jetzt verstand der Körper nicht, welches Signal der Kopf aussandte. Ich war froh, dass sie mich sehen wollte. Ich war traurig, weil sie mich nicht haben wollte.

Ich hatte nicht genügend Kraft, um aufzustehen. Die Bäume warfen eifrig Schatten auf das Straßenpflaster. Der Steinpark war eigentlich nichts Großartiges. Es gab ein paar Statuen, ein paar Bänke, einen Brunnen voller Abfall und Eispapier. Die Leute nutzten ihn eigentlich nur am Ersten Mai und am Nationalfeiertag.

Ich bin schon immer gern hier gewesen. Der Steinpark ließ mich an andere Orte denken, weit weg. Orte, an denen man von einer Bank aufstehen, die Straße hinuntergehen und verschwinden kann.

Martinsen rief an. Sie bräuchten ein Auto. Ich fragte, ob sie keinen Mietwagen bekommen hätten. Martinsen sagte, sie hätten einen Mietwagen, bräuchten aber einen ortskundigen Fahrer. Es sei eilig. Ich ging langsam zu meinem Volvo und fuhr zum Polizeirevier. Martinsen und Bodd stiegen ein. Sie forderten mich auf, einem schwarzen Saab zu folgen, der die Folgefonngata entlangfuhr. Ich fragte, was los sei.

In dem schwarzen Saab sitzt *VG*, sagte Bodd vom Rücksitz aus.

Ich fuhr durch die Folgefonngata und hing, noch bevor wir die Hauptstraße erreicht hatten, an der Stoßstange von *VG*. Martinsen sah in den Außenspiegel.

Dagbladet und *NTB* liegen dicht hinter uns, sagte er.

Kannst du die Kripo sehen?, fragte Bodd.

Er sagte, sie seien mit zwei Autos unterwegs, einem weißen Subaru und einem Toyota grau-metallic. Ich entdeckte die Autos ein Stück vor dem Saab. Sie blinkten links und fuhren auf die Hauptstraße. In einer Kolonne rollten wir das Tal hinauf. In Eide fuhr die Kripo einfach nur durch die Straßen, bevor es wieder ins Tal ging. Sie fuhren langsam, es war also nicht schwer, dranzubleiben. Es schien, als wüssten sie nicht, wohin.

Wohin wollen sie eigentlich?, fragte ich.

Keine Ahnung, sagte Bodd. Aber wenn *VG* der Kripo auf den Fersen folgt, dann gilt es, sich dranzuhängen. Niemand hat so gute Quellen in der Polizei wie *VG*. Wenn die Polizei etwas durchsickern lassen will, lässt sie es immer bei *VG* durchsickern. Wir fuhren wieder ins Zentrum und auf die Westseite. Ich fragte mich, ob sie mit uns spielten, ob sie uns veralbern wollten. Bodd fragte, ob es Asylanten gebe, die woanders als im Asylantenheim wohnten. Ich sagte, einige von ihnen wohnten im Zentrum, aber niemand sei in dieser Gegend hier untergebracht.

Was für Leute wohnen denn hier?, fragte Bodd.

Ich wohne hier, sagte ich.

He, stehst *du* unter Verdacht?, fragte Bodd und grinste.

Am Bauholzlager von *Dein Eigenheim* bremsten beide

Kripo-Autos und blinkten. Dann fuhren sie die Schotterstraße hinauf zum Rastplatz unter der Lawinenverbauung. *VG* fuhr hinterher. Anschließend folgte ich. Im Rückspiegel sah ich, dass *Dagbladet* und *NTB* dicht hinter mir waren.

Wir erreichten das kleine Plateau über dem Fjord und hielten am äußersten Rand des Rastplatzes. Aus dem Subaru stiegen drei Männer und eine Frau. Vier Männer kamen aus dem Toyota. Bodd schnipste mit den Fingern.

Was zum Teufel machen die hier?, fragte er.

Durch die Windschutzscheibe sah ich, wie einer der Männer den Kofferraum öffnete. Er nahm eine Tasche heraus, die er zu einem der Tische trug. Die Frau kam mit einer grünen Coop-Mega-Tüte hinterher.

Was zum Teufel geht hier vor?, fragte Bodd.

Sogar der Bartschrat vom *Hardanger Folkeblad* war aufgetaucht. Er stieg aus einem alten Lada aus. Der Kripo-Mensch von der gestrigen Pressekonferenz schlenderte über den Platz. Er kam direkt auf meinen Volvo zu.

Was passiert jetzt?, fragte Bodd vom Rücksitz.

Sie wollen Pizza essen, sagte Martinsen.

Der Kripo-Mensch beugte sich zu meinem Seitenfenster herunter.

Haben Sie Hunger?, fragte er.

Wir gaben keine Antwort.

Der Kripo-Mensch sagte: Denn wenn Sie keinen Hunger haben, dann lassen Sie uns in Ruhe essen.

Er ging weiter zu *VG*, *Dagbladet*, *NTB* und *Folkeblad*. Er beugte sich zu den verschiedenen Autos hinunter und sprach mit den Journalisten. Martinsen hatte recht. In der schwarzen Tasche befanden sich Pizzen. Die Kripoleute deckten den Tisch und wollten etwas essen. Wir blieben eine Weile sitzen, ohne ein Wort zu sagen.

Das ist ja wohl nicht wahr, sagte Martinsen. Sollen wir hier sitzen bleiben und ihnen beim Essen zuschauen?

Ich setzte zurück und fuhr wieder nach Odda. Er habe Hunger bekommen, als er den Kripobeamten beim Essen zusah, sagte Erik Bodd. Er wolle zu McDonald's. Martinsen protestierte. Er esse aus Prinzip nicht bei McDonald's. Bodd fragte, wann Martinsen prinzipiell geworden sei.

Ich schlug vor, ins *Chinatown* zu gehen. Alle Provinznester, die etwas auf sich hielten, brauchten ein Chinarestaurant, und nun hatte auch Odda seins. Das Essen dort war tatsächlich gut. Keiner protestierte.

Ich stellte das Auto bei der Kirche ab und wir gingen ins *Chinatown*, das im Erdgeschoss des ehemaligen *Zum Fröhlich Eck* lag. Im Obergeschoss befand sich ein Tanzlokal, dem der Vorbesitzer den Namen *Hard On* gegeben hatte, ohne zu ahnen, was *hard on* auf Englisch bedeutet. Bevor das Lokal in Konkurs gegangen war, hatten sie es mit Karaoke und Stripping versucht.

Mumuki stand hinter der Theke und lächelte. Sie hatte die Haare hochgesteckt und trug ein rotes Sommerkleid mit Drachenmuster. Ich fragte, ob heute Morgen alles klar gegangen sei. Sie bedankte sich für meine Hilfe. Ich sagte, sie solle nur Bescheid sagen, wenn ich noch etwas für sie tun könne. Sie nickte und lächelte wieder.

Habt ihr Lust auf das beste Essen der Welt?, fragte sie.

Bodd zog mich beiseite: Na, scharf auf sie?

Wir bestellten und setzten uns. Am Nachbartisch diskutierten sie den Mord in allen Details. Ein Mann mit Sonnenbrille sprach sich dafür aus, dass der Sohn von Pedersen von Bekannten umgebracht worden sein musste. Sie hätten gewusst, wer er war, und seien ihm in der Nacht gefolgt. Es könne kein Zufall gewesen sein. Sie mussten ihn gekannt haben. Ein anderer Typ hielt dagegen. Ich fand, sie unterhielten sich über den Mord wie über ein Fußballspiel.

Über dem Goldfischaquarium hing ein Plakat, das Odda aus der Luft zeigte. Das Bild war mit Porträts von schmutzigen Arbeitern aus den Fünfzigern gespickt. Darunter stand ein kleiner Text: *HARTE ZEITEN GEHEN VORBEI. HARTE KERLE NICHT*. Eine Werbeagentur in Oslo hatte den Slogan als Teil der Reformmaßnahmen lanciert. Den Gerüchten zufolge hatte er die Gemeinde dreihunderttausend Kronen gekostet. Das *Hardanger Folkeblad* hatte später herausgefunden, dass der Slogan direkt von einer vergleichbaren Kampagne für Detroit in Michigan geklaut worden war.

Die Chefin vom Dienst rief an, als wir gerade das Essen bekamen. Sie bat mich zu prüfen, ob der Sohn von Pedersen einen Hund hatte. Die Chefin vom Dienst sagte, sie hätten einen Tipp bekommen, wonach der Junge sehr an seinem Schäferhund gehangen habe.

Dadurch bekäme die Sache eine menschliche Wendung, sagte die Chefin vom Dienst. Der Hund, der sein fürsorgliches Herrchen verliert.

Das stimmt, sagte ich. Soll ich auch den Hund interviewen?

Bodd lachte. Wir aßen.

Bodd nickte Mumuki hinter der Theke zu. Er sagte, er habe eine Geschichte über den neuen Chefredakteur gehört. Der sei auf einer Zeitungskonferenz in Asien gewesen und in Bangkok zwischengelandet. Der Chefredakteur war Marathonläufer und wurde von einem Rückenleiden geplagt. Er hatte ein Massageinstitut aufgesucht, wo man ihn nach allen Regeln der Kunst mit Ölen und Cremes einrieb. Die Massage wurde immer intimer, was den Chefredakteur beunruhigte, aber er traute sich nicht, etwas zu sagen. Zum Schluss habe die Thaifrau lächelnd gefragt: *Mistha, you want happy ending?*

Bodd wieherte los: Und dann sagt der Chefredakteur, dass er, noch bevor er etwas sagen konnte, einfach reingerutscht sei. So hat sich der Typ ausgedrückt, er sei einfach reingerutscht!

Ist er denn nicht Christ?, fragte Martinsen.

Er ist kein gewöhnlicher Christ, er ist ein fröhlicher Christ, sagte Bodd. Und wenn du in Bangkok ein fröhlicher Christ bist, dann rutschst du verdammt schnell in was rein.

Martinsen sah auf die Uhr. Wir mussten zur Demo. Bodd sagte, er habe das Okay von der Chefin vom Dienst erhalten, die Identität der Serben preiszugeben, wenn sie verhaftet würden. Die Chefin vom Dienst habe es mit dem Chefredakteur besprochen, und die beiden seien sich einig gewesen. Bodd fragte, was ich dazu meinte. Ich sagte, ich könne nicht sehen, was eine Offenlegung ihrer Identität bringen solle.

Nicht?, fragte Bodd. Haben die Serben nicht überall um uns herum schon so viel Ärger gemacht, dass es jetzt an der Zeit ist, die Schuldigen zu benennen?

Ich sagte nichts.

Bodd fragte, wieso ich nicht erwähnt hätte, dass wir bei der ganzen Sache an der besten polizeilichen Quelle säßen.

Kannst du nicht versuchen, deinen Bruder ein wenig zu kitzeln?, fragte Bodd.

Das verstehe ich nicht, sagte ich.

Du könntest ihn doch ein wenig kitzeln, sagte Bodd, damit er spricht.

Im Journalismus und in der Liebe sei alles erlaubt, sagte Bodd.

Das geht nicht, sagte ich.

Warum nicht?, fragte Bodd.

Mein Bruder ist nicht kitzlig.

Oben im Steinpark wurde mir klar, dass jeder Ort der Welt sein Prozent an Dummköpfen braucht. Hier hatte sich das eine Prozent von Odda versammelt, um zu demonstrieren. Die Jungs von der Heimwehr standen am Springbrunnen. Mein ehemaliger Sportlehrer drückte sich im Jogginganzug herum und drehte sich eine Zigarette. Der Typ mit dem Spitznamen Fotzenjäger sprach mit einem Reporter von *TV 2* und hielt dabei ein handgeschriebenes Plakat hoch: *Fasst die Schuldigen.*

Trotzdem waren es bestimmt doppelt so viele Journalisten wie Demonstranten. Alle hechelten auf der Suche nach Motiven und Blickwinkeln durch den Park. *NTB* sprach mit Hans Petter Matre. *NRK* konzentrierte sich darauf, Bitter-Egil zu folgen. Der Bartschrat vom *Folkeblad* machte sich Notizen, während er Johnny 99 interviewte.

Ein Megafon heulte auf. Ein übergewichtiger Typ kletterte auf einen weißen Plastikstuhl. Hans Hansen war von der hiesigen Fortschrittspartei, ich kannte ihn noch aus der Zeit, als er den Parabolantennenladen im Fjordcenter betrieb. Bevor er in Konkurs gegangen war, hatte er bei mir zu Hause eine Schüssel installiert. Ich war ihm auf ewig dankbar. Jetzt hatte ich 57 Kanäle und nichts, was ich mir anschauen müsste.

Erik Bodd kam herüber und sagte, ich solle an der Massenkundgebung und der anschließenden Gedenkfeier teilnehmen. Wenn etwas Besonderes vorfalle, solle ich vierzig Zeilen schreiben. Ansonsten würden wir es bleiben lassen. Das hier sei *VG*s Veranstaltung. *VG* habe die Leute aufgefordert, sich zu versammeln, um Abscheu zu demonstrieren. *VG* habe die Regie des Ganzen übernommen. Sie hätten sogar die Plakate für die Demonstranten angefertigt. Ich fragte, ob er Witze mache.

Hans Hansen rief ins Megafon: Kein Mensch darf diese Situation und die Trauer der Familie ausnutzen. Trotzdem müssen wir sagen dürfen: genug ist genug. Der Preis für die Integration wird allmählich ziemlich hoch.

Die kleine Gruppe applaudierte.

Im Internet hatte ich von mehreren Führungsspitzen der Fortschrittspartei gelesen, die angekündigt hatten, nach Odda zu kommen. Keiner von ihnen war da. Sie hatten den Schwanz eingezogen, nachdem sie dafür kritisiert worden waren, aus einer Tragödie politisches Kapital zu schlagen. Das hier war Hans Hansens großer Tag. Die Leute in Odda nannten ihn Höschen-Hans, weil er dafür bekannt war, dass er Damenhöschen von Wäscheständern stibitzte. Er trug einen schwarzen Anzug, der zu eng wirkte. Schweißperlen standen ihm auf der Stirn. Hans Hansen war ein großer Mann, der in seinem Leben garantiert ein paar krumme Dinger gedreht hatte. Ich fragte mich, ob er unter dem schwarzen Anzug Damenhöschen trug.

Das hier ist ein Wertekampf, rief Höschen-Hans, ein Kampf gegen alle, die das christliche Kulturerbe herausfordern. Mehr als zwanzig Jahre lang haben wir an diejenigen, die hierherkamen, keine Forderungen gestellt. Jetzt ist es an der Zeit, Tacheles zu reden!

Nach seiner Rede zog der kleine Demonstrationszug vom Steinpark in die Fußgängerzone. Einige verfolgten den Aufmarsch vom Bürgersteig aus. Es lag etwas in der Luft, etwas nahezu Bedrohliches. Höschen-Hans lief mit einem Plakat vorneweg: *Kein Aufenthalt für Kriminelle.* Dann kamen die anderen Trottel. Der kleine Zug war von Presseleuten umzingelt. Ich kann mich nicht erinnern, wann zuletzt so viele Journalisten in Odda waren. Vielleicht damals, als die Stadt einen professionellen Katzenfänger aus Haugesund angeheuert hatte, weil die Wildkatzen zu einem Problem geworden waren. Der Katzenfänger hatte Fallen aufgestellt, bevor er den Tieren oben in der Sandgrube einen Nackenschuss verpasste. Auch damals war das ganze Pressekorps angerückt. Ich hatte die Jagd zusammen mit *TV 2* verfolgt. Ausgerechnet an dem betreffenden Nachmittag hatte es geregnet, weit und breit war keine Wildkatze in Sicht. *TV 2* hatte eilig eine Sendung zu bestücken, ein Wasserflugzeug wartete. Der Reporter hatte auf dem Rücksitz vor sich hingemurmelt: *Verdammt, wir brauchen doch nur eine Katze!*

Wir kamen am Pennerpark vorbei, und mir fiel auf, dass die Presseleute gut hierher passten. Fast alle waren schäbig gekleidet. Sie trugen T-Shirts, Khakishorts und Jeans. Ein Mädchen hatte einen Sonnenschirm und eine Sonnenbrille auf dem Kopf. Es sah vollkommen lächerlich aus. Die Presse hatte keinen Stil mehr. In den vierziger Jahren hatte Weegee immer in Anzug, Krawatte und Hut fotografiert. In seinem Buch schrieb er, man könne sein Haus oder seinen Job verlieren, aber ein Leben ohne Anzug sei es nicht wert, gelebt zu werden.

Unten an der Kirche hielt der Zug. Ein Fotograf stieß einen anderen weg. *VG* beschuldigte *NTB*, sich ihm bewusst in den Weg gestellt zu haben. *NTB* beschuldigte *VG* der Provokation. Sie wollten gerade aufeinander losgehen, da gingen Kollegen dazwischen. Die übrigen Fotografen richteten rasch ihre Kameras auf die beiden Streithähne und schossen ein paar Bilder.

Ich konnte mich nicht beherrschen und grinste vor mich hin. Der ganze Auftritt war zu komisch. Der *VG*-Fotograf sah mein Grinsen und kam zu mir herüber. Er kam mit seinem Gesicht ganz dicht an mich heran. Er hatte einen kleinen Schnurrbart und eine Halbglatze, auf der Schweißtropfen zu sehen waren.

Haben wir ein Problem?, fragte *VG*.

Was für ein Problem sollte das sein?, fragte ich.

Haben wir ein Problem?

An was für ein Problem denken Sie?

Hören Sie, ich stelle Ihnen eine Frage, und Sie antworten mir mit einer Gegenfrage. So kommen wir nicht weiter. Haben wir ein Problem oder haben wir keins?

Nicht, dass ich wüsste.

Es sieht so aus, als hätten wir eins.

Nein, haben wir nicht.

Es gibt hier also kein Problem?

Kein Problem.

Gut, ich hatte nämlich eine Weile das Gefühl, wir hätten hier ein Problem.

Nein, hier ist alles problemfrei.

Gut so. Problemfrei klingt sehr gut.

Der *VG*-Fotograf starrte mir ins Gesicht und trat dann langsam den Rückzug an. Er nickte und drehte sich um. Der Zug lief weiter Richtung Fluss. Am Kai wurden Lichter angezündet und Blumen niedergelegt. Ein Hubschrauber kam den Fjord herein und blieb über der Mündung hängen. Die Gruppe sang bei dröhnendem Motor *Gott segne unser Vaterland*. Ein paar Demonstranten schüttelten ihre Fäuste in Richtung Hubschrauber.

Ich ging wieder hinauf zur Hauptstraße, blieb dann stehen und sah auf den Kai. Die Fotografen und Journalisten umkreisten die kleine Gruppe. Die Linsen und Mikrofone erzeugten eine Art von Energie, von Elektrisierung. Etwas tat sich, etwas geriet ins Rampenlicht. Gleichzeitig hatte ich das Gefühl, die Stadt würde verschwinden. Odda wurde unsichtbar. Odda löste sich auf.

Ich ging zum Auto und fuhr hinauf nach Hjøllo. Die Luft,

die durch das Seitenfenster kam, kühlte mir den Kopf. *TV 2* hatte damals seine Katze bekommen. Eine halbe Stunde, bevor sie nach Bergen zurückmussten, hatte der Katzenfänger einigen Jungs eine Katze abgeluchst. Er hatte geblufft und gesagt, die Katze müsse zum Tierarzt. Widerwillig hatten die Jungs das Tier herausgerückt. Oben in der Sandgrube hatte die Katze einen Nackenschuss erhalten, der Reporter hatte gejubelt.

Der Volvo meines Vaters stand vor der Tür, aber im Haus war niemand zu sehen. Aus dem Keller hörte ich Gelächter. Ich streckte den Kopf in das Zimmer und sah eine amerikanische Sitcom im Fernseher. Irgendwo hatte ich gelesen, dass das Lachen für die meisten dieser Serien in den fünfziger oder sechziger Jahren aufgenommen worden war. Jedes Mal, wenn ich eine Komödie sah, überlegte ich, worüber die Leute damals wohl gelacht hatten.

An der Wand hing eine Reihe von Familienfotos. Es waren Fotos der glücklichen Stunden, der Tage, die dokumentiert werden mussten, damit wir den Alltag bewältigten. Da hing ein Hochzeitsfoto von Irene und Frank. Ich hatte damals eine Rede gehalten. Ich hatte sogar ein Lied geschrieben. Es gab auch ein Bild von Irene allein. Sie war etwas zu stark geschminkt, aber hübsch in ihrem weißen Kleid. Ich betrachtete das Bild und fragte mich, ob man den Zeitpunkt benennen kann, wenn das Leben die Richtung ändert und nie mehr dasselbe ist, den Augenblick, wenn man im Fluss liegt und zum ersten Mal die Strömung spürt.

Meine Eltern saßen auf der Terrasse im Schatten. Sie spielten Radiobingo. Ein Radiowecker stand auf dem Gartentisch, und der Radiosprecher las mit schläfriger Stimme Zahlen vor. Mein Vater hatte den Oberkörper frei, und sein Bauch hing über die Shorts. Er hatte zugenommen, seit er vom Werk die Kündigung bekommen hatte. Meine Mutter trug ein blaues Kleid. Sie wurde immer kleiner.

Wie geht's?, fragte ich, aber meine Mutter machte nur Psst.

Ich setzte mich auf einen Gartenstuhl. Die Sonne ging hinter Eidesnuten unter. In ganz Hjøllo war das Rauschen von Rasensprengern und Hochdruckspülern zu hören. Es roch nach Grillfleisch. Die Leute saßen in ihren Gärten und auf den Terrassen. Trotzdem wirkte es so, als seien sie gar nicht da, als wären sie Teil der Landschaft geworden.

Ich sah, wie behaart Odda geworden war. Der Ort war wie in Pelz gehüllt. Büsche und Bäume waren um Häuser und Gebäude gewachsen. Bald übernimmt die Natur das Ruder, dachte ich. Odda war voller Industrie und Dreck gewesen. Jetzt rächte sich die Natur. Neuerdings kamen sogar Hirsche nach Hjøllo. Meine Mutter hatte mich benachrichtigt, als ein Hirsch in die Gemüseabteilung vom Rimi eingedrungen war, aber das Tier war schon erlegt und abtransportiert, als ich ankam.

Während ich dort im Garten saß, kam der restliche Traum von heute Nacht zurück. Das Wasser war mir schon fast bis zum Hals gestiegen, als mein Vater endlich im Rückwärtsgang herankam. Ohne ein Wort war ich auf den Rücksitz geklettert. Wir waren spätabends durch Odda gefahren. In Hovden hatten wir gehalten und auf die Lichter der Brucevilla gestarrt. Langsam war das Wasser ins Wageninnere gedrungen.

Ich ging ins Badezimmer, um meine Wunde zu versorgen. Ich überlegte, mir den Bart abzurasieren. Ich hatte Irene gefragt, ob sie finde, ich hätte zu viele Haare am Körper. Sie hatte gelacht. Sie hatte im Bett gesessen, nur mit einem Höschen bekleidet. Ich hatte ihre Brüste geküsst. Was für eine süße Frage, hatte sie gesagt. Ich betrachtete mich im Spiegel. Dort waren zwei Männer zu sehen. Derjenige, der ich bisher gewesen war, und derjenige, den ich für den Rest meines Lebens sein sollte.

Ich ging in den Keller. Es roch nach Terpentin und faulen Äpfeln. Mein Vater hatte hier alte Zeitungen gebunkert. Er hatte ein eigenes System von schon gelesenen und noch zu lesenden Stapeln. Ich schob ein Rudergerät und ein altes Hockeyspiel zur Seite. Ich wühlte mich durch Schulbücher und Fußballhefte. Unten in einer Kiste lagen ein paar Karten zu Mutter- und Vatertagen. Im Regal fand ich einen Viewmaster mit 3D-Karten von verschiedenen Disney-Filmen. Ich hielt sie gegen das Licht und sah Micky Maus, der mit dem Gewehr auf einen riesigen Bären zielte.

Ich war sicher, dass Frank gesagt hatte, die Briefe seien hier versteckt. Er hatte mich gebeten, sie aufzubewahren. Er hatte es nicht übers Herz gebracht, sie wegzuwerfen, aber ich weigerte mich. Es war schon genug, dass ich ihm ein Alibi verschafft hatte. Nach einer Glasgow-Reise vor ein paar Jahren war ich in Bergen in einem Hotel abgestiegen, während Frank einen Tag länger geblieben war. Wir mussten zur selben Zeit nach Odda zurück, Irene durfte mich nicht einen Tag früher sehen als Frank. Das Hotel lag beim Bahnhof. Ich hatte mir die Züge angeschaut, ein Buch gelesen und mit keiner Menschenseele gesprochen. Einen Tag lang hatte ich nicht existiert.

Zwischen alten Kladden, in die Frank mit kräftigen Farben Bibelmotive gemalt hatte, lagen die Briefe. Ich überflog sie rasch, nahm sie mit ins Auto und legte das Bündel ins Handschuhfach. Ich würde sie einsetzen, wenn ich musste. Ich war ein Idiot, Irene zu lieben, aber ich wollte sie haben. Mein Bruder hatte mir das Einzige weggenommen, was ich jemals geliebt habe. Irgendwann würde ich mit ihm das Gleiche machen.

Ich fuhr hinunter zum Fluss. Von der Hjøllobrücke aus versuchte ein Kran, den Opel aus dem Wasser zu ziehen. Ein Fernsehteam filmte. Ich hielt, stieg aus und gesellte mich zu den Schaulustigen.

Lange her, dass sie so einen riesigen Fang gemacht haben!, scherzte ein Typ.

Ja, und dabei behaupten sie, der Fluss sei leer!, sagte ein anderer.

Unter der Brücke erblickte ich Dean Martini. Er wohnte die meiste Zeit des Jahres am Fluss. Er hatte sich die Stelle neben dem Brückenpfeiler fast wohnlich eingerichtet. Er konnte sich bestimmt nicht mehr daran erinnern, aber ich hatte einmal einen Wochenendartikel über ihn geschrieben. Er war ein Unikum in Odda, und die Leute nannten ihn Dean Martini, weil er stets elegant gekleidet war. Jetzt saß er mit einem Glas in der Hand in seinem Sessel. Ich hätte natürlich schon früher darauf kommen können. Dean Martini könnte an dem Abend etwas gesehen haben.

Ich ging die Treppe neben dem Brückenpfeiler hinunter und grüßte. Er legte die Hand an den Kopf wie ein Soldat. Heiß ist das, sagte ich. Er antwortete nicht. Ich fragte, ob er keine Angst habe, vom Wasser erfasst zu werden. Die Hitze hatte den Fluss in den letzten Tagen gefährlich ansteigen lassen. Experten fürchteten die Jahrhundertflut.

Bist du schon lange bei den Bullen?, fragte Dean Martini.

Er erinnerte sich offensichtlich nicht an mich.

Ich bin kein Bulle, sagte ich.

Du bist Bulle. Das seh ich von weitem.

Und wo ist dann meine Uniform?

Bulle in Zivil.

Ich arbeite für eine Zeitung. Ich bin Journalist.

Sag ich doch. Bulle in Zivil.

Ich fragte, ob er in der Nacht zum Montag hier gewesen sei. Ob er etwas gesehen oder gehört habe, als das Auto in den Fluss fuhr. Er erklärte, in dieser Nacht habe er sich einen Drink genehmigt. Er trinke, um den Flüssigkeitshaushalt im Gleichgewicht zu halten. Das sei der einzige Grund, weshalb er trinke. Er wolle gern seinen Flüssigkeitshaushalt in Ordnung haben. Das sei ein Job für sich.

Man muss immerzu schuften, sagte er. Der Flüssigkeitshaushalt muss perfekt sein. Verlierst du das Gleichgewicht, kommst du ganz schnell aus der Spur. Das sei sein Job, sagte er. Gerade jetzt habe er frei, aber er arbeite auch ein wenig in der Freizeit. Er hob das Glas und prostete mir zu.

Ich sagte, ich würde nicht daran zweifeln, dass er den härtesten Job der Welt habe. Ich machte kehrt und ging zurück zur Treppe.

Dean Martini rief hinter mir her: He, du, einen Tausender für einen Tipp!

Ich blieb stehen.

Wie viel ist meine Erinnerung wert, was meinst du?

Ich zuckte mit den Schultern und ging zurück.

Soll ich dir etwas über diesen Fluss erzählen?, fragte er. Etwas, was du noch nicht weißt? Ein Geheimnis?

Er schwieg eine Weile.

Dieser Fluss ist ein Bär, sagte Dean Martini. Verstehst du? Dieser Fluss ist ein reißender Bär. Er beugte sich zu mir vor, als wollte er mir ein Geheimnis anvertrauen.

Im Winter schläft der Fluss, sagte er. Im Frühjahr wacht er auf. Und dann ist er lebensgefährlich. Dann dürfen sich hier keine kleinen Jungs herumtreiben. Im Frühjahr werden kleine Jungs von diesem Fluss gefressen.

Ich bedankte mich. Ich sagte, das sei der beste Tipp, den ich seit langem bekommen hätte.

Und wo ist der Tausender?, fragte er.

Ich hätte kein Geld bei mir, sagte ich. Wenn er zu mir ins Büro käme, würde er sein Geld bekommen. Ich ging langsam wieder zur Treppe.

Verfluchter Bulle!, rief Dean Martini hinter mir her.

Ich setzte mich ins Auto und fuhr den Røldalsvegen hinunter. Vor dem Justizgebäude standen die Journalisten in einer Reihe. Einige kämmten sich die Haare, andere schminkten sich. Alle sprachen in Handys und starrten in Kameralinsen. Es sah aus, als würden sie am Fließband arbeiten, dachte ich, als wäre die Produktion aus dem stillgelegten Schmelzwerk hierherverlegt worden. Ich bremste und fuhr an die Seite. Frank kam auf die Treppe. Er hatte seine Fliegerbrille auf, setzte sie aber ab, als man ihm ein Mikrofon ins Gesicht hielt. Er sah mich nicht. Die Blondine von *TV 2* machte an einer Limonadenkiste Dehnübungen. Ein Fotograf nahm sie ins Visier. Daneben stand ein Sendewagen mit Parabolantenne auf dem Dach und einem Slogan auf der Seite: *Wir nennen es das gewisse Etwas*.

Bodd rief an. Ich hatte gedacht, er sei auf der Pressekonferenz, aber er wollte, dass ich aufs Industriegelände nach Eitrheim komme. Er sagte, er habe einen interessanten Fund gemacht. Ich sah auf die Uhr und fragte mich, ob das meine Chance auf ein Treffen mit Irene zunichte machen würde.

Ich blieb noch eine Weile sitzen und betrachtete die Versammlung. Die Reporter hatten ihre Gesichter in eine merkwürdige Form gepresst. Als wollten sie die Geschichte, über die sie berichteten, widerspiegeln. Als wäre es ihnen wirklich wichtig und als wäre dieser Ort von besonderer Bedeutung für sie. Eine Woche später sah man sie dann live an einem neuen und völlig anderen Ort. Dort waren sie auf Sendung mit einer Geschichte, die ein Lächeln und schlagfertige Antworten erforderte.

Ich machte mich auf den Weg nach Eitrheim. Auf dem Parkplatz beim TÜV war eine Gruppe von Menschen mit Hundedressur beschäftigt. Die Hunde sprangen in seltsamen Mustern um irgendwelche Kegel, während die Besitzer nach ihnen pfiffen. Das Gelände nördlich vom Zinkwerk lag halb verlassen da. Hier gab es einen Autohändler und ein paar kleinere Betriebe, die nach den Reformmillionen noch nicht in Konkurs gegangen waren. Die Stadt hatte seinerzeit die Alkis hier draußen in Baracken untergebracht. Aber sie hatten sich geweigert, so weit weg von den Kneipen im Zentrum zu wohnen. Die Alkis hatten gemeinsam Front gemacht, Lobbyarbeit betrieben und die Stadt zum Nachgeben gezwungen. Jetzt befanden sich die Baracken direkt neben der Kirche.

Martinsen und Bodd standen neben einem ausgebrannten Autowrack am Kai. Bodd nickte mir zu und sagte, es sei ein BMW oder das, was einmal ein BMW gewesen sei. Der Wagen war so zerstört, dass mir nicht klar war, wie man die ursprüngliche Marke herausfinden konnte. Aber ich fragte nicht. Ich ertrug es nicht, dass sich Bodd noch weiter über Ermittlungsmethoden ausließ.

Wer hat euch den Tipp gegeben?, fragte ich.

Das tut nichts zur Sache, antwortete Bodd.

Er sagte, das hier könne der Durchbruch der ganzen Geschichte werden. Es könne eine Spur sein, die nur wir kannten. Das sei garantiert ein Riesenaufmacher.

Ich habe mich ein wenig umgehört, sagte Bodd, die Serben hatten tatsächlich ein Auto.

Was für ein Auto?, fragte ich.

Rate mal, sagte Bodd.

Ich gratulierte und dachte, es sei schon verflucht komisch, hier ein Auto zu verklappen und dann anzuzünden. Wenn man in Odda ein Auto loswerden wollte, hatte man doch den gesamten Sørfjord zur Verfügung.

Ich besprach mit Bodd, was ich ausformulieren sollte. Ich fuhr ins Büro und schrieb so schnell wie möglich. Der neue Chefredakteur hatte in einem internen Seminar gesagt, wir sollten in der *BT* keine allzu langen Artikel schreiben. Die Leser seien gestresst, wenn sie es nicht schafften, alles, was in der Zeitung stand, zu lesen. Deshalb müssten wir ihnen die Chance geben, so viel wie möglich zu schaffen. Idealerweise sollten die Leser die ganze Zeitung auf dem Klo lesen können. Dort bekämen sie das richtige Zeitungsgefühl.

Um neun fuhr ich nach Hause, um mich zu waschen und umzuziehen. Ich freute mich auf Irene. Ich wollte sie im Arm halten. Mehr wollte ich nicht. Sie im Arm halten, bei ihr sein. Ich knöpfte langsam mein Hemd zu und sah mir dabei auf dem Sportsender einen Boxkampf an. Ein Schwarzer drosch auf einen Weißen ein. Es sah aus, als hätte man die zwei von der Straße geholt, damit sie sich verprügelten, bevor die eigentlichen Kämpfe begannen.

Der Schwarze strauchelte. Er war ganz offensichtlich Amateur. Seine mangelhafte Boxtechnik machte den Kampf noch brutaler. Das hier war reinste Aggression. Zwei Männer, die sich zwischen den Seilen eines hell erleuchteten Rings verprügelten. Zum Schluss standen sie da und klammerten sich aneinander wie ein tragisches Ehepaar in einer krankhaften Umarmung.

Ich hatte in Weegees Autobiografie über einen WM-Boxkampf in den vierziger Jahren gelesen. Weegee hatte ausgerechnet, dass es schwierig sein würde, rechtzeitig mit den Fotos in die Redaktion zu gelangen. Deshalb mietete er sich einen privaten Krankenwagen mit Fahrer, darin wollte er sich verstecken. Nachdem er die Boxer mehrfach abgelichtet hatte, sprang er in den Krankenwagen, um mit heulenden Sirenen und Blaulicht zum Zeitungsgebäude zu fahren. Die Polizei machte den Weg frei, während Weegee auf dem Boden lag und die Negative entwickelte.

Das Telefon klingelte. Ein Mann fragte, ob ich mir das Video angeschaut hätte. Ich hatte seine Stimme schon mal gehört, konnte sie aber nicht einordnen. Die Stimme war aus dem Zusammenhang gerissen, und ich vermochte sie nicht an ihren Platz zurückzubefördern.

Der Mann fragte noch einmal, ob ich mir das Video angeschaut hätte.

Mit wem spreche ich?

Werfen Sie einen Blick in Ihren Briefkasten.

Wer ist am Apparat?

In der Leitung klickte es. Ich blieb eine Weile reglos stehen. Die Post lag im Flur. Ich hatte sie mit hereingenommen und noch nicht richtig durchgesehen. Inmitten von Reklamesendungen und Rechnungen fand ich einen braunen wattierten Umschlag. Keine Briefmarken. Mein Name war mit Maschine auf einen Klebezettel geschrieben. In dem Umschlag befand sich eine Videokassette.

Ich schob sie in das Videogerät und setzte mich vor den Fernseher. Es war eine grobkörnige Amateuraufnahme bei Nacht. Durch einen Maschendrahtzaun hindurch sah ich im

Licht der Straßenlaternen Lastwagen und Gabelstapler. Es regnete. Die Gabelstapler fuhren auf einer Art Fabrikgelände hin und her. Der erste Teil des Bandes war aus großer Entfernung aufgenommen. Danach folgten undeutliche Nahaufnahmen von Rohren, Maschinen und Instrumententafeln. Der Film war zehn bis zwölf Minuten lang. Ich spulte zurück, um ihn mir noch einmal anzuschauen. Ich konnte nichts damit anfangen. Das Video war ein Gemisch aus Grautönen, das meiste war unscharf. Ich merkte mir Datum und Uhrzeit. Das Video war in einer Aprilnacht aufgenommen worden.

Ich zog mich fertig an und versuchte, mir die Stimme am Telefon in Erinnerung zu rufen. Es gelang mir nicht. Es war, als wäre ich in einem Fernsehquiz und wüsste die Antwort, könnte sie aber nicht aus der Erinnerung heraufholen.

Kurz vor zehn fuhren wir durch den Tyssedalstunnel, bogen nach Skjeggedal ab und verschwanden von der Stadtkarte. Ich war jetzt ruhiger. Ab hier würde uns keiner mehr entdecken. Ich hatte zwei Artikel in der Zeitung abgegeben und Erik Bodd darüber informiert, wie weit ich gekommen war.

Der Volkswagen brummte mächtig auf dem Weg nach oben. Das Dach des Cabriolets war offen, und der Wind zerzauste ihre blonden Haare. Irene hatte auf der schmalen Schotterstraße ein rasantes Tempo drauf. Sie war eine gute Autofahrerin. Als wir um die letzte Kurve bogen und die Hütte unter dem Staudamm sehen konnten, nahm sie meine Hand.

Wollen wir vorher einen Spaziergang machen?, fragte sie, nachdem wir ausgestiegen waren.

Vor was?, fragte ich.

Du weißt schon.

Die letzten Sonnenstrahlen hatten die Gipfel abgeleckt und waren verschwunden. Ein kühlerer Luftzug kam ins Tal herunter. Wir spazierten über den Ringedalsdamm. Irene erzählte von einem Vorfall bei der Arbeit. Ich hörte zu, ohne viel zu sagen. Ich genoss es einfach, so nah bei ihr zu sein. Sie hatte sich umgezogen und trug jetzt ein blaues Kleid mit Blumen.

Das Wasser im Stausee war fast ganz abgelassen. Die Makler hatten den ganzen Strom ins Ausland verkauft. Ich hatte einen anonymen Hinweis erhalten, wonach die Elektrizitätsgesellschaft illegal Wasser entnahm. Sie zog ein Maximum aus den Wasserspeichern ab, wenn die Strompreise hoch waren. Fielen die Strompreise, kaufte sie billigen Strom von Kohlekraftwerken auf dem Kontinent. Damit konnte sie das Wasser wieder in höher gelegene Speicher pumpen. Um erneut zu verkaufen, wenn die Strompreise einen Höchststand erreichten. Ich hatte versucht, mehr darüber herauszufinden, es war mir aber nicht geglückt. Außerdem hatte ich keine große Unterstützung von der Zentralredaktion erhalten. Sie hatten den Hinweis angezweifelt und waren zu dem Schluss gekommen, es sei zu kostenintensiv, eine mögliche illegale Wasserentnahme aufzudecken.

Mein Großvater hatte beim Bau des Ringedalsdamms mitgemacht. Er war von Sunnfjord nach Hardanger gefahren, um die Stelle zu bekommen. Ich hatte Bilder von ihm in Arbeitsklamotten und Schiebermütze gesehen, als er sich zusammen mit den anderen Wanderarbeitern aufgestellt hatte. Auf dem Foto ähnelte er meinem Vater.

Irene nahm meine Hand. Das war vielleicht das Allerschönste. Hand in Hand mit ihr zu spazieren. So einfach, so schwierig. Vom Damm aus konnten wir den Volkswagen und die Hütte sehen. Von hier sah es so aus, als mache jemand einen unschuldigen Hüttenausflug. Die Leute saßen unten in der Hütte, und alles war die reinste Idylle. Vielleicht spielten sie Karten und hörten Radio. Jedes Mal, wenn wir uns hier trafen, dachte ich daran, dass der Damm gesprengt werden und alles Wasser nach unten strömen könnte. Das Wasser würde das Auto und die Hütte mit in den Fjord reißen.

Ich fragte Irene, warum sie mich noch einmal sehen wollte. Ich hatte Angst zu fragen. Ich hatte Angst, sie in etwas Endgültiges zu pressen, etwas, das mich nicht einschloss.

Sie blieb stehen und nahm mich in den Arm.

Ich habe keine Wahl mehr, Robert. Über den Punkt sind wir längst hinaus.

Über uns war ein Flugzeug auf dem Weg nach Osten. In der fahlen Dämmerung konnte ich die Lichter des Flugzeugs blinken sehen. Ich dachte an diejenigen, die dort oben in ihren Sitzen saßen. Manche lasen vielleicht, manche gähnten, andere sahen auf die Vidda. Ich fragte sie, ob sie sich an den Film erinnere, in dem sich zwei Verliebte darüber unterhalten, was sie mitnehmen würden, wenn sie weggehen müssten. Sie konnte sich nicht an den Film erinnern. Ich wusste, dass sie ihn gesehen hatte, aber sie erinnerte sich an fast nichts.

Was würdest du mitnehmen?, fragte ich.

Wenn ich für immer weggehen würde?

Ja.

Ich würde meine Bücher mitnehmen. Ein paar Schallplatten. Mehr nicht. Ich brauche nicht sehr viel.

Ich wartete. Ich sagte, ich würde alles mitnehmen. Alles. Sie lachte und sagte, dann könne ich doch genauso gut dableiben. Denn wenn ich für immer weggehen würde, würde ich alles vermissen. Dann müsste ich das Haus mitnehmen, in dem ich wohnte. Den Volvo. Meine Straße. Ganz Odda.

Sie schmiegte ihre Wange an meine.

Wenn ich weggehen würde, müsste ich dich mitnehmen, sagte sie.

Müsstest du?

Ja, hast du nicht gehört? Ich habe keine Wahl mehr, Robert.

Wir spazierten langsam zur Hütte hinunter. Sie legte den Kopf an meine Schulter. Drinnen öffnete ich eine Flasche Wein. Sie setzte sich mit einem Glas aufs Sofa und trank. Wir unterhielten uns über alltägliche Dinge. Ich saß vor ihr auf dem Sessel. Ich wollte am liebsten aufstehen und sie in den Arm nehmen. Aber ich wollte auch, dass dieser Augenblick anhielt.

Woran denkst du?, fragte ich.

Das sage ich nicht, antwortete sie.

Ich überlegte, ob ich ihr die Briefe zeigen sollte. Ich hatte sie mitgenommen und ins Handschuhfach des Volkswagens gelegt. Aber ich war nicht sicher, wie sie reagieren würde, wenn sie sie lesen würde. Jetzt wollte ich nur hier bei ihr sein.

Ich konnte nicht länger warten. Ich ging zu ihr und legte den Kopf in ihren Schoß. Sie strich mir über die Haare. Ich drückte mein Gesicht auf ihren Bauch.

Sie hielt mich fest: Wie wäre es uns zwei wohl ergangen, was meinst du?

Schlecht, sagte ich.

Schlecht?

Ja, ich liebe dich zu sehr.

Kann man jemanden zu sehr lieben?

Ja, dir würde das nicht gefallen. Es würde dich zu Tode langweilen.

Es ist schön, geliebt zu werden. Kein Mann hat mich je so geliebt wie du.

Aber auf lange Sicht ist es anstrengend.

Sie lachte und küsste mich.

Komm, gehen wir hinauf ins Bett.

Sie nahm mich bei der Hand und führte mich auf den Schlafboden.

Sie entkleidete sich rasch und blieb nackt auf der Bettkante sitzen. Sie folgte mir mit den Augen, während ich mich meiner Kleider entledigte. Sie zog mich normalerweise damit auf, dass ich meine Kleider so ordentlich hinlegte. Ich könne kein großartiger Liebhaber sein. Ich ging zu ihr und nahm sie in den Arm. Sie war warm. Ich spürte ihren Atem in meinem Gesicht.

Jetzt kann ich dir sagen, woran ich gedacht habe, sagte sie.

Dann zog sie mich zu sich hinab.

Daran habe ich gedacht, flüsterte sie.

Ich wurde vom Geräusch einer Motorsäge geweckt. Ein Hund bellte. Die Geräusche breiteten sich ins Tal hinunter aus und wurden zwischen den Berghängen hin und her geworfen. Irene war weg. Der Volkswagen stand nicht mehr vor der Hütte. Ich suchte nach einem Zettel mit einer Nachricht. Ich fragte mich, ob sie ins Tal gefahren war, um Frühstück zu holen.

Ich ging ins Badezimmer, um mir das Gesicht zu waschen. Irenes Geruch klebte noch an meinen Fingern. Die Nacht war immer noch in mir, als würde Irene mich umschlingen, auch wenn sie nicht da war. Ich hatte mich darauf gefreut, zusammen mit ihr aufzuwachen. Sie im Arm zu halten, wenn sie sich noch an einem Ort zwischen Schlaf und neuem Tag befand.

Es war zehn Uhr, die Hitze sickerte allmählich in die Hütte. Ich ging nach draußen, um eine zu rauchen. Ich wusste nicht, was ich tun sollte. Die Gegend lag in einem Funkloch. Ich müsste längst im Büro sein. Bodd war garantiert sauer. Die Chefin vom Dienst würde mir einheizen.

Ich wartete noch eine halbe Stunde, dann ging ich die Schotterstraße hinunter. Meine Schritte waren leicht und langsam. Liebkosungen haben diese eingebaute Verzögerung, dachte ich. Du berührst die Haut desjenigen, den du liebst, und alles ist so, wie es sein soll. Aber du kannst nicht alle Liebkosungen in dich aufnehmen. Einige Stunden später stellen sie sich als Nachklang ein.

Ich war mitten in der Nacht aufgewacht und hatte mich nach ihr gestreckt. Sie hatte mich empfangen, ruhig und weniger gierig. Sie hatte mir ihre Finger in den Mund gesteckt, damit ich sie küsste. Dann hatte sie sie über meine Haut geführt. Im ersten Licht hatte ich gesehen, wie die Spucke trocknete.

Ich hörte einen Motor hinter mir. Der Müllwagen kam brummend den Weg herunter. Ich dachte daran, mich zu verstecken, aber sie hatten mich bestimmt schon gesehen. Ich blieb auf dem Weg stehen. Der Fahrer streckte den Kopf aus dem Seitenfenster. Es war mein Nachbar.

Guten Morgen, Norwegen! Ask grinste.

Sein Beifahrer machte mir die Tür auf, und ich kletterte hinein.

Hast du da oben jemanden umgebracht?, fragte Ask.

Ich versuchte zu lächeln.

Hoffentlich hast du die Leiche nicht in den Staudamm geworfen, bei dem Tempo, in dem sie den Strom verkaufen, finden sie den Kerl noch vor den Sommerferien.

Ich arbeite an einer Sache, sagte ich. Es war eine völlig idiotische Antwort, aber ich wusste nicht, was ich sagen sollte. Ask lachte, während er schmatzend Kaugummi kaute.

Wir arbeiten auch an einer Sache, sagte er und stieß den Beifahrer an. Stimmt's, Georg?

Ask pfiff falsch eine Melodie. Wir kamen in eine Gegend, in der wieder Handyempfang möglich war. Die Nachrichten von heute Nacht tickten herein.

Eine Frauengeschichte?, fragte Ask.

Der Beifahrer grinste. Ein kleiner, rothaariger Kerl, der, wie ich glaubte, irgendwo am Fjord wohnte. Ask sagte, ich bräuchte nicht zu antworten.

Es sind immer Frauengeschichten im Spiel, wenn Leute unrasiert im Skjeggedal auftauchen, sagte er. Ohne Ausnahme. Ich mache dir keine Vorwürfe. Du bist Single. Du siehst gut aus. Da muss man mitnehmen, was man kriegen kann.

Ask sagte, er habe in letzter Zeit viel darüber nachgedacht, sich eine Schwarze anzuschaffen. Er hätte verdammt noch mal noch keine Schwarze gehabt.

Hättest du nicht auch gern eine Schwarze?, fragte er mich.

Georg kicherte.

Ask sah Georg an.

Du hattest schon mal eine Schwarze, Georg! Du hattest bestimmt schon eine Schwarze!

Georg kicherte nur.

Stellt euch vor, du gehst durch das Leben, ohne jemals mit einer Schwarzen zusammen gewesen zu sein, sagte Ask. Dann liegst du im Altersheim und der Typ vom Gemeindeblatt taucht auf und fragt, ob du irgendwas im Leben bereust. Und da musst du es zugeben. Dass du so gern eine Schwarze gehabt hättest.

Wir kamen zu einer Biegung und das Tal öffnete sich. Unter uns konnten wir Tyssedal, den Fjord und die Fabrik sehen. Es kam immer noch Rauch aus den Schornsteinen vom TTI, aber die Angestellten hatten gerade ihre Zwangsbeurlaubung bekommen. Der größte Kunde hatte angefangen, seine Titanschlacke beim Konkurrenten in Kanada zu kaufen. Bald würde das Zinkwerk die einzige Fabrik in Odda mit voller Produktion sein.

Ich hörte die Nachrichten ab. Keine war von Irene. Mir fiel der Packen Briefe im Handschuhfach ein. Ich hatte ihn gestern Abend nicht herausgenommen. Vielleicht hatte sie ihn heute Morgen gefunden. Deshalb war sie wohl verschwunden. Sie hatte ihn gefunden und wollte meinen Bruder damit konfrontieren. Ich schickte ihr eine SMS: *Wo bist du?*

Wir hatten den Tunnel hinter uns. Ask bremste an der Müllhalde. Es stank. Einen der Tunnel an der Tyssedalstraße nannten sie Arschloch, weil es dort immer nach Scheiße roch. An so heißen Tagen wie diesen war der Gestank besonders schlimm. Ask sagte, eigentlich seien sie am Ziel, aber er könne mich schnell nach Odda bringen, wenn ich wollte. Ich nahm das Angebot an. Wir fuhren weiter ins Zentrum.

Mumuki mag dich, sagte Ask. Wusstest du das? Ein feiner Mann, sagt sie über dich. Robert ist ein feiner Mann. War da was mit euch zweien an dem Abend?

Ich sah Ask an.

Willst du sie haben?, fragte Ask. Du kannst sie haben. Du bist ledig und Single. Du brauchst eine feste Möse, oder nicht? Du kannst nicht dein ganzes Leben lang mit den Frauen im Skjeggedal rummachen. Sie gehört dir. Ich selbst bin bereit für was Neues. Eine Schwarze vielleicht.

Ich sagte nichts. Ask war einer dieser Männer, bei dem manche Frauen bestimmt schwach wurden. Er hatte eine große Klappe, aber trotzdem hatte man das Gefühl, es gebe einen kleineren und sanfteren Mann in dem großen.

Dir ist klar, dass ich nur Witze mache?, fragte Ask.

Er entschuldigte sich für den Vorfall am Montagabend. Sie hatten zu viel getrunken, und alle waren wegen der Sache mit dem Sohn von Pedersen stinkwütend gewesen.

Der Wagen fuhr brummend ins Zentrum. Der helle Vormittag trieb zwischen den Gebäuden. Die Autos glänzten in der Sonne, der heutige Tag würde genauso heiß werden wie der vorige. Das gleiche alte Spielchen.

Gibt's eigentlich was Neues von dem Brand?, fragte Ask.

Dem Brand?

Ja, im Asylantenwohnheim.

Ask sagte, es sei echt übel. So was würde ihn richtig rasend machen. Wir seien schon nicht sehr viele in Odda, wir würden immer weniger. Die wenigen, die noch da seien, müssten doch in Frieden leben können. Das sei das mindeste. Das sollte doch nicht so verflucht schwer sein, oder?

***Folgen Sie** dem Rat der Glücksexperten*, stand auf der Titelseite des *Dagbladet*. Ich blätterte am Mix-Kiosk rasch die Zeitungen durch. Ich fand nichts über den Brand. Das musste nichts anderes heißen, als dass es erst spät in der Nacht gebrannt hatte.

Ich ging die Hafenpromenade entlang zum Schwimmanleger. Die Entenmutter planschte in der Bucht und hatte die Jungen im Schlepptau. Es waren jetzt nur noch drei. Ronaldo war nicht zu sehen. Ich überlegte, ob ich zum Asylantenwohnheim fahren sollte. Ich hatte das Gefühl, er sei in Gefahr.

Im Büro von *BT* saß Erik Bodd, die Beine auf dem Tisch.

Er hatte sich Kaffee gekocht und eine Cola aus dem Kühlschrank geholt. Er lächelte, als ich hereinkam. Ich fragte, was er in meinem Büro mache.

In deinem Büro?

Ja, in meinem Büro.

Das hier ist also dein Büro? Ich dachte, es würde der *BT* gehören. Wir arbeiten für dieselbe Zeitung, oder etwa nicht?

Bodd sagte, er habe heute Nacht versucht, mich zu erreichen. Es habe im Asylantenwohnheim gebrannt. Brände seien etwas, worüber die *BT* normalerweise berichte. Vielleicht sei ich ja aber der Meinung, auch das sei keinen Artikel wert?

Ich fragte nach dem Brand. Bodd erzählte, der Alarm sei mitten in der Nacht ausgelöst worden. Alle Asylanten seien ohne größeres Drama evakuiert worden. Vier Kurden hätten den Brand selbst gelöscht. Das Feuer sei vermutlich gelegt worden und an zwei Stellen gleichzeitig ausgebrochen. Ich war erleichtert. Ronaldo müsste demnach unverletzt sein. Ich fragte, ob es Verdächtige gebe. Bodd wusste es nicht. Er wusste nur, dass die drei Serben heute Nacht nicht im Asylantenwohnheim gewesen waren. Der Chef des Wohnheims habe zunächst befürchtet, sie seien drin geblieben. Aber das Trio sei später aufgetaucht.

Wir haben sie am Abend beschattet, sagte Bodd. Aber sie sind uns entwischt.

Bodds Quellen zufolge waren die drei nachts normalerweise nicht im Wohnheim. Sie waren nachts unterwegs und schliefen am Tag.

Du als Ortskundiger, was meinst du, wo sie sich aufhalten?, fragte Bodd.

Keine Ahnung.

Geht es um Drogen? Frauen? Haben sie Glück bei den Oddaer Frauen?

Bodd stand auf und kam dicht an mich heran.

Sie waren ja wohl nicht mit dir unterwegs? Du warst heute Nacht auch nicht zu Hause.

Ich spürte Bodds Atem. Er roch nach Kaffee und Rasierwasser. Ich sagte, ich sei am Fjord gewesen. Ich hätte meine Ex besucht, sie habe Wasser im Keller gehabt. Bodd fragte, ob was gelaufen sei, Sex mit der Ex könne Himmel oder Hölle bedeuten.

Er fragte, ob ich die Zeitungen gelesen hätte. Er schlug *VG* auf, Pedersen posierte vor seinem Haus in Buer. Unter der Vignette *Odda-Mord* hatten sie über zwei Seiten einen Titel gezogen: *Mein Sohn hatte keine Feinde.*

Bodd wartete darauf, dass ich etwas sagte. Ich fühlte mich unverletzlich, solange ich Irenes Liebkosungen im Körper hatte. Das Gefühl würde noch ein paar Stunden anhalten. Dann würde es verdrängt werden von all dem, was mich zu einem Mann machte, dem man nicht trauen konnte.

Bodd sagte: Gesprächiger Typ. Jedenfalls für einen, der nicht mit der Presse reden will.

Es gibt Leute, die muss man vor sich selbst schützen, sagte ich.

Vor sich selbst schützen?, fragte Bodd. Was soll das heißen, verdammt noch mal? Wie würdest du reagieren, wenn jemand das von dir sagen würde? Dass du vor dir selbst geschützt werden müsstest?

Er blätterte weiter und legte zwei Aufmacher auf den Schreibtisch.

Siehst du? Beide haben den Köter …

Die Boulevardzeitungen hatten fast identische Aufmacher vom Schäferhund des Toten. Selbst die Bilder waren fast gleich. Bodd lachte und sagte, die seien wohl nicht ganz richtig im Kopf. Einen Hund zu porträtieren. Über einen Hund zu schreiben.

Er zählte auf, was wir den restlichen Tag machen sollten. Wir müssten die Aktivitäten der Kripo und der Polizei checken. Wir sollten eine Haustüraktion in der Nachbarschaft erwägen. Er habe die Serben im Strafregister gesucht und würde damit weitermachen. Vielleicht könne man der Identität der Serben nicht trauen.

Das Telefon klingelte. Bodd ging ran. Er grinste und sah mich an.

Doch, doch, er ist jetzt da.

Er gab mir den Telefonhörer. Ich hörte die Chefin vom Dienst sagen, dass sie eine Anfrage von *TV2* bekommen habe, die heute Abend direkt aus der Fußgängerzone senden wollten. Sie wollten mich und meinen Bruder dabeihaben, da wir den ganzen Fall so gut kannten und eigentlich jeder auf seiner Seite forschte.

Ich glaube nicht, dass das etwas für mich ist, sagte ich.

Sie wartete einen Augenblick. Dann sagte sie, sie erwarte, dass wir zusammenarbeiteten. Ich solle die Zeitung vertreten. Das sei eine gute Profilierung für die *BT*. Ich wollte am liebsten auflegen, aber sie sagte rasch, da wäre noch was anderes. Ich hätte es bestimmt schon gesehen, sagte sie, in der heutigen Zeitung würden die Leser aufgefordert, ihre Meinung zur Einwanderungspolitik zu sagen. Die Leute könnten eine Mail schicken oder zwischen vier und sechs anrufen. Ich würde den konkreten Anlass ja kennen. Es wäre schön, wenn ich die Gespräche entgegennehmen könnte.

Ich sagte nichts.

Wunderbar, sagte sie.

Außerdem wollte sie, dass ich zwei weitere Sachen herausarbeite. Sie habe einen Bericht gelesen, wonach Verbrecher in Filmen ein schlechtes Vorbild für die Einwandererjugend seien. Für Jungen, die erlebten, dass sie es zu nichts brachten, würden Gangster als Idole fungieren. Ich solle bei den Videohändlern nachfragen. Und dann wolle sie noch, dass ich mich mit einem Hintergrund beschäftige, die die Handlungen in ein Relief setzten. Es wäre toll, wenn ich einen früheren Gewerkschaftsbonzen aufspüren könnte, der seinen Job verloren hatte und nun den Ausländern die Schuld daran gab.

Wir müssen der Geschichte ein Gesicht geben, sagte die Chefin vom Dienst.

Ich antwortete nicht. Sie sagte, die Hintergrundsache habe Priorität. Wir müssten zeigen, wie Rassismus entstehe, dass Rassismus eine Ursache habe.

Du hast recht, sagte ich. Rassismus kommt irgendwo her.

Dann sind wir uns ja einig, sagte sie.

Das glaube ich nicht.

Wieso nicht?

Menschen wie du erzeugen Rassismus, sagte ich. Rassismus kommt von Leuten wie dir. Von Leuten, die in einem Büro sitzen und zu wissen glauben, worum es hier geht.

Sie schwieg einen Moment. Dann sagte sie, sie würde gern in meinen Kopf hineinsehen. Ich hätte so viele interessante Gedanken. Aber das müssten wir uns für ein andermal aufheben. Sie sagte nur, sie würde deuten, was an Informationen vorliege. Sie fange Trends und Tendenzen ein. Das sei ihr Job. Sie analysiere und schlage konkrete Ansätze vor. Mein Job sei es, den Mann zu finden.

Es gibt ihn nicht, sagte ich.

Dann musst du ihn halt erfinden.

Ich legte auf und drehte mich zu Bodd um. Ich forderte ihn auf, mein Büro zu verlassen. Er starrte mich an und schüttelte den Kopf. Er nahm die Colaflasche mit und ging zur Tür. Auf der Schwelle blieb er stehen.

Eins habe ich noch vergessen, sagte er. Ich habe ein paar Runden auf deinem Computer gespielt und ein paar hundert Dollar verloren. Ich hoffe, das macht nichts. Du bist immer noch fünfzigtausend im Plus.

Ich vermisste den Regen. Wenn alles feucht wurde. Wenn alles geküsst wurde. Wenn alles deutlich wurde. Den Regen, der auf die Straßen fiel. Die Scheibenwischer, die über die Windschutzscheibe glitten. Die Karosserie, die im Licht der Straßenlaternen blinkte. Ich fuhr ziellos durch die Gegend. Das Sonnenlicht machte mich blind. Alles um mich herum löste sich auf. Alle um mich herum lösten sich auf. Sie verschwanden, und ich wusste nicht, wo ich sie suchen sollte.

Mein Handy piepte, als ich auf dem Weg nach Hause war, um zu duschen. Der Ladenchef vom Rimi sagte, sie hätten einen Jungen beim Klauen erwischt. Der Junge weigere sich, mit jemand anderem zu reden als mit mir. Sie hätten meine Visitenkarte in seiner Hosentasche gefunden. Ich sagte, ich könne in fünf Minuten da sein. Das Fjordcenter lag direkt neben dem Schwimmanleger. Es war die Art von Einkaufszentrum, wie sie in allen norwegischen Kleinstädten entstanden waren. Ein Ort, an dem die Alten an den Spielautomaten klebten und kleine Kinder nach Süßkram brüllten. Ein Ort, an dem die Leute mit Geld, das sie nicht hatten, kauften, was sie nicht brauchten.

Ronaldo saß im Hinterzimmer in einem Basketballtrikot und lehnte mit dem Rücken an der Wand. Er sah mich nicht an, als ich kam. Ein Securitas-Wächter mit kahl rasiertem

Schädel und Sonnenbrille auf dem Kopf begrüßte mich. Ich erkannte ihn. Es war einer der Heimwehrtypen, die mich neulich am Abend angegriffen hatten. Ich hatte den Typ auch schon interviewt, als er norwegischer Meister im Autoradiovergleich wurde, einer skurrilen Disziplin.

Vertreten Sie diesen Jungen?, fragte der Glatzkopf.

Ich antwortete nicht und wandte mich an den Ladenchef. Was hat er getan?

Der Ladenchef sagte, der Junge habe versucht, ein Brot und eine Tüte mit Brötchen zu stehlen.

Warum hast du das getan?, fragte ich Ronaldo.

Er sah vor sich hin, ohne zu antworten.

Warum hast du das getan?, wiederholte der Glatzkopf und schüttelte Ronaldo.

Ich nahm seine Hand weg. Ich forderte ihn auf, ruhig zu bleiben.

Niemand fordert mich auf, ruhig zu bleiben, sagte er.

Ich fordere Sie auf, ruhig zu bleiben, sagte ich.

Der Glatzkopf wandte sich wieder an Ronaldo: Kannst du nicht reden? Klauen kannst du, reden nicht?

Ich ging zwischen den Typ und Ronaldo.

Sind Sie auf Droge?, fragte ich.

Der Wächter stand so dicht vor mir, dass ich sah, wie ihm Schweißtropfen auf die Glatze traten.

Rasieren Sie sich auch unten?, fragte ich.

Ich glaubte zuerst, er würde zuschlagen, doch er blieb reglos stehen. Endlich sah Ronaldo auf. Ich wandte mich an den Ladenchef und versicherte ihm, dass ich mit dem Jungen reden würde. Der Ladenchef sagte, wenn es sich wiederhole, würde er den Jungen anzeigen.

Ich nickte dem Glatzkopf zu, als wir gingen: Ihnen auch einen schönen Tag!

Draußen setzten wir uns in das schützende Auto. Ich nahm mir vor, zu schweigen, bis Ronaldo etwas sagte. Er hatte immer noch denselben wütenden Gesichtsausdruck. Ich fragte mich, ob ich ihn eigentlich mochte oder ob er mir eher leid tat. Aus den Türen des Einkaufszentrums kam ein dickes Ehepaar, den Wagen bis zum Rand gefüllt. Die Frau watschelte zum Parkplatz, der Mann hatte eine müde Hand auf die obersten Tüten gelegt, damit nichts herunterfiel. Er sah mich im Vorbeigehen mit traurigen Augen an. Von außen betrachtet sahen wir bestimmt aus wie Vater und Sohn, wie wir da im Auto saßen. Es war ein ganz gewöhnlicher Tag. Wir waren im Einkaufszentrum gewesen. Irgendetwas war vorgefallen, und uns fehlte die Sprache, um darüber zu reden.

Schließlich sagte ich: Jemand muss diese Hitze abstellen.

Ronaldo drehte sich zu mir.

Ich wollte nur, dass sie etwas zu essen haben, sagte er.

Ich weiß.

Ich startete den Motor. Wir fuhren durch das Zentrum. Auf dem Marktplatz stand ein Polizist und unterhielt sich mit der Heimwehrclique. Er hieß Even Storheie. Er war suspendiert worden, nachdem die Zeitungen geschrieben hatten, dass er Leute für illegale Glücksspiele anwarb. Jetzt schien es, als habe der Mord die Polizeiführung veranlasst, ihn wieder auszugraben.

Ich fuhr an der Ostseite des Fjords entlang. Ich sagte, Ronaldo müsse mit den Enten aufhören. Das sei die einzige Lösung. Wenn er aufhörte, die Enten zu füttern, würden auch die Möwen verschwinden.

Aber sie brauchen Futter, protestierte Ronaldo. Ohne Futter sterben sie.

So ist es, sagte ich. Jeden Tag Ärger.

Ich fuhr, ohne zu wissen wohin, wir folgten einfach dem

Fjord. Am Badestrand blinkte ich und hielt am Straßenrand. Zwischen den Bäumen hindurch sah ich, dass jede Menge Leute dort waren. Der Strand war angelegt worden, bevor der Fjord zum weltweit meistverschmutzten erkoren wurde. Jetzt war es so heiß, dass es den Leuten egal war, in was sie hineinsprangen.

Ronaldo fragte, ob ich Polizist sei. Ich lachte und sagte, ich sei Journalist.

Wie alt bist du?, fragte er.

Achtunddreißig, antwortete ich. Du kannst mich in der Mitte durchschneiden und die Ringe zählen.

Wir gingen den Pfad hinunter. Ich zog die Schuhe aus und spürte, wie die Steine unter den Füßen brannten. Es war schwül, ein paar Gewitterwolken hatten sich über den Bergen versammelt. Auf der Südseite des Strands hatte sich eine Tamilenfamilie in den Schatten der Bäume zurückgezogen. Sie machten sich etwas zu essen und spielten Badminton.

Geh eine Runde baden, sagte ich zu Ronaldo.

Er stand am Wasser. Er schämt sich, dachte ich. Er will nicht, dass die anderen sehen, wie dick er ist. Ich zog mein Oberteil aus. Ich dachte, es wäre leichter für ihn, wenn er sah, dass ich mich nicht schämte, auch wenn ich etwas beleibter war.

Es ist nicht kalt.

Er blieb einfach stehen.

Komm schon, sagte ich. Geh eine Runde baden.

Der Junge regte mich auf. Ich hatte ihn vor dem Heimwehrtypen im Laden gerettet. Ich hatte ihn mit hierhergenommen, damit er sich amüsierte. Konnte er nicht einfach in den verfluchten Fjord hüpfen und etwas Spaß haben?

Du kannst versuchen, ein bisschen Spaß zu haben, rief ich ihm zu.

Er sah mich an.

Das ist es, was man im Sommer so macht, sagte ich.

Ich packte sein Trikot und versuchte, es ihm über den Kopf zu ziehen. Er wehrte sich.

Bist du nicht deshalb hierhergekommen?, rief ich. Um ein bisschen Spaß zu haben?

Er sah mich an. Dann zog er das Trikot aus.

Ich packte ihn am Oberarm und führte ihn auf die Zementmole.

Willst du mit den Füßen zuerst ins Wasser oder mit dem Kopf?, fragte ich.

Jetzt hatten die anderen Badenden uns bemerkt. Sie warteten darauf, dass ihnen mehr geboten wurde.

Willst du mit den Füßen zuerst ins Wasser oder mit dem Kopf?

Ich bekam keine Antwort. Seine Arme waren um den Brustkorb geschlungen, als wäre er ein Mädchen und wollte die kleinen Brüste verbergen.

Willst du mit den Füßen zuerst ins Wasser oder mit dem Kopf?

Ich kann nicht schwimmen, sagte er.

Ich blieb reglos stehen. Der Fjord reflektierte das Sonnenlicht und blendete mich. Ich kniff die Augen zusammen. So blieb ich eine Weile stehen, als wäre ich ohne Drehbuch und wüsste nicht, wie die Handlung weiterging. Ich bin nur ein dicker Mann am Strand, dachte ich. Dann drehte ich mich um, nahm mein Hemd und zog es an. Ronaldo trottete hinter mir her. Wir gingen hinauf zum Auto und fuhren zurück nach Odda.

Ich wusste nicht warum, aber auf halbem Weg ins Zentrum fing ich an zu heulen. Ich fuhr ins Sonnenlicht und heulte, so dass die Landschaft hinter der Windschutzscheibe verschwand.

Du hast die Scheibenwischer an, sagte Ronaldo.

Er hatte recht. Ich hatte die Scheibenwischer an. Mir war nicht klar, wann ich sie angestellt hatte. Wir fuhren ins Zentrum, während sich die Scheibenwischer über die trockene Scheibe bewegten.

Willst du sie nicht ausstellen?, fragte Ronaldo.

Nein.

Es regnet doch gar nicht, sagte Ronaldo.

Auch darin musste ich ihm recht geben. Es regnete nicht.

Ronaldo verschwand über den Parkplatz in die Fußgängerzone. Ich blieb eine Weile sitzen und hielt das Lenkrad mit den Händen umklammert. Ich hörte den Volvo ticken, als sich der Motor langsam abkühlte. Es war windig geworden. Im Norden waren mehrere Wolken aufgetaucht. Sie waren oben hell und unten dunkel, als hätte sich alle Schlechtigkeit in ihrem Bauch versammelt.

Ich ging zum *Hardangerkrug*. Der Asphalt unter meinen Schuhen war weich. Im *Krug* konnte ich Tor hinter einem Vorhang erkennen. Er stand geschäftig über Töpfe gebeugt. Ich rief nach ihm, grüßte und bestellte ein Butterbrot mit Spiegelei und ein Pils. Die heutige Ausgabe der *BT* lag auf der Theke. Über der ganzen Titelseite prangte ein Bild von dem ausgebrannten BMW. *Löst Autowrack rätselhaften Mord?*

Im Artikel wollte die Polizei aber nicht mehr zu dem Auto sagen. Mein Text zu der Demonstration war ganz unten auf der Seite platziert. Der Mord wurde im Leitartikel besprochen. Alle Seiten müssten sich jetzt ruhig verhalten und die Polizei in Ruhe arbeiten lassen, meinte der Autor. Es stand auch zu lesen, dass wir nicht länger die realen Probleme der Globalisierung und der Einwanderung leugnen könnten. Es seien die Konturen eines Wertekampfs, die wir jetzt sähen.

Mein Handy piepte. Eine Frau von *TV 2* teilte mir mit, dass ich mich um sieben zur Probe und zum Schminken einfinden sollte. Frank und ich sollten im letzten Teil der Sendung erscheinen. Es wäre gut, wenn ich darüber nachdenken würde, wie diese Sache Odda veränderte. Und wie ich es erlebte, über eine Sache zu berichten, in der mein eigener Bruder zu den Ermittlern gehörte. Wären wir Konkurrenten oder könnten wir uns gegenseitig helfen?

Tor setzte sich zu mir an den Tisch, um mir Gesellschaft zu leisten. Er fischte eine Zigarette heraus und nickte mit Blick auf die Zeitung. Er fragte, ob jemand verhaftet worden sei. Ich schüttelte den Kopf. Er sagte, der Mord sei gut fürs Geschäft. Gestern Abend seien viele Leute im *Krug* gewesen. Sie hätten keinen besseren Abend gehabt, seit dieser Aufräumer von den Cohen Brothers aus den USA da gewesen sei. Der Amerikaner habe in den Monaten, die er hier war, der halben Stadt Drinks spendiert.

Vielleicht sollte die Stadt künftig darauf setzen?, fragte Tor.

Worauf?

Auf Mord. Ein Mord pro Woche generiert mehr Geld als alle Reformpläne zusammen.

Und wer soll die Leute umbringen?

Der Bürgermeister natürlich.

Tor sagte, er glaube an Mord. Das würde Odda garantiert auf die Liste der lebensfähigsten Ortschaften bringen. Eine statistische Untersuchung hatte Odda neulich ganz unten angesiedelt.

Ich aß schnell und gierig. Ich hatte seit gestern Nachmittag nichts mehr gegessen. Ich spülte das Butterbrot mit dem Pils hinunter.

Tor sagte, die Oddaer würden sowieso aussterben.

Aber es geht zu langsam, meinte er. Keiner sieht es, wenn du so langsam stirbst. Du musst schnell und brutal sterben. Nur dann kommt die Presse. Die Presseleute seien merkwürdige Gestalten. Jeder für sich wirkten sie nett. Sobald sie aber in einer Horde aufträten, verwandelten sie sich. Er habe gestern Abend zwei Fernsehteams in Aktion gesehen. Sie hatten ein Mädchen angehalten, das bei Shell über die Brücke radelte. Sie war auf dem Weg zum Training und hatte vermutlich nichts mit Pedersens Sohn am Hut. Aber sie hatten sie dazu gebracht, auf der Brücke Blumen niederzulegen. Sie hatte natürlich keine Blumen dabeigehabt, deshalb hatten sie einen Strauß genommen, der schon dort lag.

Tor fragte, ob ich schon einmal daran gedacht hätte, den Weideplatz zu wechseln. Etwas ganz anderes zu machen. Ein Buch zu schreiben oder wegzugehen. Ich zuckte mit den Schultern.

Ich hatte schon viele Male daran gedacht, wegzugehen und von vorn anzufangen. In meinem Büro hatte ich ein Foto von *National Geographic* aufgehängt, von sechs amerikanischen Forschern, die sich darauf vorbereiteten, zum Mars zu fliegen. Sie liefen in Raumanzügen herum und lebten isoliert außerhalb von Hanksville, einer Kleinstadt im südlichen Utah. Ich hatte andere Jobs bei der Zeitung angeboten bekommen. Der Chefredakteur hatte unter anderem gewünscht, dass ich die Leitung der neuen Stadtseite übernehme. Aber dann hätte ich nach Bergen ziehen müssen, und ich ertrug den Gedanken nicht, so weit weg von Irene zu sein. Die Gewerkschaftler hatten mir außerdem untersagt, die Stelle anzunehmen, weil sie meinten, der Chefredakteur würde die Chance nutzen, um das Lokalbüro in Odda zu schließen und mich als so genannten *Stringer* einzusetzen. Ich hatte erwidert, dass das Büro bereits geschlossen sei. Ich lief im Raumanzug irgendwo außerhalb von Hanksville herum.

Du warst in der Schule immer so gut, sagte Tor. Du warst in allen Fächern gut. Normalerweise sind Kinder in einem Fach gut oder in zweien, aber du warst in allen Fächern gut.

Ich hatte zu schnell gegessen. Mir wurde übel. Ich ging aufs Klo, um mir die Hände zu waschen. Das Gesicht im Spiegel war weiß. Ich sah weg und trocknete mir langsam die Hände ab. Ich bezahlte und verabschiedete mich von Tor. Er rief mir nach, ich solle über die Sache mit den Morden nachdenken. Ich sagte, ich könne einen Leitartikel darüber schreiben.

Noch bevor ich die Tür zum Büro aufschloss, hörte ich das Telefon. Ich nahm den Hörer ab und ließ ihn wieder fallen. Es dauerte ein paar Sekunden, dann klingelte es erneut, als hätte das Telefon nur einmal Luft geholt.

Einen wunderschönen guten Tag!, rief ich in den Hörer.

Ich war wieder in der Boogie Street.

Über ein Jahr lang war ich für die Leserbriefspalte verantwortlich. Der neue Chefredakteur wollte verstärkt auf den Leserkontakt setzen. Die Schwelle sollte gesenkt, alle Stimmen sollten gehört werden. Normale Leute sollten in die Spalte aufgenommen werden. Das Problem war, dass nur Idioten anriefen. Jeden Nachmittag von vier bis sechs machte man eine Kloake auf. Alle Trottel waren glücklich, wenn sie ihren Scheiß ins Telefon kippen und direkt auf deinem Schreibtisch fallen lassen konnten. Schließlich konnte ich nicht mehr. Die Spalte wurde einem anderen Unglücklichen aufgebrummt.

Und jetzt tanzte ich wieder die verdammte Boogie Street hinunter. Das Telefon klingelte weiter. Die Abstände zwischen jedem neuen Klingeln waren nur kurz. Ich nahm nicht ab, rief nur: Einen wunderschönen guten Tag, du kranke Missgeburt, wie geht's uns heute! Ich stellte die Lautstärke fast auf null und holte mir das Kartenspiel auf den Bildschirm. Ich versuchte, die Dollars, die dieser Blödmann Erik Bodd verloren hatte, zurückzugewinnen.

Ein Typ von der Redaktion rief auf meinem Handy an. Er sagte, es seien Klagen eingegangen, die Anrufer kämen nicht durch. Ich würde so rasch antworten, wie ich könnte, erwiderte ich. Gerade im Moment sei ich im Gespräch mit einem guten alten Rassisten aus Byrkjelo. Wenn man mich in Ruhe arbeiten ließe, würde ich das ganze Gesabber schon wortgetreu aufschreiben. Ich beendete das Gespräch und spielte weiter Karten. Das Telefon klingelte unaufhörlich.

Was für ein Tag ist heut?, sang ich. Was für ein Tag ist heut?

Der Typ von der Redaktion rief noch einmal an. Er sagte, er habe es auf dem Festnetzapparat probiert, es sei aber keiner rangegangen. Es sei auch kein Besetztzeichen zu hören gewesen. Was ich eigentlich treiben würde? Ob ich überhaupt im Büro sei?

Ich antwortete, heute sei der große Tag der Rassisten. Sie hätten den Sohn von Pedersen mit dem Bauch nach oben gefunden, und das habe ganz offensichtlich die Rassisten geweckt. Ich würde in Telefonanrufen ertrinken. Alle Arten von Rassisten würden heute anrufen. Kleine und große Rassisten. Junge und alte. Agrarfaschisten und Kahlköpfe. Veteranen der Widerstandsbewegung und Alltagsrassisten.

Der Typ trug mir auf, die Sachen nacheinander in die Leserzuschriften-Mappe zu legen. Sie würden sehr auf diese Sache setzen. Sie würden auch Teile davon ins Netz stellen, zusammen mit E-Mails und SMS-Nachrichten. Ich fragte, ob es nicht besser wäre zu warten und sich die Rosinen herauszupicken. Es stünden mehrere hervorragende Analysen zur Auswahl, aber einige seien schon eine Klasse für sich. Er sagte, er wolle sie sukzessive haben.

Sukzessive, ist notiert!, sagte ich. Sukzessive, zu Befehl!

Den nächsten Anruf nahm ich entgegen.

Eine ältere Dame aus Bergen erzählte, ihr Haus habe sehr stark an Wert eingebüßt, seit eine Kurdenfamilie in der Nachbarschaft eingezogen sei. Ich sagte nichts und klickte weiter an meinem Kartenspiel, während sie redete. Schließlich wurde sie unruhig und fragte, ob ich noch dran sei.

Ja, natürlich, versicherte ich ihr. Jedes Wort wird notiert.

Sie fuhr fort, die Norweger wollten doch nur in Frieden leben. Die Norweger wollten keine Vergewaltigungen, Messerstechereien und Drogen. Jetzt sei es an der Zeit, dass wir, die wir die Zeche bezahlten, Stopp sagten. Genug sei längst genug. Ich bat um ihren Namen. Aus Erfahrung wusste ich, dass das eine geeignete Methode war, um ihnen das Maul zu stopfen.

Ich dachte, man dürfe anonym bleiben, sagte sie.

Schon, man dürfe anonym bleiben, aber alle Rassisten müssten ihren vollen Namen angeben.

Sie fragte, ob ich sie Rassistin nennen würde.

Wie nennen Sie sich selbst?, fragte ich.

Der Nächste sprach Oddadialekt. Er sagte, wir müssten uns jetzt wehren. Die Muslime seien auf dem Weg nach Norden. Sie wären bereits weit nach Europa vorgedrungen. Dies hier sei ein Wertekampf. Bald wären sie hier.

Wenn die Fundamentalisten bekommen, was sie wollen, wird Europa vom Islam überrannt, sagte er.

Und was wollen die Fundamentalisten?, fragte ich.

Na ja, das sehen Sie ja schon hier in Odda. Sie bringen kaltblütig einen weißen Mann um.

Wer, sie?

Die Serben.

Die Serben sind also die Mörder.

Ja, das wissen doch alle.

Und sie sind also Muslime?

Es wurde still.

Ich sagte: Nun, dann habe ich das große Vergnügen, Ihnen mitteilen zu dürfen, dass die Serben keine Muslime sind. Sie sind Christen.

Es war immer noch still.

Sind Sie jetzt traurig?, fragte ich. Habe ich Ihnen den Tag verdorben?

Es ist vollkommen egal, was sie sind, sagte der Typ. Sie sind eine Gefahr für die Demokratie und für christliche Werte.

Die Christen, meinen Sie?

Nein, die Asylanten.

Wir sind alle Serben, sagte ich und legte auf.

Der neue Chefredakteur hatte das Publikum einen großen Detektiv genannt. Wir müssten das Publikum einsetzen, es in die Zeitung einladen, sein Wissen ausnutzen. Ich sehnte mich danach, dass der große Detektiv den Mund hielt. Oder dass der große Detektiv in die Welt hinausging, um zu sehen, wie die Dinge wirklich zusammenhingen.

Der nächste Anrufer meinte, sie strömten jetzt unkontrolliert über die Grenze.

Die Rassisten?, fragte ich.

Er hörte nicht zu. Er hielt mir einen Vortrag darüber, dass wir massenhaft Gewalttäter und Terroristenbrut importierten. Wir machten es den Mördern und Vergewaltigern zu leicht. Er fragte: Und was bleibt von Norwegen übrig? Er gab selbst die Antwort: Nichts.

Sehen Sie das nicht auch so?, fragte er.

Ich wartete und fragte, ob er wirklich meine Meinung hören wollte. Er wolle gern meine Meinung hören, antwortete er. Er solle meine Meinung zu hören bekommen, sagte ich.

Es gibt keine Einwanderer, sagte ich.

Er sagte nichts. Ich wiederholte es. Ich bat ihn, darüber nachzudenken. Er könne noch einmal anrufen, wenn ihm klar wurde, was ich meinte.

Sie sollten keine Meinung haben, sagte der Anrufer.

Das ist keine Meinung, sagte ich. Das ist eine sachliche Auskunft. Es gibt keine Einwanderer.

Der Mann unterbrach das Gespräch. Ich notierte mir die Nummer, fand seinen Namen im Telefonbuch im Internet und schrieb eine Äußerung in seinem Namen. Ich schickte das Ganze ab mit folgendem Schluss: *Es gibt keine Einwanderer, schlussfolgert Jan Ove Lægreid aus Askøy.*

Noch einmal rollte ich auf die Boogie Street. Ich machte die Kloake auf. Ich nahm den ganzen Scheiß entgegen. Ich schwamm im Dreck. Nach zwei Stunden hatte ich rund 30 Anrufer zusammen. Die meisten wollten anonym bleiben. Aber ich hatte ihre Namen im Telefonbuch gesucht und konsequent das Gegenteil dessen aufgeschrieben, was sie erzählt hatten. Die Redaktion in Bergen meldete sich, als ich fertig war. Der Redakteur sagte, er habe die Äußerungen mit zunehmender Verwunderung gelesen. Er habe registriert, dass alle zu dem Schluss kamen, es gebe keine Einwanderer. Ob ich meine Kündigung haben wolle oder was?

He!, rief ich. Man sollte immer auf den großen Detektiv hören!

Der Himmel hatte sich verdunkelt, bald würde es regnen. Die Welt war nach Hanksville gekommen, und ich wusste nicht, wie ich mit dieser Situation umgehen sollte. Es gab kein Standardprogramm, in das man sich einklinken konnte. Kein Procedere, an das ich mich halten konnte. Kein Handbuch, in dem ich nachschlagen konnte.

Die Chefin vom Dienst rief an. Sie fragte, wie es mit der Leserbriefspalte gelaufen sei. Ich sagte, dreißig brillante Kommentare seien im Kasten. Sie fragte, ob ich bereit sei, auszurücken. Eine dicke Frau sitze in einem Gartenstuhl in Tyssedal fest. Einige Leute hätten die Redaktion darauf hingewiesen, dass die Feuerwehr im Einsatz sei, um die Frau loszubekommen. Ich fragte, ob ich richtig gehört hätte. Sie wolle, dass ich ausrückte, um über eine dicke Frau zu schreiben, die in einem Gartenstuhl festsaß?

Ja, antwortete sie und fügte hinzu, es sei möglich, dass die Frau getrunken habe. Vielleicht müsse sie vor sich selbst geschützt werden. Aber es könnte ein netter Artikel werden und ein fantastisches Foto. Jetzt, wo wir einen Fotografen vor Ort hätten und so. Ich sagte, ich sei mit der Videogeschichte beschäftigt. Ich hätte nachgeforscht, welche Videos bei der Einwandererjugend am beliebtesten seien. Im Augenblick würde ich die Filme durchsehen, die ich in der hiesigen Videothek ausgeliehen hätte.

Sie wollte wissen, um welche Videos es sich handle.

Hum Tum, sagte ich. Und Tum Hum. Und dann noch Hum Tum Tum.

Sind das Gewaltfilme?

Nein, aber es wird viel getanzt und geküsst.

Geküsst?

Ja, richtig heftig geknutscht.

Sie sagte: Ich gebe auf.

Sie legte auf. Ich spielte weiter Karten. Es nervte mich, dass ich süchtig nach diesem Spiel war, aber es war eine Form von Meditation. Man brauchte nicht zu denken. Der Kopf verschwand im Computer, und man war weg.

Es klopfte an der Tür. Die Tür ist offen, rief ich. Frank kam herein. Er fragte, ob ich beschäftigt sei. Eine Art Panik formierte sich in meinem Hinterkopf. Mir war nicht klar, was er wollte. Frank war noch nie bei mir im Büro gewesen.

Schönes Büro, sagte Frank.

Er meinte es nicht ehrlich. Kein Mensch konnte dies hier ernsthaft für ein schönes Büro halten.

Wir sollen heute ins Fernsehen, sagte Frank.

Ich nickte.

Der eigentliche Gag ist sicher, dass wir Brüder sind, sagte er. Denken Journalisten so?

Ich weiß nicht. Ich bin kein Journalist.

Frank lächelte. Er sagte, er habe überlegt, abzusagen, sei aber zusammen mit seinen Kollegen zu dem Schluss gekommen, dass er mitmachen sollte. Wir sollten nicht über den eigentlichen Fall sprechen. Außerdem war es besser, wenn Leute wussten, wovon sie redeten, als wenn irgendwelche Idioten gezeigt wurden, die nur Spekulationen anstellten. Ich holte uns Kaffee und fragte nach dem Stand der Ermittlungen. Frank sagte, sie hätten viele Reaktionen aus der Bevölkerung erhalten. Bisher hätten sie fünfzig Personen befragt, aber es fehle der alles entscheidende Augenzeuge.

Frank schwieg.

Es geht mir aber eigentlich um etwas anderes, sagte er.

Jetzt kommt es, dachte ich. Er wusste über uns Bescheid. Er hatte es herausgefunden. Natürlich wusste er es, er hatte für so was einen Riecher. Er war Bulle. Ich fragte mich, was er wusste. Ich fragte mich, was er wusste, was ich nicht wusste. Nicht nur über Irene, aber auch über sie.

Du kennst Irene fast besser als ich, sagte Frank.

Ich sagte nichts. Er testete mich. Er wollte mir eine Falle stellen. Er wollte, dass ich mich verrate. Ich hatte nur einen Gedanken: ihm eine gewitzte Antwort zu geben.

Ist was passiert?, fragte ich.

Frank sagte, Irene sei am Vorabend zu einer Freundin nach Rosendal gefahren. Sie wollte dort übernachten und heute zurückkommen. Eben hätte der Kindergarten angerufen, Irene hatte die Kinder nicht wie verabredet abgeholt. Dann hatte Frank die Freundin angerufen. Irene sei nicht in Rosendal gewesen und sie hätten auch keine Verabredung gehabt.

Ich konnte nicht mehr richtig denken. Irene war etwas passiert. Ich hatte früher schon einmal darüber nachgedacht, dass ich, sollte sie einen Unfall haben oder sollte ihr etwas zustoßen, nicht der Erste wäre, der davon erführe. Ich war derjenige, der sie am meisten liebte, aber andere würden es lange vor mir erfahren. Die Ärzte und die Polizei würden andere anrufen als mich.

Was ist passiert, was glaubst du?, fragte ich.

Mein Bruder sagte, er habe keine Ahnung. Er wollte mich fragen, vielleicht wüsste ich etwas, was er nicht wusste. Ich würde bestimmt Leute kennen, mit denen sie gern zusammen war. Orte, die sie gern aufsuchte. Alles war von Interesse. Er testet mich schon wieder, dachte ich. Er versucht mich hereinzulegen. Ich bemühte mich, klar zu denken. Ich schüttelte den Kopf und sagte, ich müsse zur Toilette.

Ich ging zur Toilette, setzte mich auf den Klodeckel und zündete mir eine Zigarette an. Mein Bruder wusste über uns Bescheid. Er war Bulle, er wusste solche Sachen. Ich hatte mich oft gefragt, was passieren würde, wenn er uns entdeckte.

Ich hatte die Frage auch Irene gestellt. Darüber entscheiden nicht mehr wir, hatte sie geantwortet.

Mir wurde plötzlich klar, was Frank eigentlich wollte. Er war in meinem Büro aufgetaucht, um meine Sachen durchzugehen. Vielleicht hatte er schon meine Wohnung durchsucht. Jetzt nutzte er bestimmt seine Chance, während ich hier saß. Er würde enttäuscht werden. Ich hatte alle Karten, Briefe und E-Mails vernichtet.

Ich drückte die Zigarette aus und pinkelte. Ich dachte an Irene und an die vergangene Nacht. Der Penis in meiner Hand wurde steif, und ich kam schnell. Das freute mich. Es machte mich ruhiger. Ich war meinem Bruder noch immer überlegen. Anschließend betrachtete ich mich im Spiegel. Ich war kein schlechter Mann, fand ich, aber auch kein besonders guter.

Als ich wieder zurückkam, saß Frank auf meinem Bürostuhl. Er telefonierte mit seinem Handy, das Gesicht hatte er dem Fenster zugewandt. Sein Hinterkopf ragte kaum über den Stuhlrücken. Mir fiel auf, wie sehr wir uns ähnelten. Es sah aus, als würde ich dort sitzen. Ausnahmsweise einmal konnte ich mich selbst sehen. Ich war bei der Arbeit. Es war ein gewöhnlicher Bürotag. Ein Gefühl von Anteilnahme erfasste mich. Ich hatte ihm nicht nur die Frau weggenommen, ich hatte ihn auch noch seiner Ehre beraubt. Es gab so viele Menschen, mit denen ich mich hätte anlegen können, dachte ich. Es gab so viele Idioten, die ich zu meinem schlimmsten Feind hätte machen können. Ich hatte mich für meinen eigenen Bruder entschieden.

Frank bemerkte mich und schwang herum.

Bleib nur sitzen, sagte ich und ließ mich auf den Besucherstuhl fallen.

Frank beendete das Gespräch. Wir blieben sitzen und sagten kein Wort. Das Telefon klingelte. Mein erster Gedanke war, dass Irene mich erreichen wollte und anrief, um mir zu erzählen, was vorgefallen war. Mein Bruder sagte, ich solle ruhig rangehen. Ich blieb sitzen. Das Klingeln hörte auf. Mein Handy piepte. Ich blieb ruhig sitzen und ging nicht ran. Frank sah mich an.

Du kennst mich, sagte er. Du weißt, wie ich bin.

Wie meinst du das?

Ich bin kein Engel.

Frank machte eine Pause.

Aber ich liebe sie. Ich darf sie nicht verlieren. Verstehst du?

Ich nickte.

Frank stand auf und bat mich, ihn anzurufen, wenn mir etwas einfiele oder ich etwas hören sollte. Wir würden uns ohnehin vor dem Fernsehauftritt noch sprechen. Er müsse jetzt aufs Revier. Mutter habe die Kinder.

Ich begleitete ihn auf den Flur. Dann setzte ich mich auf den Schreibtischstuhl. Eine merkwürdige Ruhe überkam mich. Er wusste nichts, er hatte keine Ahnung. Irene hatte ihn verlassen. Sie hatte die alten Briefe im Handschuhfach gefunden und beschlossen, ihn zu verlassen. Sie war für ein paar Tage verschwunden, um zu tun, was sie tun musste. Sie hatte früher schon davon gesprochen. Dass sie weggehen und allein sein wollte, jetzt hatte sie es getan. Die Dinge würden sich ordnen.

Ich schaltete den Computer aus und schloss die Bürotür ab. Auf dem Weg die Treppe hinunter überkam mich eine erneute Unruhe. Hätte sie nicht angerufen oder Bescheid gesagt? Hätte sie nicht die Kinder im Kindergarten abgeholt? Was war eigentlich passiert?

In der Haustür blieb ich stehen und blinzelte ins Licht. Mir fiel ein, dass in der obersten Büroschublade ein Streifen mit

Aufnahmen von Irene lag. Ich hatte es nicht über mich gebracht, die Bilder zu entsorgen. Irene sah so gut darauf aus. Wir hatten sie in einem Automaten am Bahnhof von Lissabon gemacht. Auf dem ersten Bild war sie ganz ernst. Auf dem Bild in der Mitte lächelte sie. Auf dem letzten schnitt sie eine Grimasse.

Ich machte kehrt und stieg die Treppe wieder hinauf. Ich schloss die Tür auf und schaute in die Schublade. Der Streifen war verschwunden. Frank hatte gefunden, was er gesucht hatte.

Die einzigen Geräusche im Haus kamen von einem Staubsauger unten im Flur. Dazu ein leises Pfeifen, das schwächer wurde, zusammen mit dem Brummen des Geräts. Das Zimmer roch nach Staub und Schweiß. Ich hörte Autos in der Straße und dachte, in jedem der Autos könnte Irene am Steuer sitzen. Bald würde sie bei der Kirche parken und den Platz überqueren. In ein paar Minuten würde ich auf der Treppe oder im Korridor ihre Schritte hören. Sie würde anklopfen und hereinkommen.

Ich weiß nicht, wie lange ich so sitzen blieb. Schließlich stand ich auf und ging zur *Låtefossen Bar*. Dort waren nicht viele Leute. Blondie hatte sich auf einen der Barhocker geschwungen. Sie hatte einen viel zu kurzen Rock und ein viel zu lautes Lachen. Ich überlegte, wieder zu gehen, und bestellte mir stattdessen einen doppelten Whisky.

Hast du deine Ersparnisse verjubelt?, fragte Blondie.

Ich fragte, ob ich sie zu einem Drink einladen könne. Wir prosteten uns zu.

Sie sah mich an, während sie trank.

Du und ich, Robert. Warum sind wir zwei nicht zusammengekommen, was meinst du?

Ich zuckte mit den Schultern.

Weißt du, was ich mir überlegt habe? Du kennst mich zu gut. Man mag einen Menschen, weil man ihn nicht kennt. Wenn man ihn kennen lernt, verliert man das Interesse. Würdest du mich weniger gut kennen, würdest du mit mir nach Hause gehen.

Ich wusste nicht, dass du zum Philosophieren neigst, sagte ich.

Ich auch nicht, lachte Blondie.

Ich könnte genauso gut mit ihr nach Hause gehen, dachte ich. Ich war hier fertig. Ich könnte auf diesem Barhocker sitzen und mich zusammen mit ihr betrinken. Dann könnte ich mit ihr mitgehen.

In Odda kennt jeder jeden, sagte Blondie. Es kann unmöglich gut gehen, wenn jeder jeden kennt.

Vielleicht können wir so tun, als ob?, sagte ich. Du kennst mich nicht. Ich kenne dich nicht. Wir sind uns vollkommen fremd.

Ich rede nicht mit Fremden, sagte sie.

Ich bin gar nicht so schlecht, wenn man mich erst einmal kennen lernt.

Okay, und wer bist du dann?

Ich bin der unsichtbare Mann.

Aha? Der unsichtbare Mann?

Ohne Vergangenheit. Ohne Zukunft.

Und wie reiße ich den Unsichtbaren auf?

Auf die gute alte Art.

Mein Handy piepte. Es war jemand von *TV 2*. Ein Mann wollte mich daran erinnern, dass ich mich um sieben einfinden sollte. Ich sei auf dem Weg, antwortete ich. Ich bestellte noch einen Whisky. Der Barkeeper stellte das Glas auf die Theke.

Das Handy piepte erneut. Ich ging nicht ran.

Ärger im Paradies?, fragte Blondie.

Ich spürte, wie sich der Alkohol im Körper ausbreitete. Ich sollte aufstehen und gehen. Ich blieb sitzen. Das Handy piepte. Ich stellte es auf lautlos. Blondie sagte, das geht vorbei.

Es geht immer vorbei, sagte sie und strich mir über die Wange.

Sie fragte mich, ob ich wüsste, was Glück sei. Ich sagte nein. Niemand wisse das, sagte sie. Man könne unmöglich erklären, was Glück ist. Man könne nur erklären, was Unglück ist. Alle wüssten, was Unglück ist.

Was denn?, fragte ich.

Auf diesem Barhocker zu sitzen, sagte sie. Darauf zu sitzen ohne das, was du dir am meisten auf der Welt wünschst.

Die Uhr hinter dem Barkeeper zeigte Viertel nach sieben. Mein Handy lag auf der Theke. Das Display leuchtete in regelmäßigen Abständen auf. Ich hatte dieses Gefühl, auf einem Flughafen zu sein und über Lautsprecher aufgerufen zu werden. Ich müsste zu dem Flugzeug gehen. Ich müsste mich am Gate melden, aber ich blieb sitzen. Ich wollte einfach nur hier sitzen bleiben, bis ich das Flugzeug in der Luft sah.

Einer der hiesigen Alkis setzte sich zu mir.

Wie lautet die Frequenz, Kenneth?, rief er.

Ob ich wisse, was derjenige bekäme, der alle Asylanten aus Norwegen vertrieb, fragte er. Der Barkeeper forderte ihn auf, die Klappe zu halten. Der Alki beugte sich vor: Wie lautet die Frequenz, Kenneth?

Ich dachte daran, nach Hause zu fahren. Mir ein Bier aus

dem Kühlschrank zu holen, die Kiste anzumachen und mir die 57 Kanäle anzusehen. So zu tun, als sei heute ein ganz gewöhnlicher Tag. Der Barkeeper stellte den Fernseher lauter. Die Sendung begann mit dem Moderator live aus der Fußgängerzone. Er hieß alle in Odda willkommen. Viele Neugierige standen im Hintergrund. Der Moderator war solariumgebräunt und trug einen Sommeranzug, ein merkwürdiges Grinsen umspielte seinen Mund, als könne er nicht einmal einen Mord ernst nehmen.

Ich habe mich schon immer gefragt, ob der ein Toupet trägt, sagte Blondie.

Psst, machte der Barkeeper.

Die Luftaufnahmen von Odda wurden von Klaviermusik begleitet. Es war seltsam, Odda aus der Luft zu sehen. Man glaubt, genau zu wissen, wie die Heimatstadt aussieht, aber aus der Luft ist sie fremdes Terrain. Die Konturen sind bekannt, der Rest ist verwirrend. Nähere Aufnahmen zeigten den Opo, Polizisten, Journalisten, brennende Lichter, einen Demonstrationszug, der die Fußgängerzone entlangmarschierte. Ein Reporter sagte, Odda sei der friedliche Ort im romantischen Hardanger. Jetzt stehe die ganze Bevölkerung unter Schock.

Schwachsinn, sagte der Barkeeper. Stehst du unter Schock, Blondie?

Die Demonstranten waren so gefilmt worden, dass es aussah, als sei der halbe Ort beteiligt. Die Welt wird zu dem, was du im Fernsehen siehst oder in der Zeitung liest, dachte ich. Das Bild der Welt wird zur Welt. Man kann ein Stück von der Welt nehmen und sich selbst die Suppe kochen, die man haben will.

Der Alkohol begann zu wirken. Das Zimmer hatte angefangen, sich zu drehen. Die Welt ging ihren Gang. Flugzeuge hoben ab. Züge verließen den Bahnhof. Leute begegneten sich. Leute trennten sich. Ein Mädchen wartete auf einen Bus. Ein Junge las eine Postkarte. Der Verkehr staute sich. Ein Autowrack wurde aus dem Fluss gezogen.

Blondie stieß einen spitzen Schrei aus.

Mein Bruder war im Fernsehen. Der Moderator fragte, wie die Leute in Odda auf den Mord reagiert hätten: Ist Ihnen die Sicherheit genommen worden?

Blödsinnige Frage, sagte der Barkeeper.

Frank war ziemlich dick geworden, aber er schlug sich gut. Er sagte nichts. Absolut nichts. Der Bürgermeister war auch noch einbestellt worden. Elvestad saß in der Fußgängerzone und erzählte, wie schockiert er über den Mord sei und dass seine Gedanken bei der Familie und den Freunden seien. Der Bürgermeister musste sich die Haare gefärbt haben, seit ich ihn gestern gesehen hatte. Sie wirkten jetzt vollkommen grau.

Der Moderator fragte: Wie sollen die Oddaner wieder zu ihrem alten, sicheren Ort zurückfinden?

Oddaner?, rief der Barkeeper. Oddaer, du Trottel!

Ich bin ganz sicher, dass er ein Toupet trägt, sagte Blondie.

Der Alki behauptete, mein Handy klingle. Das könne er daran sehen, dass es blinkt.

Scharfes Auge, sagte ich.

Du musst rangehen, sagte der Alki.

Das müsse ich überhaupt nicht, sagte ich. Ich sei nicht hier. Ich sei der unsichtbare Mann.

Der Alki nahm das Handy in die Hand und antwortete für mich: Wie lautet die Frequenz, Kenneth?

Er gab mir das Handy. Es war die Chefin vom Dienst. Sie fragte, ob mit mir alles in Ordnung sei. Ich sagte, ich sei ziemlich beschäftigt. Sie fragte, wo ich sei. Ich sagte, ich sei im

Fluss gelandet und würde mich bemühen, wieder ans Ufer zu kommen. Ob sie mich später anrufen könne?

Es wurde still. Der Alki kicherte. Die Chefin vom Dienst sagte, ich könne mir ein paar Tage freinehmen. Ausspannen. Vielleicht ein paar Tage wegfahren. Das würde mir sicher gut tun.

Pass auf dich auf, sagte die Chefin vom Dienst.

Ich sagte, zum Glück könne ich mich an einem dicken Baumstamm festhalten. Aber ich hätte Angst, in dem kalten Wasser bald einen Krampf zu kriegen.

Ruf an, wenn wir etwas für dich tun können, sagte sie.

Der Alki bat um mein Handy. Er sagte hallo und fragte, ob er einen Witz erzählen solle: Was kriegt man, wenn man alle Asylanten aus Norwegen rauswirft?

Die Chefin vom Dienst hatte aufgelegt.

Wie lautet die Frequenz, Kenneth?, rief der Alki.

Die Sendung war vorbei. Der Barkeeper zappte durch die Kanäle und blieb bei einem Bericht über das Spiel zwischen Brasilien und Costa Rica hängen. Die Brasilianer spielten großartig und galten als die Favoriten. Ich wusste nicht, ob es der Alkohol war oder die gelben Trikots der Brasilianer. Etwas machte klick in meinem Kopf. Etwas öffnete sich. Etwas fiel auf seinen Platz. Ich wusste, dass ich aufstehen und ins Licht gehen musste. Ich konnte nicht hier sitzen bleiben. Ich wusste, dass ich aufstehen und meinen Anzug besudeln musste.

Ich bat um die Rechnung.

Gehst du?, fragte Blondie.

Ich muss mir nur die Nase pudern, sagte ich.

Hör auf, den Narr zu spielen, sagte Blondie.

Eine Stunde länger hell, sagte der Alki.

Als ich bezahlen wollte, purzelte etwas aus meiner Brieftasche. Es waren die Bilder von Irene. Sie waren die ganze Zeit über in meiner Brieftasche gewesen. Ich hob den Streifen auf und betrachtete sie. Irene sah auf den Bildern richtig gut aus.

Der Donner rollte über die Berge und die Wolken schienen kurz vor dem Platzen, aber der Regen kam nicht. Ich setzte mich in den Volvo und fuhr ins Zentrum. Ich fuhr zum Schwimmanleger, die Skulegata hinauf, um das Rathaus herum, den Røldalsvegen hinunter, in die Seitenstraßen, vorbei an der Fußgängerzone, in der die Fernsehleute nach der Sendung alles zusammenpackten.

Kein gelbes Trikot.

Es waren wenig Leute unterwegs. Vielleicht warteten sie auf den Regen. Ich fuhr zum Asylantenwohnheim und parkte am See. Aus irgendeinem Grund hatte ich Wächter und Polizei vor dem Gebäude erwartet, aber ich konnte einfach so hineinspazieren. An der Rezeption nahm ich den charakteristischen Geruch von verbranntem Holz wahr.

In der Küche spülte ein Schwarzer Geschirr. Er grüßte, bevor er sich wieder dem Abwasch zuwandte. Ich ging in den Aufenthaltsraum. Die Leute saßen in kleinen Grüppchen zusammen. Manche rauchten. Manchen sahen fern. Ein Baby schlief auf dem Schoß der Mutter. Der Rest saß da und vegetierte vor sich hin. Die Uhr an der Wand zeigte halb neun.

Ich räusperte mich und sagte, ich suchte nach einem Jungen. Mir fiel ein, dass ich seinen Namen nicht wusste.

Ronaldo, sagte ich.

Die Leute lächelten oder sahen zu Boden.

Ronaldo, sagte ich noch einmal.

Ich erhielt keine Antwort. Im Raum war es still. Die Uhr tickte. Ich spürte eine Hand auf der Schulter. Ich drehte mich um und sah mich einem hageren Mann mit Bart gegenüber. Er forderte mich auf, ihm zu folgen. Ich gehorchte. Wir gingen den Flur entlang zu einer Tür, an der ein Schild hing: *Folkedal.*

Derjenige, der vermutlich Folkedal war, setzte sich hinter den Schreibtisch und nahm einen Stift in die Hand, an dem er herumspielte. Er musste neu sein, ich hatte den Typen noch nie gesehen. Folkedal starrte mich an, als wäre ich eine Schlechtwettervorhersage.

Darf ich fragen, was Sie hier suchen?, fragte er.

Ich suche nach einem Jungen, der im Asylantenwohnheim wohnt, antwortete ich. Folkedal wollte wissen, wie er heißt. Ich sagte, er sei neun und laufe im Trikot der brasilianischen Nationalmannschaft herum. Folkedal wartete ab. Dann fragte er, ob ich hören wolle, was er sich vorstellen könne, mit all den Journalisten zu machen, die in den letzten Tagen im Wohnheim aufgetaucht seien.

Ich bin nicht als Journalist hier, sagte ich.

Ich weiß genau, wer Sie sind.

Aha. Dann muss ich mich ja nicht weiter vorstellen.

Mehr sagte ich nicht. Wenn Fremde wissen wollten, was ich beruflich machte, antwortete ich meistens, ich arbeite bei einer Zeitung. Dann war nicht hundert Prozent sicher, dass ich ein Idiot war. Dann konnte ich Typograf, Sekretär, Fahrer oder der Typ sein, der die Glühbirnen wechselt.

Folkedal sagte: Journalisten reden über den gesellschaftspolitischen Auftrag und die freie Meinungsäußerung. Sie glauben, sie machen einen einzigartigen Job, aber letztlich geht es doch nur darum, in aller Eile ein paar Geschichten zusammenzuschustern, oder? Eine Geschichte zusammenzubrauen und umzurühren, eine Geschichte zurechtzuschneiden und zusammenzukleistern?

Ich protestierte nicht. Ich dachte nur, ich hätte es eigentlich früher begreifen müssen. Ronaldo hatte davon gesprochen, dass er spätabends draußen gewesen sei, dass er dafür gescholten worden sei, dass er einen toten Mann gesehen habe. Dean Martini hatte davon gesprochen, dass das Wasser zu einem reißenden Bären wurde. Von kleinen Jungen, die sich vor dem Fluss in Acht nehmen müssten. Ich hätte den Bezug längst herstellen sollen.

Folkedal setzte sich auf den Schreibtisch.

Haben Sie getrunken?, fragte er. Sie riechen nach Alkohol.

Ich versuche nur, meinen Flüssigkeitshaushalt in Ordnung zu halten, sagte ich.

Flüssigkeitshaushalt?

Ja, das habe ich so gelernt.

Er wartete ab. Dann sagte er, ich würde eine Geschichte von ihm bekommen.

Stellen Sie sich einen Jungen vor, der ins Ausland gebracht wird, sagte Folkedal. Vielleicht ist er bei seinem Onkel. Vielleicht bei einem anderen Verwandten. Möglicherweise wird der Junge nach der Ankunft an einem öffentlichen Fernsprecher postiert. Der Onkel sagt, er müsse kurz den Pass des Jungen mitnehmen. Er sagt, der Junge müsse so lange bei dem Telefon bleiben, bis es klingelt. Das soll der Junge versprechen. Er darf sich nicht eher rühren, bis das Telefon klingelt. Als der Flughafen am Abend schließt, finden die Aufseher einen Jungen neben dem Fernsprecher. Einen Jungen, der auf einen Anruf wartet, der niemals kommt.

Folkedal ging zum Fenster, bevor er sich wieder setzte.

War das nicht eine schöne Geschichte?, fragte er. Möchten Sie noch weitere hören?

Ich sah zu Boden.

Folkedal sagte: Haben Sie von dem Mann gehört, der auf ein Schiff gelockt wird, von dem er glaubt, es gehe nach Italien? An Bord wird er gefragt, ob er eine Niere verkaufen will. Wenn er nicht ja sagt, würden sie ihn ins Wasser werfen. Von dem Geld, das er für die Niere bekommt, kann er sich eine Kuh, eine Waschmaschine, Flugtickets für die Kinder kaufen.

Ich fragte, woher der Junge komme.

Er kommt aus Rumänien, sagte Folkedal. Er kommt aus Albanien, aus Moldawien, aus Ungarn. Wer weiß?

Wie heißt er?

Er heißt Stefan. Er heißt Thomas. Er heißt George.

Ist er jetzt hier?

Wer weiß? Er kann überall sein.

Folkedal schnappte sich ein Päckchen Tabak. Er zündete sich eine Zigarette an, ohne mir eine anzubieten.

Er ist Zigeuner, das wissen Sie bestimmt?

Folkedal sagte das, als ob es alles erkläre.

Ich sagte nichts.

Ich habe ihn gerade gesucht, aber ich konnte ihn nicht finden. Was wollen Sie von ihm? Hat es mit dem Mord zu tun?

Folkedal hatte seinem Ärger Luft gemacht und war nun gewillt, mich anzuhören. Aber ich wusste nicht, was ich sagen sollte. Ich wusste nur, dass ich Angst um Ronaldo hatte. Ich gab Folkedal meine Karte und bat ihn, mich anzurufen, wenn der Junge auftauchte.

Träumen ist erlaubt, sagte Folkedal.

Ich bedankte mich und verließ das Büro. Ich schaute in den Aufenthaltsraum, wo alle noch genauso dasaßen wie vor einer Viertelstunde. Nur die Zeiger der Uhr hatten sich bewegt. Anstatt zum Ausgang zu gehen, ging ich die Treppe hinauf ins obere Stockwerk. Leute saßen auf dem Flur und in den Zimmern. Sie starrten mich mit einer Mischung aus Skepsis und Unruhe an. Drei Männer saßen in einem Zimmer vor je einem Computer. Einer von ihnen trug ein Eminem-T-Shirt. Zwei von ihnen waren auf einer Website, die so ähnlich hieß wie *Singlesite*.

Ich ging zu meinem Volvo und fuhr über Eidesmoen. Mir kam der Gedanke, dass die Asylanten nicht dazugehörten. Sie gehörten nicht dazu, und sie gaben alles, um dazuzugehören. Es war schon schwer genug für diejenigen, die dazugehörten, dachte ich. In Erraflot klammerten sich die Häuser an die Bergwand. Ich parkte an meinem angestammten Platz. Ich erhaschte einen Blick auf die Kinder. Der Fernseher lief. Ein Regenschleier kam das Tal entlang. Der Schauer wurde wie ein nasser Vorhang zwischen die Berge gezogen. Die Hitze der letzten Tage explodierte in großen Tropfen, im Nu war alles nass. Frank stürzte in den Garten, um Zeitungen, Kissen, Kleider zu retten. Ich tauchte hinter dem Lenkrad ab, aber er war zu beschäftigt, um mich zu entdecken.

Ich hatte schon so oft hier gestanden. Eine Zeit lang stand ich jeden Abend vor dem Haus. Ich saß im Auto und rauchte, hoffte, Irene dort drinnen zu sehen. Vielleicht kam sie zufällig nach draußen, so dass wir ein paar Worte wechseln konnten. Sie hasste es, wenn ich hier draußen stand.

Sie war die Einzige, die ich absolut nicht lieben durfte. Vielleicht liebte ich sie deshalb. Vielleicht konnte ich nicht lieben, was ich hatte. Vielleicht musste ich lieben, was ich nicht hatte. Ich wusste es nicht. Irgendwann hatte ich einfach den Schluss gezogen, dass ich sie liebte.

Seltsam. Ich hatte so lange hier draußen gewartet, wollte, dass sie mir gehört. Jetzt wollte ich nur noch, dass sie dort drinnen bei ihrer Familie war. Die Kinder im Arm hielt und ihnen vor dem Einschlafen etwas vorlas.

Der Regen fiel auf die Windschutzscheibe, den Bürgersteig, die Dächer der Häuser. Ich wählte ihre Nummer zu Hause. Frank nahm sofort ab. Ich fragte, ob es etwas Neues gebe. Er verneinte. Er war halb im Fenster zu sehen, aber ich konnte sein Gesicht nicht erkennen.

Warum bist du nicht zu der Sendung erschienen?, fragte Frank.

Ich antwortete nicht. Er fragte noch einmal.

Das erzähle ich dir ein andermal, sagte ich.

Du kannst es ruhig jetzt erzählen.

Eine Weile sagten wir gar nichts. Ich spielte am Lenkrad und am Autoradio herum.

Wo bist du?, fragte er.

Ich bin gerade nach Hause gekommen, sagte ich.

Es wurde still.

Hast du getrunken?

Nur ein paar Drinks.

Bist du gefahren?

Nur ein paar Kilometer.

Du bist unverbesserlich.

Wir schwiegen noch einmal.

Frank, ich will, dass sie wieder nach Hause kommt.

Wie meinst du das?, fragte er.

Wie ich es sage.

Aber warum sagst du das?

Ich weiß nicht.

Ich fragte, ob er vorhabe, Irene vermisst zu melden.

Zuerst will ich sie suchen, antwortete Frank.

Wo willst du suchen?

Mal sehen.

Sie kann sich doch nicht einfach in Luft auflösen, Frank.

So was ist schon öfter vorgekommen. So was kommt ständig vor. Menschen verschwinden einfach.

Sie kommt zurück, sagte ich.

Ich beendete das Gespräch und blieb mit den Händen auf den Knien sitzen. Der Regen war ruhiger geworden. Die Tropfen waren geschrumpft. Ich stieg aus und stellte mich neben den Volvo. Der Regen traf mich, er rann über Stirn, Hals und Brust. Ich blieb stehen, bis ich völlig durchnässt war. Dann fuhr ich langsam ins Zentrum.

Ich fand ihn auf dem Schwimmanleger. Er saß allein inmitten eines Lagers aus Steinen. Das brasilianische Trikot war nass und schmutzig. Ich setzte mich neben ihn. Wir sagten kein Wort. Es hatte aufgeklart, die Wolken wurden in den Fjord getrieben.

Du bist auch dick, sagte Ronaldo, ohne mich anzusehen.

Ich habe nie gesagt, dass du dick bist.

Aber du hast es gedacht.

Du kannst also jetzt Gedanken lesen?

Er warf einen Stein ins Wasser und drehte sich zu mir um. Er entdeckte meinen nassen Anzug und die Haare, die am Kopf klebten. Er lächelte. Es war das erste Mal, dass ich ihn lächeln sah. Ich fragte, ob er hungrig sei. Er nickte. Wir gingen zum Volvo und fuhren zu McDonald's.

Nachdem wir unser Essen bekommen hatten, hielt ich am Kai mit Blick auf das Zentrum und die neue Hafenpromenade. Die Häuser glänzten feucht. Eine Schicht Regen floss über den Asphalt. Ronaldo aß gierig. Ich zündete mir eine Zigarette an und fragte mich, warum er so dick war. Er sollte nicht so dick sein. Die Welt stand Kopf. Nichts stimmte mehr. Die Armen waren plötzlich genauso dick wie die Reichen. Ich dachte daran, was Folkedal erzählt hatte. Vielleicht war Ronaldo dazu ausersehen, es zu schaffen, war der eine, der heranwuchs.

Er schlürfte die Cola und sagte: Wenn ich die Augen schließe, sehe ich meinen Vater.

Tatsächlich?

Ja, so stelle ich es mir vor. Ich brauche bloß die Augen zu schließen, dann sehe ich meinen Vater.

Wie sieht dein Vater aus?

Ronaldo schmatzte und schluckte und schwieg.

Erinnerst du dich nicht?, fragte ich.

Nein.

Dann musst du die Augen schließen, und schon siehst du ihn.

Ronaldo tat, wie geheißen.

Wie sieht er aus?, fragte ich.

Mein Vater hat schwarze Haare. Und er ist ganz dünn.

So wie ich also?

Er machte die Augen auf. Wir lachten.

Ich wartete eine Weile, bevor ich fragte, ob er an dem Abend, als das Auto von der Brücke stürzte, am Fluss gewesen sei. Er nickte. Ich fragte, was für ein Auto es gewesen sei. Ein Opel Ascona, antwortete er.

Nicht *das* Auto, sagte ich. Das Auto dahinter.

Er sagte nichts.

Kam nicht ein Auto hinterher?, fragte ich.

Doch.

Was für eins?

Ein weißer Subaru Impreza.

Was sagst du?

Ein weißer Subaru Impreza.

Woher weißt du das?

Ich war doch dabei.

Er wirkte sicher. Er hatte ohne zu zögern geantwortet. Es wunderte mich, dass er sich mit Autos auskannte.

Was ist das hier für ein Auto?, fragte ich.

Ein Volvo 240, erwiderte er.

Die Antwort kam prompt. Ich zeigte auf ein Auto, das am Kai stand.

Ein Mazda 323, sagte Ronaldo.

Er kannte sich bestens aus. Er war in der fraglichen Nacht am Fluss gewesen. Er hatte gesehen, wie der Opel in den Fluss gedrängt wurde. Es war also nicht gesagt, dass die Serben dem Sohn von Pedersen gefolgt waren. Es war jedenfalls kein BMW dabei gewesen. Sondern ein weißer Subaru.

Hast du gesehen, wer am Steuer saß?

Er schüttelte den Kopf.

Ist keiner aus dem Auto ausgestiegen?

Nein. Das Auto ist einfach wieder den Berg hinaufgefahren.

Kannst du das morgen der Polizei erzählen?

Er sah mich an. Mir wurde klar, dass er Angst hatte. Ich fragte mich, ob ihn jemand bedroht hatte. Hatten sie deshalb das Asylantenwohnheim angezündet? Um dem einzigen Augenzeugen Angst einzujagen?

Ronaldo fragte, ob er noch eine Cola haben könne. Ich fuhr los und kaufte noch einen Becher. Ich stellte mich auf den Kai, um zu telefonieren. Folkedal ging sofort ran. Ich sagte, ich hätte den Jungen gefunden. Er sei mit mir zusammen und könne heute bei mir übernachten. Es wurde still. Folkedal sagte, er habe mit der Zeitung gesprochen und erfahren, dass ich beurlaubt sei.

Was haben Sie vor?, fragte Folkedal.

Sie sollten mir einfach vertrauen, sagte ich. Der Junge ist bei mir am besten aufgehoben.

Folkedal sagte, das würde ihm nicht gefallen, aber er habe nicht die Mittel, mich davon abzuhalten. Er sei jedenfalls froh, dass ich Bescheid gesagt hätte. Als ich wieder zum Auto kam, war Ronaldo fertig mit essen. Er schlürfte den Rest der Cola in sich hinein und sagte, es seien nur noch zwei Junge übrig. Er wisse nicht, was tun.

Jemand muss nachts aufpassen, sagte ich.

Ich wartete einen Moment. Dann sagte ich, er könne heute bei mir übernachten. Wir würden uns darüber unterhalten, was mit den Enten zu tun sei. Er nickte. Wir fuhren durch das Zentrum. Als wir oben in Tokheim ankamen, stieg im Garten eine Schar Möwen auf. Sie flogen in Formation über das Auto hinunter zum Fjord. Eine fette Möwe blieb zurück, als sei sie zu dick, um den anderen zu folgen. Sie setzte sich auf eine der Straßenlaternen.

Drinnen zog ich mich um und fragte Ronaldo, ob er duschen wolle. Er zeigte auf ein Bild im Wohnzimmer.

Bist du das?, fragte er.

Es war ein Foto von der Oddaer Fußballmannschaft, die es im Pokal bis zum Viertelfinale geschafft hatte. Mein Vater saß unten rechts. Auf einem anderen Foto stand mein Vater vor einem der Öfen im Schmelzwerk. Er trug eine Schiebermütze auf dem Kopf und hatte den Kragen der Jacke aufgestellt. Man konnte sehen, welche Kraft er damals in sich hatte, fast so, als wäre mehr Kraft hineingepackt worden, als der Körper zu fassen vermochte.

Nein, sagte ich. Das bin ich nicht.

Ich bezog das Bett frisch und blieb bei Ronaldo sitzen, bis er eingeschlafen war. Sein Körper zuckte, als sich die Muskeln entspannten. Ich stand auf und strich ihm über die Haare. Das brasilianische Trikot lag auf dem Boden. Ich nahm es mit in den Keller und steckte es in die Waschmaschine. Dann ging ich nach oben und schenkte mir einen Drink ein. Ich zappte mich bis zu einem Krimi. Ein Mann im Anzug, das Gesicht fast ganz mit einer Bandage bedeckt, rannte eine Straße entlang.

Ich dachte darüber nach, wie am Anfang eines Krimis alles im Dunkeln liegt. Mit jeder neuen Szene rücken die Personen und Handlungen langsam ins Licht. Die Vorgeschichte wird deutlicher und verständlicher. Zum Schluss kann man alles erklären und die Rechnung begleichen. In der Realität ist das Gegenteil der Fall. Die Dinge wirken offensichtlich und hell erleuchtet. Bevor sie in der Dunkelheit und im Morast versinken. Am Ende hat man keine Ahnung mehr, wo die Handlung begonnen hat oder wo alles enden wird.

Ich las im Videotext, dass im Mordfall Guttorm Pedersen drei Verdächtige verhaftet worden seien. Um elf sah ich die letzten Nachrichten. Der Typ von der Kripo wurde interviewt. Er sagte, drei Männer ausländischer Herkunft seien verhaftet und des vorsätzlichen Mordes angeklagt worden. Ein Reporter war live zu sehen. Er hatte den Gemeindepfarrer bei sich, der alle aufforderte, sich großmütig zu zeigen und eine Hand auszustrecken. Er bat die Presseleute, nach Hause zu fahren. Odda müsse jetzt zur Ruhe kommen. Ich schloss die Augen. Die Welt war aus den Fugen geraten, dachte ich. Bald wäre alles wieder an seinem Platz. Ich schaltete den Fernseher aus und ließ den Finger eine Weile auf der Fernbedienung liegen. Als bräuchte ich eine Verbindung zu allem, was draußen war.

Ich ging in den Keller und hängte das Trikot zum Trocknen auf. Oben im Zimmer schlief Ronaldo ganz ruhig. Ich hörte seinen Atem und meinen Herzschlag. Sonderbare Geräusche zogen mich ans Fenster. Ein Rasensprenger war gekippt und wand sich wie eine Schlange im Gras. Mumuki kam in den Garten. Sie war weiß gekleidet und trug die schwarzen Haare offen. Ein halbherziger Junimond rollte über Rossnos. Alles war in ein seltsames Licht getaucht, Straßen, Häuser, Autos, Telefonleitungen, Wäscheständer, Mumuki. Sie ging auf den Rasensprenger zu. Nachdem sie den Sprenger wieder aufgerichtet hatte, blieb sie im Wasserstrahl stehen. Mit langsamen Bewegungen tanzte sie über das nasse Gras.

Ich war auf dem Sofa eingeschlafen, als das Telefon gegen Mitternacht klingelte. Im Halbschlaf nahm ich den Hörer ab und sagte hallo. Ich meinte, am anderen Ende jemanden atmen zu hören.

Hallo?, sagte ich noch einmal.

Keine Antwort.

Ich wartete und überlegte, ob es Irene war. Ich wollte sie fragen, was passiert sei. Ich wollte sagen, dass ich sie liebte, hielt mich aber zurück. Ich konnte nicht wissen, ob sie es wirklich war. Es konnte genauso gut der Typ von gestern Abend sein.

Im Hörer hörte ich eine ferne metallische Stimme, wie von einem Lautsprecher auf einem Bahnhof. Jemand rief von weit, weit weg an, überlegte ich. Ich dachte daran, was Irene über das Weggehen gesagt hatte, dass sie mich, falls sie weggehen würde, mitnehmen müsse.

Die Person am anderen Ende stieß einen Seufzer aus.

Dann war die Leitung tot.

Ich erhob mich und blieb mit dem Hörer am Ohr stehen,

als könnte ich das Gespräch auf diese Weise verlängern. Ich holte mein Handy und wählte ihre Nummer. Ich bekam nur die Meldung, dass der Teilnehmer vorübergehend nicht erreichbar sei. Die Ruhe, die ich gerade empfunden hatte, war plötzlich verschwunden. Mir kam der Gedanke, dass es dort draußen eine Welt gab, über die ich keine Kontrolle hatte.

Ich ging ins Schlafzimmer, um nach Ronaldo zu sehen. Er hatte die Decke von sich gestrampelt, schlief aber ruhig. Ich deckte ihn wieder zu und ging aus dem Haus. Der Regen von vorhin war einer hohen, klaren Nacht gewichen. Ich setzte mich ins Auto und fuhr ins Zentrum. Zwei Rowdys überholten mich auf dem Weg zum Fjord. Sie wollten vermutlich im neuen Tunnel Wettrennen fahren. Er war perfekt für nächtliche Fahrten, kein Verkehr, keine Kontrollen, keine Kurven. Nur eine kerzengerade Strecke von Odda nach Kvinnherad. Die Politiker redeten über Straßen, Tunnel und Brücken als Lösung für die Region. Ich glaubte nicht daran. Neue Straßen würden den Leuten nur die Möglichkeit geben, schneller von hier wegzukommen.

Im Zentrum kam ein Polizeiwagen den Røldalsvegen herunter. Ich versuchte zu erkennen, ob mein Bruder am Steuer saß, aber das Auto beschleunigte und verschwand. Ansonsten herrschte Stille zwischen den Gebäuden, als wäre die Stadt zusammen mit dem Tageslicht ausgestorben. Ich fragte mich, wer mir das Video geschickt hatte und warum. Jemand wollte mich für irgendetwas benutzen. Jemand wollte, dass ich irgendetwas herausfand. Ich hatte nur keine Ahnung, was das sein sollte.

Ich hielt am *Chinatown*. Das Lokal war geschlossen, nur ein paar rote Lichter brannten. Ein Mann mit asiatischen Gesichtszügen wischte die Theke und den Boden. Ich saß im

Auto und überlegte, dass die Ausländer hierherkamen, um die ganze Drecksarbeit für uns zu machen. Sie wischten uns hinten ab und polierten uns vorn. Trotzdem bekamen sie die Schuld für alles, was schiefging.

Ich fuhr weiter und hielt am Fabriktor beim Schmelzwerk. Ich hatte keine Ahnung, wie ich über den Stacheldrahtzaun oder hindurch gelangen sollte. Mein Vater hätte garantiert gewusst, wo sich die diversen Löcher im Zaun befanden, aber es war zu spät, um ihn anzurufen. Ich stieg aus und ging in südlicher Richtung den Zaun entlang.

Bei der Feuerwache hörte ich ein scharrendes Geräusch hinter mir. Ich drehte mich um und bekam einen Lichtstrahl in die Augen. Instinktiv hob ich die Hände. Undeutlich erkannte ich einen Wachmann auf der anderen Seite des Zauns. Einen Augenblick lang dachte ich, es sei der Glatzkopf, mit dem ich im Fjordcenter aneinandergeraten war.

Was machen Sie hier?, fragte der Wachmann.

An der Stimme hörte ich, dass es ein anderer war. Er leuchtete mir ins Gesicht. Ich ließ die Hände sinken und überlegte, wie ich reagieren sollte.

Ich suche meine Katze, sagte ich.

Ihre Katze?, fragte der Wachmann.

Ja, Jerry.

Jerry?

Meine Katze heißt Jerry.

Hier ist kein Jerry. Scheren Sie sich nach Hause.

Der Wachmann wartete. Ich winkte ihm zum Abschied und ging am Zaun entlang zurück.

He, Sie!, rief der Wachmann hinter mir her. Sie meinen nicht zufällig Tom?

Tom?

Ja, Jerry ist die Maus.

Ach so?

Tom ist die Katze und Jerry die Maus.

Verstehe, ich werde Jerry fragen, wenn ich nach Hause komme.

Langsam ging ich zum Volvo zurück. Ich konnte den Wachmann nicht sehen, war aber sicher, dass er mir innerhalb des Fabrikgeländes folgte. Der Sommermond war hinter ein paar Wolken verschwunden. Irgendwo bellte ein Hund. Ich setzte mich ins Auto und fuhr wieder den Røldalsvegen hinunter. An der Brücke bei Shell brannten immer noch Kerzen, die zur Erinnerung an den Sohn von Pedersen angezündet worden waren.

Ohne darüber nachzudenken, fuhr ich weiter zur Ostseite des Fjords. An der Kreuzung hinter dem Tyssedaltunnel bog ich nach rechts und trieb das Auto die Kurven hinauf ins Skjeggedal. Die Scheinwerfer glitten über die Bergwand und die Tannen. Die Erwartung von gestern Abend kam in etwas abgeschwächter Form zurück. Die Spannung im Körper. Die Unruhe, als ich mit Irene hierherfuhr.

An der Hütte war es still und sternenklar. Ein paar Lichter blinkten an der höher gelegenen Seite des Staudamms. Stimmen rollten von der anderen Talseite heran. Besoffene waren zu hören, dazwischen Gelächter. Ich setzte mich auf die Motorhaube und rauchte. Ein Teil der Hitze des heutigen Tages hing noch zwischen den Bergen, aber das meiste davon war zurück in den Fjord gepurzelt.

Ich sah mich selbst zusammen mit Irene in der Hütte, wie ich hinter ihr stand und die Sterne anschaute. Ich bereute, dass ich vorhin am Telefon nichts gesagt hatte. Sie konnte es gewesen sein. Sie musste es gewesen sein. Ich wollte in die Hütte hinein, um nachzuschauen, ob ich in den Morgenstunden etwas übersehen hatte. Wenn ich sie nicht fand und sie sich nicht rührte, würde man sie vermisst melden. Es würde in der Zeitung über ihr Verschwinden geschrieben werden. Sie würden es den *Fall Irene* nennen. Sie würden Leute verhören. Sie würden Suchtrupps mit Hunden losschicken und Befragungen an den Haustüren durchführen.

In der Hütte suchte ich nach dem Lichtschalter, konnte ihn aber nicht finden. Ich blieb eine Weile im Dunkeln stehen, bevor ich zur Stube ging. Ein Geräusch ließ mich innehalten. Ich glaubte, ein Atmen zu hören. Vielleicht hatte ich heute Morgen vergessen, die Tür zu schließen, und ein Tier war hereingekommen? Ich bewegte mich nicht und fragte mich, was für ein Tier es sein mochte. Ich überlegte, dass ein Tier anders reagiert hätte. Wäre es nicht geflüchtet oder hätte angegriffen?

Langsam ging ich in die Stube. Eine Stimme forderte mich auf, stehen zu bleiben. Ich konnte ihn im Halbdunkel nicht sehr gut erkennen, aber auf dem Sofa saß mein Bruder und hatte ein Gewehr auf mich gerichtet.

Du hast dich immer für den schlaueren von uns gehalten, stimmt's?, fragte Frank.

Mein Gehirn begann eilig, mögliche Erklärungen zu formulieren, aber ich konnte keine weiteren Lügen ertragen. Frank war in Uniform und trug ein kurzärmeliges Hemd. Ich konnte seine Augen und seinen Gesichtsausdruck nicht sehen. Ich sah nur, wie er mich im Visier hielt.

Leg das Gewehr weg, sagte ich.

Er kam meiner Aufforderung nicht nach.

Ich wusste, dass du zurückkommen würdest, sagte Frank. Du warst schon immer von der sentimentalen Sorte.

Alles kommt zurück, sagte ich. Zurück zum Absender.

Was willst du damit sagen?

Ich weiß es nicht.

Warum sagst du es dann?

Das ist aus einem Lied.

Siehst du. Du willst immer besonders schlau sein.

Ich setzte mich auf einen Sessel. Ich merkte, wie ich fror. Mein Kopf war leergefegt.

Warum richtest du das Gewehr auf mich?, fragte ich.

Warum nicht?, gab Frank zurück.

Es ist nicht besonders angenehm.

Vieles ist nicht besonders angenehm.

Leg das Gewehr weg, dann können wir reden.

Wir können doch auch so reden. Wir sind schließlich Brüder. Du kannst zuerst reden. Du hast bestimmt viel auf dem Herzen.

Leg das Gewehr weg, sagte ich.

Mit Gewehr fühle ich mich sicherer, sagte er. Als ich das Auto aus dem Tal kommen sah, hielt ich es für das Beste, mich zu wappnen. Man weiß ja nie, wer so alles auftaucht. Ob Freund oder Feind.

Er wartete darauf, dass ich etwas sagte. Ich sagte nichts.

Was meinst du?, fragte Frank.

Zu was?, fragte ich.

Freund oder Feind?

Auf dem Sofa saß ein anderer Mensch, dachte ich. Er war ein anderer geworden, so wie ich für ihn ein anderer geworden war. Zwischen uns war etwas vorgefallen, etwas, was uns für immer auseinandertreiben würde.

Wo ist dein Auto?, fragte ich.

Frank antwortete nicht. Er wartete erneut.

Dann fragte er: Sie liegt oben im Stausee, stimmt's?

Also im Ernst, Frank.

Du hast sie umgebracht und in den Stausee geworfen.

Nein, hab ich nicht.

Sie wollte dich nicht haben. Deshalb hast du sie umgebracht. War es so?

So war es nicht.

Ich sollte dich erschießen und in den Stausee werfen. Dann würdest du an derselben Stelle landen wie sie. Würde dir das gefallen?

Frank schwieg. Ich spürte, wie meine Hand wieder schmerzte.

Eins verstehe ich nicht, sagte Frank. Bei drei Milliarden Frauen, wieso kamst du auf sie?

Ich sah auf.

So funktioniert es nicht, sagte ich.

Wie funktioniert es dann?, fragte Frank.

Ich weiß es nicht.

Du weißt, wie es funktioniert. Du weißt alles darüber, wie es funktioniert.

Plötzlich kannst du nicht mehr selbst bestimmen. Plötzlich ist es unmöglich, zu bestimmen.

Blödsinn. Du bist so voller Müll, dass ich dich allein schon für den ganzen Mist erschießen sollte, den du von dir gibst.

Er stand auf und kam auf mich zu. Er stellte sich neben den Sessel und hielt mir das Gewehr an den Hals. Ich sah auf und dachte, er hat Angst. Als fürchtete er sich davor, eine Linie zu überschreiten, hinter der er nicht mehr die Kontrolle über sich hätte.

Erzähl mir von Irene, sagte Frank.

Lass uns jetzt aufhören, sagte ich.

Frank drückte mir das Gewehr noch fester an den Hals. Ich spürte seinen Atem an meiner Wange.

Wie war es denn, in ihr drin zu sein?, flüsterte er.

Ich weiß es nicht.

War es herrlich, in ihr drin zu sein? Hat es dir gefallen?

Ich weiß es nicht.

Sie ist herrlich, stimmt's?

Ich bewegte mich nicht. Er wartete darauf, dass ich etwas tat, dachte ich, dass ich mich wehrte oder eine abrupte Bewegung machte, damit er mir den Kopf wegblasen konnte.

Setz dich, Frank, bitte setz dich einfach nur hin.

Aus irgendeinem Grund tat er, wie geheißen. Er ließ das Gewehr sinken, ging zum Sofa und legte die Waffe auf den Tisch. Er nahm eine Flasche Wasser und trank. Ich fragte nach einer Zigarette. Frank holte eine Schachtel und ein Feuerzeug heraus. Wir rauchten eine Weile, ohne zu reden.

Ich fragte mich, wie er es herausgefunden hatte. Wie lange er es schon wusste. Was er wusste. Warum er nichts gesagt hatte. Bilder erschienen auf meiner Netzhaut. Ein Bild verblasste, bevor das nächste auftauchte. Eine lautlose Bilderserie mit Frank und mir. Irene und Frank. Mir und Irene.

Ist dir aufgefallen, wie dick ich geworden bin?, fragte Frank und grinste.

Er umfasste seinen Bauch und drückte die Fettwülste zusammen.

Verdammt, ich bin genauso dick geworden wie du, sagte er. Ein echter Fettwanst.

Er trank einen Schluck Wasser. Ich wartete.

Er fragte: Wann hat es eigentlich angefangen?

Ich weiß es nicht, antwortete ich.

Du weißt es. Wann hat es angefangen?

In Lissabon.

Quatsch. Wann hat es angefangen?

In Italien. Als wir zusammen in Triest im Urlaub waren.

Wann, Robert?

An Silvester.

Wann?

Am selben Abend, als du mit ihr angekommen bist.

Frank schüttelte den Kopf.

Ich habe oft darüber nachgedacht. Ich konnte nicht glauben, dass sie mich haben wollte. Ich konnte nicht glauben, dass sie mir gehörte. Dass ich so viel Glück hatte.

Du hast schon immer zur Sorte der Glückspilze gehört, Frank.

Klar, wie man sieht.

Er zündete sich eine Zigarette an und hielt mir das Gewehr hin.

Er sagte: Jemand anderes soll dich umbringen, Robert. Ich will lieber nicht mehr daran denken. Ich habe schon genug an dich gedacht.

Ich zögerte. Schließlich streckte ich die Hand aus und griff nach dem Gewehr.

Bitte sehr, sagte Frank. Ich brauche dich nicht zu erschießen. Du bist schon tot.

Er setzte sich wieder. Er sagte, jetzt könne ich ihn erschießen. Ich würde ihm einen Gefallen tun, wenn ich ihn erschießen würde. Hätte ich mir das nicht die ganze Zeit schon gewünscht? Ihn loszuwerden?

Ich sagte nichts.

Ich meine es ernst. Du tust mir wirklich einen Gefallen, wenn du mich erschießt. Und was tut man nicht alles für seinen Bruder?

Halt die Klappe, Frank!, sagte ich und richtete das Gewehr auf ihn.

Frank trank einen Schluck Wasser. Er starrte mich an, als wolle er das Bild von mir scharfstellen. Mein Hals war trocken.

Erzähl mir von Irene, sagte ich.

Er sagte nichts.

Erzähl mir von Irene, sagte ich noch einmal.

Frank nahm noch einen Schluck.

Wann hast du es kapiert?, fragte ich.

Ich weiß es nicht, antwortete er.

Du weißt es, Frank. Wann hast du es kapiert?

Vor langer Zeit.

Wann, Frank?

1814.

Ich war aufgestanden. Frank sah zu mir hoch. Er wirkte klein, wie er dort auf dem Sofa saß. Ich spürte, wie sich die Welt in meinem Kopf drehte.

Sie war alles für mich, sagte Frank.

Halt die Klappe, sagte ich.

Sie war alles für mich, sagte Frank. Sie war alles für mich.

Sein Gewinsel nervte mich. Ich umschloss das Gewehr noch fester. Ich ging zum Sofa.

Erzähl, sagte ich.

Was denn?

Erzähl.

Was willst du wissen?

Ich will wissen, wie es war.

Was?

Wie es war, mit ihr zu schlafen, wenn du wusstest, dass ich sie auch hatte.

Was stimmt nicht mit dir, Robert? Was stimmt nicht mit deinem Kopf, verdammt?

Ich konnte Franks fahles Gesicht sehen, aber nicht seine Augen. Ich wartete einen Augenblick.

Ich will dir was sagen, sagte ich.

Ja, sagte Frank.

Wir sind nicht perfekt, sagte ich. Das ist das Schöne an Menschen. Das ist das Grausame. So was kann passieren. So was kommt vor.

Frank pfiff leise.

In deinen Adern fließt wirklich kein Blut, Robert. In deinen Adern fließt Scheiße.

Halt die Klappe, sagte ich.

Ich ging zu ihm hinüber und hielt ihm das Gewehr an den Hals. Mein Körper wirkte schwer und schwach zugleich.

Mach schon, sagte Frank. Erschieß mich einfach.

Er saß auf dem Sofa und rührte sich nicht. Ich überlegte, dass ich ausführen könnte, was er geplant hatte. Ich könnte ihn erschießen und in den Stausee werfen. Ich hatte den Finger am Abzug. Das Zimmer um mich herum löste sich auf. Ich merkte, dass sich mein Kopf ausgeklinkt hatte.

Schieß endlich, sagte Frank.

Ich wusste, dass ich jetzt ein Mann war, der Fehler machen konnte. Ich war einer, dem man nicht trauen konnte.

Erschieß mich, sagte Frank. Hör auf, ein Feigling zu sein. Du bist lange genug ein Feigling gewesen.

Ich weiß nicht, wie lange ich so stand. Ich blieb so lange stehen, bis ich ein Auto hörte. Lichter drangen durch das Hüttenfenster. Ein Wagen kam das Tal herauf und hielt vor der Hütte. Ich senkte das Gewehr.

Sogar dafür bist du zu feige, sagte Frank.

Wir hörten Schritte, die sich näherten. Jemanden, der pfiff. Jemanden, der anklopfte. Ein Mann in Uniform trat in die Stube. Es war Andreassen, ein Kollege von Frank. Der Typ sah verwirrt von einem zum anderen.

Ich drehte mich um und ging, ohne dass noch ein Wort gesagt wurde. Am Auto fiel mir auf, dass ich das Gewehr noch in den Händen hielt. Ich öffnete den Kofferraum und warf es hinein. Im Volvo war es jetzt kühler. Ich wendete den Wagen und fuhr in die Richtung zurück, aus der ich gekommen war.

Es war fast zwei Uhr nachts, als ich ins Zentrum kam. Kein Mensch war zu sehen. Elektrische Lichter sickerten aus Läden und Tankstellen. Ich hatte Lust auf einen Drink, aber alles war verriegelt und verrammelt. Fassaden und Türen warteten auf den neuen Tag. Odda strahlte jetzt etwas Entleertes aus, etwas, was vorher nicht da gewesen war, als hätte sich die Ruhe des stillgelegten Schmelzwerks über die ganze Stadt gebreitet.

Auf der Westseite brummte mein Volvo von einer Straßenlaterne zur nächsten, wurde vom Licht eingefangen, verschwand wieder, wurde in einem langsamen Puls gefangen, der mich schläfrig machte. Ein Wagen tauchte im Rückspiegel auf. Ich fuhr langsamer. Das Auto hinter mir auch. Ich setzte den rechten Blinker, das Auto in meinem Rücken folgte. Auf der geraden Strecke bei Askane bremste ich heftig. Mein Schatten blieb dran.

Ich bog nicht nach Tokheim ab, sondern blieb auf der Hauptstraße. Ich überlegte, ob ich zum Industriegelände bei Eitrheim abbiegen sollte. Das war sicher das dümmste, was ich tun konnte. Dort unten wäre ich gefangen. Vor dem Tunnel gab ich Gas und fuhr weit über hundert, als ich die Tunnelöffnung erreichte. Der Wagen hinter mir hatte keine Probleme, mitzuhalten.

Nach dem Tunnel nahm ich das Tempo wieder herunter. Mein Verfolger klebte an meiner Stoßstange. Ich konnte im Rückspiegel nur die Scheinwerfer sehen. Ich fragte mich, ob es ein alter Volvo war. Erst bei Digranes fuhr er neben mich. Ein Mann winkte. Ein paar hundert Meter lang fuhr er neben mir her. Dann gab er Gas und schoss davon. Ich versuchte, mir das Kennzeichen einzuprägen. Seine Rücklichter verschwanden um die Kurve.

Ich fuhr an die Seite und stellte den Motor ab, mein Atem ging schnell. Ich hatte keine Ahnung, wer der Typ war. Er sah ganz normal aus. Es konnte jeder sein, dachte ich.

Ich träumte von Frank. Wir mussten eine Kollision gehabt haben. Er hatte eine Schnittwunde im Gesicht und Blut auf dem weißen Hemd. Wir saßen im PV und warteten auf den Krankenwagen. Frank fragte nach einer Zigarette. Ich gab ihm Feuer und hielt die Zigarette für ihn, während er daran zog. Er schloss die Augen und stieß den Rauch aus. Ich hatte den Arm um ihn gelegt, als wären wir ein verliebtes Paar auf einem Ausflug.

Ich wachte vollständig angezogen auf dem Sofa auf. Es war nach zehn. Die Geräusche von draußen wirkten gedämpft, als würden sie zurückgehalten. Eine Unruhe jagte mich hoch. Ich prüfte mein Handy. Irene hatte nicht angerufen. Ich versuchte, sie vor mir zu sehen, während ich duschte. Es gelang mir nicht, ich sah nur ihr Geschlecht und ihre Brüste.

Ich rasierte mich. Die Klinge machte mein Gesicht weich. Ich schrieb *Irene* in den beschlagenen Spiegel. Die Leute versuchen zu verbergen, wer sie sind, dachte ich. Wir versuchen, anderen was vorzumachen, aber alles, was wir tun, findet sich in unserem Gesicht. Ich konnte Irene in meinem Gesicht sehen. Die schönen Gesichtszüge waren die Stellen, an denen sie ihre Spuren hinterlassen hatte. Falls sie verschwand, würde auch das Schöne in meinem Gesicht verschwinden.

Ronaldo schlief, als ich ihm das Frühstück brachte. Ich schüttelte ihn, bis er wach wurde. Ronaldo lächelte mir zu. Ich sagte, ich müsse zur Arbeit. Er könne sich Zeichentrickfilme ansehen, während ich weg sei. Ich könne den Fernseher einschalten und die Fernbedienung auf den Wohnzimmertisch legen.

Ich will, dass du hierbleibst, sagte Ronaldo.

Ich bin bald wieder da, sagte ich.

Ich will, dass du hierbleibst.

Ich legte das frischgewaschene brasilianische Trikot auf das Bett.

Ich sagte: Wenn ich zurückkomme, können wir ins Volksbad gehen. Hast du darauf Lust?

Er antwortete nicht.

Ich kann dir das Schwimmen beibringen, sagte ich.

Er sah mich an.

Du bist lieb, sagte er.

Ich strich ihm über die Haare.

Nicht immer, sagte ich.

Draußen stand die Luft still. Der Regen hatte keine Erleichterung gebracht. Heute würde es genauso heiß werden wie an den letzten Tagen. Wir mussten uns in Westnorwegen in etwas so Ungewöhnlichem wie einer Hitzewelle befinden.

Ich fuhr nach Odda hinein und erinnerte mich daran, wie mein Vater mir das Schwimmen beigebracht hatte. Er hatte mir die Tafeln an den Wänden des Volksbads gezeigt. Dann hatte er sich mit einer Zigarette an den Beckenrand gesetzt und mir zugerufen, ich müsse es so machen wie der Mann auf den Tafeln. Ich weiß noch, wie sich das Wasser um mich herum schloss und ich wie ein Hund strampelte.

Im Büro machte ich die Fenster auf, bevor ich meine Anrufe startete. Ich hätte schon vorher darauf kommen können, aber eine halbe Stunde später hatte ich die Bestätigung, dass in der fraglichen Nacht zwei Autos gestohlen worden waren. Das erste war der BMW der Serben, den Bodd in Eitrheim gefunden hatte. Das zweite war ein Subaru, der am Montagmorgen gestohlen gemeldet worden war. Die Polizei hatte die üblichen Infos rausgegeben. Der Subaru war immer noch nicht gefunden worden. Der Besitzer war Samson Nilsen.

Ich suchte in meinen Taschen nach Zigaretten, fand aber nichts. Ich blieb sitzen und versuchte in dem, was ich wusste, ein Muster zu sehen. Ich wollte herausfinden, welche Ereignisse zusammenhingen, was genau die Folge anderer Vorfälle war. Inwiefern war Samson Nilsen involviert? Hatte er den Jungen in den Fluss gedrängt? Was war mit Irene passiert? Hatten die zwei Fälle miteinander zu tun? Wenn ich herausfand, was mit dem Jungen passiert ist, würde ich dann Irene finden? Alles, was ich wollte, war, dass Irene zurückkam.

Am Mix-Kiosk kaufte ich Zigaretten und blätterte in den Zeitungen. Sowohl *VG* als auch die *BT* hatten die Identität der Serben veröffentlicht. Das Bild, das Martinsen durch das Seitenfenster meines Volvos aufgenommen hatte, war auf der Titelseite abgedruckt. Das *Dagbladet* hatte Schattenriss-Zeichnungen mit ein paar Angaben zu den einzelnen Verdächtigen gebastelt. Das Merkwürdige war, dass die Schattenriss-Zeichnungen stärker wirkten als die Fotos. Die Serben sahen darauf aus wie Verbrecher. Die Schuldigen waren gefunden. Der Fall war gelöst.

Der Kioskbesitzer kam zu mir herüber und stellte sich neben mich, während ich las. Es war ein griesgrämiger Vietnamese, er hieß Nam. Die Leute in Odda nannten ihn nur Viet Nam Nam.

Sie kann nicht hier stehen und lesen Zeitung, sagte Nam.

Ich sah ihn an. Der Typ bebte vor Wut.

Ich kann also nicht hier stehen und lesen Zeitung?, fragte ich.

Nein, Dibbstall.

Dibbstall?

Ja, Dibbstall. Die Zeitungen sind meine.

Aha. Die Zeitungen sind also Ihre.

Sie kann nicht hier stehen und lesen Zeitung ohne Geld.

Tut mir leid, ich hatte keine Ahnung, dass die Zeitungen Ihre waren.

Will Sie lesen Zeitung, muss Sie bezahlen Zeitung.

Ich steckte *VG* wieder auf den Ständer zurück und winkte ihm zum Gruß.

Gehen Sie zu einem Norwegischkurs!, sagte ich.

Gehen Sie zu einem Boblothek!, rief Nam hinter mir her.

Ich ging zum Volvo und fuhr hinauf nach Hovden, wo ich in der Einfahrt zur Brucevilla parkte. Das Haus lag zum Teil im Schatten der hohen Tannen. Vor der Garage standen ein Dreirad und ein dunkelgrüner Audi. Ein Hund sprang um die Ecke. Er schlich sich auf den Tennisplatz, setzte sich auf die Hinterbeine und kackte neben das Netz.

Die Politiker hätten die frühere Direktorenvilla gern abgerissen und an ihrer Stelle Seniorenwohnheime gebaut. Für die Arbeiterpartei war die Villa noch immer ein Symbol der Zeit, in der Direktor Bruce fast ganz Odda und Umgebung beherrschte. Samson Nilsen hatte jedoch die Villa gekauft und sie von Grund auf renoviert. Ich hatte Gerüchte gehört. In regelmäßigen Abständen lud Nilsen diejenigen, die in Odda etwas zu sagen hatten, zu großartigen Festen ein. Ihm gehörten drei oder vier Autos, er lief in teuren Anzügen herum. Es hieß, er habe eine Yacht in Florida und eine Geliebte in Nizza. Es wurde von exklusiven Nachtclubs und

Formel-1-Fahrten in Monaco gemunkelt. Die Leute fragten sich, woher er das Geld hatte. Die Gerüchteküche war noch mehr angeheizt worden, als die Lokalzeitung schrieb, Samson Nilsen bekäme staatliche Unterstützung für das Betreiben zweier Internetcafés, die vor allem Kunden für illegale Glücksspiele warben. Aber die Leute wussten nicht, was Speedway auf dem Kontinent wert war. Samson Nilsen dürfte mehrfacher Złotymillionär sein.

Das Sonnenlicht ließ das, was man durch die Windschutzscheibe sah, verblassen. Mir war heiß und übel. Ich hatte keine Ahnung, was ich hier tat. Ich war ein Mann in einem Auto vor einem Haus. Wenn jemand die Einfahrt herunterkäme und fragte, was ich hier suchte, würde ich keine Antwort wissen. Und das passte. Die Leute waren zur falschen Zeit am falschen Ort. Machte man eine Satellitenaufnahme von der Welt und schaffte es, alle Menschen zu lokalisieren, wäre eine erstaunlich große Prozentzahl von ihnen am falschen Ort. Mein Bruder hatte von einer Firma erzählt, die sich auf Luftaufnahmen spezialisiert hatte. An schönen Sommertagen flogen sie über Stadt und Land, ein paar Wochen später zogen Verkäufer durch die Gegend, um Fotos anzubieten, die aus solcher Nähe aufgenommen worden waren, dass die Leute ihr eigenes Haus erkannten. Eine junge Frau vom Fjord kaufte ein Foto vom Bauernhof der Familie und packte es in einen Rahmen hinter Glas. Der Mann, der auf der Nordsee arbeitete, kam nach Hause und studierte das Foto. Er holte sich eine Lupe und entdeckte einen Wagen, der normalerweise nicht auf den Hof gehörte. An dem Tag, als die Luftaufnahme gemacht wurde, hatte der Liebhaber der Frau draußen geparkt und drinnen gevögelt.

Kurz vor halb zwölf kam Samson Nilsen aus der Brucevilla. Er trug ein weißes Hemd und eine helle Hose. Jedes

Mal, wenn ich den Typen sah, hatte ich das Gefühl, einen Mann vor mir zu haben, der sich noch so gut anziehen konnte, man würde trotzdem früher oder später die Ölflecken an seinen Händen entdecken. Samson Nilsen nahm sein Handy und schob die Sonnenbrille nach oben. Er tippte eine SMS ein, bevor er sich in den Audi setzte.

Ich folgte ihm auf dem Weg hinunter nach Eide und weiter ins Zentrum. Nilsen stellte das Auto am Coop Mega ab und ging in die Bank. Fünf Minuten später kam er wieder heraus und überquerte die Straße. Er kaufte sich ein Eis. Er traf ein paar Bekannte. Er kaufte die Tageszeitungen. Ein Luftschleier lag zwischen der Straße und den Leuten, zwischen ihm und mir, zwischen den Besorgungen der Leute und der Beobachtung. Die Hitze erzeugte einen Abstand, der mich ruhiger werden ließ. Ich konnte ihm folgen, ohne dass er mich entdeckte. Trotzdem fühlte es sich so an, als würde ich Samson Nilsen etwas wegnehmen. Seine alltäglichen Handlungen bekamen ein anderes Gewicht, nur weil ich ihn beschattete.

Während ich dem Mann folgte, dachte ich, so etwas tut man in anderen Städten. Man kann in Los Angeles, London oder Tokio Menschen beschatten. Nicht in Odda. In einer Radiosendung hatten sie gesagt, es sei das Einfachste der Welt, jemanden zu beschatten. Kein Mensch rechne damit. Kein Mensch käme auf die Idee, dass er überwacht wird.

Das Öllämpchen leuchtete auf. Das war seltsam, ich hatte das Auto gerade erst aus der Werkstatt geholt. Wir fuhren den Sandvinvatnet entlang nach Süden. Samson Nilsen fuhr so schnell, dass ich Angst hatte, er würde mich abhängen. Kurz vor Saga gerieten wir in zähen Verkehr, und ich konnte mich etwas entspannen. Ich wusste trotzdem noch nicht, wie lange ich ihm folgen würde.

Ich schaltete während der Fahrt das Radio ein. Der Radiosprecher gab bekannt, dass heute Abend eine Demonstration gegen Rassismus stattfinden würde. Außerdem wolle die Illustrierte *Hören & Sehen* einen Fonds zur Erinnerung an Guttorm Pedersen einrichten. Ein Redakteur würde deshalb später noch nach Odda kommen. Der Bürgermeister wurde interviewt und äußerte sich erfreut darüber, dass es jetzt wohl möglich würde, einen Schlussstrich unter die ganze Sache zu ziehen. Er sagte, es sei an der Zeit, die Periode der Dürre abzuhaken und nach vorn zu schauen. Er behauptete, Oddas große Herausforderung bestehe darin, wieder industrielle Blüten zu treiben. Um den negativen Trend zu stoppen, hätten sie einen Wettbewerb für ein neues Odda-Logo lanciert.

Am Wasserfall Låtefoss blinkte Samson Nilsen und fuhr an die Seite. Ich fuhr ebenfalls rechts ran und hielt hinter einem Touristenbus. Im Rückspiegel sah ich, wie Samson Nilsen ausstieg und sich in einen anderen Wagen setzte, den ich für einen Nissan Sunny hielt. Ich verstellte den Rückspiegel, konnte aber wegen des Sonnenlichts nicht durch seine Scheiben sehen. Ich ließ den Volvo ein Stück weiterrollen, hielt die Hand gegen die Sonne und konnte zwei Köpfe in dem Wagen erkennen, aber immer noch nicht, wer der andere der beiden war. Ich stieg aus und lehnte mich an den Volvo. Touristen fotografierten mit großem Eifer den doppelten Wasserfall. Ein paar Japaner wirkten überglücklich dabei, ihr Leben aufs Spiel zu setzen, indem sie sich zum Fotografieren mitten auf die Straße stellten. Ich erinnerte mich an den Unfall vor einigen Jahren. An einem Sonntag im Winter, die Sonne stand ziemlich tief, wollten wir in die Berge und fuhren am Låtefoss vorbei. Die Gischt des Wasserfalls hatte die Fahrbahn mit einer Eisschicht überzogen. Mein Vater verlor die Kontrolle über das Auto, das sich drehte und im Graben landete. Frank, der vorne saß, hatte eine Schnittverletzung im Gesicht. Sonst war nichts passiert. Aber ich kann mich noch an die Angst erinnern, als ich ausstieg, um mir den Schaden anzusehen. Meine Mutter wollte mich trösten, aber ich konnte nicht aufhören zu weinen. Ich hatte keine Angst um meinen Bruder oder mich gehabt. Ich hatte Angst gehabt, der Unfall würde uns zu armen Leuten machen. Der Volvo war der Beweis dafür, dass wir wohlhabend waren. Ich glaubte, wir hätten jetzt auf einen Schlag alles verloren.

Ich spürte den Luftdruck der vorüberfahrenden Autos und dachte, rein statistisch gesehen müsste es einigen Urlaubern, die hier vorbeisausten, genauso ergehen wie uns damals. Egal, was sie taten und wohin sie fuhren, einige von ihnen würden unweigerlich auf dem Dach oder im Graben landen.

Nach einer Viertelstunde stieg Samson Nilsen aus dem Sunny aus. Er beugte sich zum Seitenfenster herunter und sagte etwas, was ich nicht hören konnte. Die Worte stiegen nach oben und entschwanden in der Luft. Er setzte sich in den Audi und fuhr zurück nach Odda. Ich wartete, bis ein paar Minuten später der Sunny losfuhr. Wir fuhren auf die Straße und langsam das Tal hinunter. Der Verkehr war dicht, man konnte unmöglich überholen.

Als wir ins Zentrum kamen, hielt der Sunny am Marktplatz. Aus der Entfernung sah ich einen dünnen Mann in einem blauen Trainingsanzug aussteigen und das Auto abschließen. Er wandte mir den Rücken zu, aber ich erkannte ihn sofort. Etwas in meinem Schädel fiel auf seinen Platz. Etwas wurde in die richtige Spur geschoben. Ohne sich umzudrehen, überquerte Arthur Larsen den Platz und betrat den *Hamburger Heaven*.

Ich wartete einen Moment, dann folgte ich ihm.

Der *Hamburger Heaven* war die Spielhölle von Odda. Die Fenster waren fettig, Frittiergeruch hing über den Tischen und man konnte sich an der Kasse einen Herzinfarkt bestellen. Im Fernsehen hatten sie das Glücksspiel zum Familienerlebnis erhoben. Die Moderatoren ähnelten lächelnden Stewards, und die Lottozahlen wurden zur besten Sendezeit gezogen. Hier drinnen war alles auf das Wesentliche reduziert: Leuten mit wenig Geld so viel wie möglich aus der Tasche zu ziehen. Abgesehen von wenigen Orten in der Finnmark im hohen Norden war Odda die Stadt in Norwegen, in der die Leute die meisten Totokronen per Einwohner abdrückten. Odda war Atlantic City in Hardanger.

Heute war es in dem Laden heiß und klamm. Ich setzte mich an den Nachbartisch von Arthur Larsen. Er füllte, ohne aufzusehen, Totozettel aus. Ich zündete mir eine Zigarette an und wartete. Larsen trug ein Toupet, und zwar die Art von Toupet, die einem sofort auffiel, wenn man ihn ansah. Das künstliche Haar passte so wenig zu dem Mann darunter, dass man fast an nichts anderes mehr denken konnte, wenn Larsen vor einem stand. Ich hatte den Mann mehrmals interviewt, zuletzt im Zusammenhang mit dem Konkurs des Schmelzwerks. Er war einer der lokalen Gewerkschaftsbonzen, der im System nach oben geschwommen war und es schließlich zum Geschäftsführer gebracht hatte. Jetzt war er Konkursverwalter und der einzige Angestellte des Werks.

Larsen zuckte zusammen, als er mich entdeckte. Ich sagte nichts. Er sah wieder nach unten und füllte weitere Totozettel aus, als hätte er mich nicht gesehen.

Ich ging zu seinem Tisch und setzte mich ihm direkt gegenüber.

Was wollten Sie von mir?, fragte ich.

Er starrte mich an und fragte, was ich meinte.

Sie haben mich angerufen, sagte ich.

Ich habe Sie nicht angerufen.

Vielleicht irre ich mich, aber ich meine, Sie hätten mich neulich abends angerufen.

Nein, ich habe nicht angerufen.

Vielleicht haben Sie es nur vergessen, es war ja kein langes Gespräch. Im Grunde war es so kurz, dass ich es nicht geschafft habe, Ihre Stimme zuzuordnen, bis ich Sie eben sah.

Ein Typ mit Roy-Orbison-Sonnenbrille kam zu uns an den Tisch. Er war schwarz gekleidet und hatte Gel in den gefärbten Haaren. Er fragte, ob heute nicht irgendwelche Pferdewetten liefen. Arthur Larsen antwortete, er habe keine Ahnung von Pferden. Roy Orbison sagte, das sei doch verdammt einfach. Das Pferd, das zuerst ins Ziel kommt, ist Sieger. Schwieriger ist es nicht. Man muss auf das Pferd setzen, das zuerst ins Ziel kommt. Roy Orbison bat um einen Stift. Wir hatten keinen. Er zog los, um sich einen zu besorgen.

Warum haben Sie mir das Video geschickt?, fragte ich.

Arthur Larsen hörte auf zu schreiben.

Sie sollten sich in diese Sache nicht einmischen, sagte er.

Mich einmischen? Sie haben mich da reingezogen.

Können wir uns an einem anderen Ort unterhalten?

Ist das hier nicht ein guter Ort, wenn man mal von dem Frittiergeruch absieht?

Wir können uns in einer Viertelstunde treffen.

Warum haben Sie mir das Video geschickt?

Larsen antwortete nicht. Seine Trainingsjacke stand fast bis zum Nabel offen. Ich sah ein paar graue Haare auf seiner Vogelbrust.

Sie haben sich das Video angeschaut, stimmt's?, fragte Larsen.

Ja, aber ich habe schon bessere Filme gesehen, antwortete ich.

Larsen schüttelte den Kopf, als wäre ich der größte Idiot der Welt. Er hatte vermutlich recht.

Ein junger Kerl wurde umgebracht, sagte Larsen. Ich wollte, dass jemand herausfindet, was eigentlich passiert ist.

Und was ist eigentlich passiert?

Larsen schwieg. Roy Orbison hatte sich einen Stift geholt und war auf dem Weg zurück. Larsen fragte, ob ich die *Kneipe am Fluss* kenne. Er könne in einer Viertelstunde da sein. Geht in Ordnung, sagte ich. Roy Orbison setzte sich an unseren Tisch und füllte Totozettel aus. Er erklärte, dass er bei Dally Ræva immer danebenlag. Er hatte bei den anderen Pferden richtig gelegen, aber in der letzten Runde kam Dally Ræva wie ein Unwetter heran und zog ihm die Tausender aus der Tasche. Er war sicher, dass Dally Ræva gedopt war. So verdammt gut war sie nicht. Sie hatten garantiert einen eigenen Tierarzt, der Dally Ræva ordentlich voll pumpte.

Ich ging hinaus ins Licht und hinunter zum Fluss.

Die Stelle an der Shell-Tankstelle hieß *Kneipe am Fluss*, weil die Alkis dort in Ruhe trinken konnten. An Regentagen zogen sie sich in Autowracks zurück, die die Leute am Ufer entsorgt hatten. Ein kalter Wind kam vom Opo herauf. Die Schneeschmelze der letzten Tage hatte das Wasser gefährlich ansteigen lassen.

Ich setzte mich auf die Motorhaube eines heruntergekommenen Vauxhall und zündete mir eine Zigarette an. Über dem Fluss lag die neue Cy50-Fabrik, die erst wenige Monate in Betrieb gewesen war, als das Werk in Konkurs ging. Gegenüber stand die Dicyfabrik, in der mir mein Vater einen Ferienjob besorgt hatte, als ich achtzehn war. Ich dachte an die Sommernächte, als ich auf den kleinen Balkon im dritten Stock trat und den Rowdys hinterhersah, die mit ihren Kisten durch die Straßen preschten. Ich stand in dreckigen Arbeitsklamotten da und wusste, dass ich nicht Schmelzer werden wollte wie mein Vater.

Ich wartete eine halbe Stunde, bevor ich die Auskunft anrief und Arthur Larsens Nummer bekam. Ich musste mich in das Vauxhall-Wrack setzen, weil es unmöglich war, bei dem Flussrauschen etwas zu hören. Larsen ging nicht ran. Der Arsch hatte mich gelinkt. Ich rief Irene an, aber auch sie ging nicht ran. Ich wusste nicht weiter. Ich schloss die Augen und hörte den Fluss rauschen.

Ich blieb in dem Vauxhall sitzen, der nie mehr irgendwo hinfahren würde.

Als ich zum Parkplatz zurückkehrte, saß Erik Bodd in meinem Volvo. Er aß ein Kebab und grüßte durch das Seitenfenster. Ich konnte sehen, dass der Typ in ein paar Jahren richtig dick werden würde. Er hatte die Anlagen dazu, so wie er jetzt die Anlagen dazu hatte, Leute zu nerven.

Ich beugte mich zum Fenster auf der Beifahrerseite hinunter.

Entschuldigung, aber was machst du in meinem Auto?, fragte ich.

Ich hatte gedacht, dass du mich zum Golfplatz fahren könntest, antwortete Bodd.

Das hattest du gedacht. Und was noch?

Spielst du Golf?

Ich schüttelte den Kopf.

Schade, sagte Bodd. Ich dachte nämlich, wir könnten eine Runde spielen.

Du solltest nicht so viel denken, sagte ich.

Du hast recht. Ich übe mich darin, nicht zu denken, und ich übe mich darin, nicht bei der Arbeit zu sein. Erst dann kommt nämlich der Golfsport ins Spiel. Ich habe die Tasche übrigens auf den Rücksitz gestellt. Hoffe, das ist in Ordnung.

Ich antwortete nicht.

Du solltest es einmal ausprobieren, sagte Bodd. Du wirst süchtig davon. Es kommt vor, dass ich bei der Arbeit bin und an nichts anderes mehr denke, als rauszukommen und zu spielen.

Du solltest nicht in diese Richtung denken.

Ich weiß, aber ich kann es nicht lassen.

Jetzt könntest du daran denken, aus meinem Auto zu verschwinden.

Ich öffnete die Tür und hielt sie auf. Erik Bodd blieb sitzen. Ich blieb stehen. Bodd nahm die Tür und zog sie wieder zu.

Ich habe einen Vorschlag, sagte er. Wir fahren zum Golfplatz. Ich gehe eine Runde. Du begleitest mich dabei.

Ich habe einen besseren Vorschlag. Du verschwindest aus meinem Auto.

Bodd drehte sich um und nahm seine Tasche vom Rücksitz. Er zog einen Umschlag heraus und hielt mir durch das Fenster ein Foto hin. Es dauerte eine Weile, bis ich das Motiv erkannte. Das Bild musste mit dem Tele zwischen Baumstämmen hindurch aufgenommen worden sein. Zwei Personen saßen in einem Volkswagen. Irene und ich saßen in ihrem Auto an dem Abend, an dem sie mit mir Schluss gemacht hatte. Ich starrte auf das Bild. Das Einzige, was ich denken konnte, war, dass es weit weg und sehr lange her wirkte.

Kleine Stadt, sagte Bodd.

Ich ging um das Auto herum und stieg ein. Ich lehnte den Kopf gegen die Nackenstütze und legte die Hände aufs

Steuer, als hätte ich eine private Fahrstunde. Dann rieb ich die Handflächen an den Knien trocken, startete den Motor, blinkte und fuhr auf die Straße.

Das erste Gebot für einen Journalisten ist, seine Hausaufgaben zu machen, sagte Bodd während der Fahrt. Manche glauben, sie stolpern über die Dinge, aber man muss seine Hausaufgaben machen. Nimm diesen Golfplatz hier. Wer würde glauben, dass es in Odda einen Golfplatz gibt?

Ich sagte nichts dazu, dachte nur, der Typ hat eine unangenehme Stimme.

Früher bin ich durch Odda immer nur durchgefahren, fuhr Bodd fort. Es ist schöner hier, als ich es in Erinnerung habe, aber ich könnte nie hier leben. Ich weiß nicht, vielleicht gewöhnt man sich ja daran. Man gewöhnt sich an die merkwürdigsten Dinge.

Er lachte.

Kennst du den Witz? Es wird behauptet, die Oddaner seien so voller Schwermetall, dass sie wie Sondermüll behandelt werden müssten.

Ich sagte nichts. Ich hätte sagen sollen, dass es Oddaer heißt. Ich hätte sagen sollen, dass er seine Hausaufgaben machen sollte. Ich hätte das Auto in den Graben fahren, das Gewehr aus dem Kofferraum nehmen und den Typen mit einem einzigen Schuss abknallen sollen.

Wir passierten Tokheim und kamen nach Askane. Ich hielt am Golfplatz. Wir blieben eine Weile sitzen, während sich der Motor abkühlte.

Deine Geschichte ist nicht stichhaltig, sagte Bodd.

Was für eine Geschichte?, fragte ich.

Die Geschichte von neulich, wo du die Nacht verbracht hast. Von der Ex und der Überschwemmung im Keller. Hast du eine bessere?

Ich überlegte, ob ich bluffen sollte. Ich hatte es so satt zu bluffen, aber das Letzte, was ich mir vorstellen konnte, war, Erik Bodd etwas zu erzählen.

Wir stiegen aus. Bodd nahm die Tasche vom Rücksitz. Der Golfplatz lag in der Bucht bei der Zinkfabrik. Man hatte einen Blick auf jede Menge Rohrleitungen, Tanks, Hallen und Abdampfleitungen, die Dampf ausstießen. Der Golfplatz schwamm eigentlich auf einem Giftpfuhl. Sie hatten die alten Sünden mit Erde bedeckt und einen Platz mit acht Löchern angelegt. Die Leute witzelten, dass man, wenn man den Golfball aus einem der Löcher nehmen musste, riskiere, den halben Arm zu verlieren.

Ich habe schon auf vielen Plätzen gespielt, sagte Bodd, aber der hier übertrifft alles, glaube ich.

Er machte einen Probeschlag.

Weißt du was?, sagte er. Ich habe mich gefragt, wie es ist, deinen Job zu haben. Du befindest dich in einem Lokalbüro, dessen Stilllegung ernsthaft erwogen wird. An einem Ort, dessen Stilllegung erwogen wird.

Ich wusste nicht, ob ich mich für sein Mitgefühl bedanken oder ihn gleich zusammenschlagen sollte.

Du bist hier gestrandet, stimmt's?

Es war schwül. Über den Bergen im Süden waren neue Wolken aufgetaucht. In ein paar Stunden würde sich die Hitze in Gewitterschauer verwandeln. Ich hatte irgendwo gelesen, dass die Menschen, die am häufigsten vom Blitz getroffen werden, Golfspieler sind.

Bodd stützte sich auf seinen Schläger.

Kann sein, dass sie wieder auftaucht, sagte er. Aber ich habe mit mehreren Geschichten dieser Art zu tun gehabt, und meistens kommen sie nicht zurück.

Er sah mich an.

Ich weiß nicht, was passiert ist, sagte er. Vielleicht wart ihr heimliche Geliebte, vielleicht nicht. Egal wie, das Gerücht wird die Runde machen, und gegen ein Gerücht kannst du dich nicht wehren. Wenn du in die Offensive gehst, kannst du deine Geschichte erzählen. Erzählen ist im Grunde eine Form von Rechtsschutz.

Ich fragte mich, ob Martinsen das Bild gemacht hatte. Es musste Martinsen gewesen sein, aber war er zufällig auf uns gestoßen oder war er mir an dem Abend gefolgt? Warum hatte er nichts gesagt? Und hatte Martinsen Frank informiert?

Erik Bodd sagte, ich bräuchte nur zu erzählen. Er sei ein guter Zuhörer. Das könne er am besten. Zuhören. Anderen zuhören. Jetzt hat sich das Blatt gewendet, dachte ich. Jetzt war ich auf der anderen Seite gelandet. Ich war zu dem Fuchs geworden, den sie jagen wollten.

Du kannst mich nicht unter Druck setzen, sagte ich.

Ich setze dich nicht unter Druck, sagte Bodd. Ich sage dir nur, was am besten für dich ist.

Du hast verdammt noch mal keine Ahnung, was am besten für mich ist.

Bodd machte einen Schlag und sah dem Ball hinterher. Er nickte, als der Ball aufschlug. Er liebe dieses Geräusch, sagte er. Ein Golfschläger, der einen Ball trifft. Es gibt nichts Besseres.

Wir schlenderten zu der Stelle, wo der Ball aufgeschlagen war.

Ich habe versucht, einen Zusammenhang zwischen den beiden Fällen herzustellen, sagte Bodd, während wir nebeneinander hergingen. Zwischen dem Mord an dem Jungen und der Frau, die verschwunden ist. Aber ich muss passen. Vielleicht kannst du mir helfen?

Das würde mir nicht im Traum einfallen, sagte ich.

Ja, es ist so eine Sache mit Odda, sagte Bodd. Hier sind alle so höflich.

Er blieb stehen und sah mich an.

Hör zu, ich verstehe dich. Mädchen sind an solch kleinen Orten immer etwas Tragisches. Um die hübschesten muss man sich prügeln. Und sie hier sah wie ein richtiger Leckerbissen aus.

Er ging weiter. Wir kamen zu dem Ball. Bodd sah mich an.

Hast du sie weggeschickt? Oder vielleicht auch dein Bruder? Mir ist klar geworden, dass ihr beide ein Motiv habt. Es geht auch das Gerücht, dein Bruder sei von der eifersüchtigen Sorte.

Wieso denn das?

Ein Vögelchen hat gesungen, dass dein Bruder eines Abends alle Kleider seiner Frau hervorgeholt und mit einer Rasierklinge aufgeschlitzt haben soll.

Du bist kranker, als ich dachte, sagte ich.

Er zuckte mit den Schultern.

Es ist an dir. Du entscheidest, sagte Bodd. Wir bringen das Bild raus, sobald klar ist, dass Irene Jansen als vermisst gilt.

Meine Faust traf ihn im Gesicht, auf Höhe der Backenzähne. Ich schlug mit aller Kraft. Bodd fiel hintenüber. Einen Augenblick lang wirkte er jämmerlich klein, wie er da lag. Dann stand er auf und bürstete sich die Golfhose ab. Er grinste, als sei er der Überlegene.

Ich drehte mich um und ging zum Auto. Ein Schmerz durchfuhr meine Hand, aber ich fand, es sei die Sache wert gewesen. Ich hatte nur getan, was ich tun musste. Er hatte ihren Namen ausgesprochen. Er hätte nicht ihren Namen aussprechen sollen.

Das Foto lag immer noch auf dem Beifahrersitz im Volvo. Ich steckte es in das Handschuhfach und ließ den Motor an. Ich blinkte, bog auf die Straße und dachte, in einer Sache hatte Bodd recht. Er hatte recht damit, dass man sich an die merkwürdigsten Dinge gewöhnt. Du steckst alles Mögliche ein, und dann gewöhnst du dich daran. Früher oder später wird es zu deinem Leben.

Ein dickes Paar lag auf dem Rasen des Nachbarn. Ihre Körper glänzten vor Öl. Gelbe Schirme waren an den Sonnenliegen befestigt, aus einem der Häuser war ein Radio zu hören. Das dicke Paar rührte sich nicht. Es sah aus, als lägen die beiden zum Grillen bereit oder zur Obduktion.

Ich setzte die Sonnenbrille ab und schloss die Tür auf. Ronaldo saß auf dem Sofa, aß Schokolade und trank Cola. Ich fragte ihn, wie es ihm gehe. Er starrte auf den Bildschirm und gab keine Antwort. Es lief ein WM-Spiel, Spanien führte 1:0 gegen Irland. Die Spanier waren bei Meisterschaften meistens nicht sehr gut. Es schien, als würde es ihnen genügen, vor der Kamera gut auszusehen.

Ich ging ins Bad und kühlte die Hand unter einem Wasserstrahl. Ich wickelte ein nasses Handtuch darum.

Kann ich dich noch ein wenig allein lassen?, rief ich Ronaldo zu.

Er antwortete immer noch nicht.

Hast du Hunger?, fragte ich.

Ich ging zu ihm und sagte, ich müsse noch etwas prüfen, dann würde ich uns was zu essen machen. Ich nahm die Kassette aus dem Videogerät. Ich blieb stehen und sah dem Spiel zu. Damien Duff machte einen Sololauf, der fast mit einem

Tor endete. Ich mochte die Iren. Sie spielten immer, als würde die Welt nach Spielende einstürzen.

Ich fragte Ronaldo, ob er hungrig sei. Er starrte auf den Fernseher und beachtete mich nicht. Ich tippte ihn auf die Schulter. Endlich sah er auf.

Du hast gesagt, wir würden zusammen schwimmen gehen, sagte er.

Ja, ich weiß.

Ronaldo nahm die Colaflasche, trank aber nicht.

Du hast gesagt, wir würden schwimmen gehen, sagte er noch einmal.

Wir gehen später schwimmen, sagte ich.

Ich setzte mich auf einen Sessel und fuhr mir mit dem Handtuch über das Gesicht. Die Hitze hatte das Handtuch schon lauwarm werden lassen. Mein Kopf schmerzte heftig in dem weichen Stoff. Ich stand auf und sagte zu Ronaldo, er könne mitkommen. Er rührte sich nicht vom Fleck.

Ich stellte mich direkt vor den Fernseher. Er wich zur Seite aus, um etwas zu sehen. Ich schaltete den Fernseher ab. Er starrte auf den leeren Bildschirm. Ich ging zu ihm und packte ihn am Arm. Er versuchte, sich zu befreien. Ich hob ihn hoch. Er wehrte sich, als ich ihn in den Flur führte. Ich nahm seine Schuhe und drückte sie ihm in den Bauch.

Ronaldo starrte mich trotzig an, bevor er wieder ins Wohnzimmer ging. Ich folgte ihm und blieb an der Tür stehen. Er schaltete den Fernseher wieder ein und stopfte noch mehr Schokolade in sich hinein. Ich ging zu ihm und riss ihm die Schokolade aus der Hand.

Wenn du Sympathie willst, darfst du nicht dick sein, sagte ich.

Ronaldo sagte nichts.

Kein Mensch mag dicke Jungs, sagte ich.

Ich schüttelte ihn.

Verstehst du denn nicht, dass du in Gefahr bist?, fragte ich.

Ronaldo wartete ab.

Hier passt keiner auf dich auf. Hier passe nur ich auf dich auf.

Was willst du?, fragte Ronaldo.

Ich wusste nicht, was ich antworten sollte. Ich wusste nicht, was ich von ihm wollte. Ich wusste nicht einmal, ob es stimmte, dass ich auf ihn aufpasste. Vielleicht war er nur der Trumpf, an den ich mich mit aller Macht klammerte, ohne zu wissen, warum.

Du willst nicht lieb sein, sagte Ronaldo. Du bist nur lieb zu dir selbst.

Ich schüttelte den Kopf, nahm die Videokassette und ging hinaus. Ich wankte, als ich die Sonnenbrille aufsetzte. Das Licht war weiß und blendete. Der Sommer ließ die Landschaft riesig und aufgeblasen erscheinen. Der Sommer war ein Schwamm, der alles um sich herum in sich aufsog, dachte ich.

Mein Nachbar saß am Steuer meines Volvos. Ask sah grinsend aus dem Seitenfenster und kaute schmatzend auf einem Kaugummi. Ich überlegte, dass in weniger als einer Stunde zwei Männer in meinem Auto gesessen hatten. Was dachten sie eigentlich über mich? Dass ich einen Taxischein hatte?

Gib mir die Schlüssel, sagte Ask. Dann drehen wir eine Runde.

Worum geht's?, fragte ich.

Nichts Besonderes, sagte er. Ich habe einfach Lust auf eine kleine Runde.

Ask war ein paar Nummern zu groß für Proteste. Ich gab ihm die Schlüssel und stieg ein. Ask ließ den Motor an und fuhr auf die Hauptstraße. Er schwitzte, als hätte er Fieber. Er wischte sich die Tropfen von der Stirn.

Schöner Tag, sagte er, aber nachher wird es noch regnen.

Ich konnte mich nicht daran erinnern, wann zuletzt jemand anderes als ich den Volvo gefahren hatte. Die Sonne schien schräg in den Wagen. Sie stand so am Himmel, dass ich die Silhouette meines Kopfes am Straßenrand und auf den Fassaden sehen konnte. Ein unruhiger Umriss, der hüpfte und sprang, während wir ins Zentrum fuhren. Du hast tolle Haare, hatte Irene einmal nachts zu mir gesagt. Sie hatte mich im Arm gehalten und gefragt, ob mir das schon mal jemand gesagt hätte. Nur meine Mutter, hatte ich geantwortet.

Du solltest dir einen besseren Wagen zulegen, sagte Ask. Du verdienst doch nicht schlecht, oder?

Heute ist nicht der Tag, um über Autos zu fachsimpeln, antwortete ich.

Ask sog die Luft ein und rümpfte die Nase.

Hast du eine Leiche im Kofferraum versteckt?, fragte er.

Ich sah Ask nur an.

Er grinste. Du bist ein Mann, der vieles am Laufen hat, oder?

Ein Cabriolet überholte uns auf der geraden Strecke vor Kalvanes. Zwei Mädchen saßen auf der Sitzlehne, wie es in amerikanischen Jugendfilmen gern gezeigt wird. Durch die Geschwindigkeit flatterten ihre blonden Haare im Wind. Die Mädchen drehten sich um und winkten. Der Fahrer drückte auf die Hupe.

Ask hupte zurück und sang: *Summertime and the living is easy*.

Er drehte sich zu mir um: Siehst du das nicht auch so?

Ich antwortete nicht. Ask sagte, Odda sei zwar ein guter Ort, aber auch ein Scheißkaff. Er sagte, er käme gern rum, würde aber nicht genug verdienen.

Du bist beruflich viel unterwegs?, fragte Ask.

Komm zur Sache, sagte ich.

Das ist die Sache, sagte er. Du sehnst dich immer nach was anderem. Du sehnst dich nach was Größerem. Du wartest darauf, dass dein Lottoschein gewinnt, verstehst du?

Wir waren im Zentrum. Ein Trauerzug kam den Røldalsvegen entlang. Ich hörte Kirchenglocken. Ask fuhr an die Seite und stellte den Motor aus. Das schwarze Leichenauto fuhr vor uns vorbei. Es folgten in langsamem Tempo zuerst Pedersen in seinem Eisauto, dann eine ganz Kolonne. Durch das Fenster des Eisautos konnte ich Pedersens Frau und ihre mürrische Tochter sehen.

Verdammt, mit dem Eisauto!, sagte Ask. Ist das nicht irre schräg?

Er will vielleicht den Kilometerstand nach oben drücken, sagte ich.

Was?

Vergiss es.

Zu blöd, sagte Ask. Können wir nicht mal in unserem kleinen Odda in Frieden leben?

Er trommelte mit den Fingern auf das Lenkrad. Seine Tormannspranken waren groß und grob. Er nickte zu dem Video, das ich immer noch in der Hand hielt. Er sagte, wir könnten leihweise tauschen. Auf seinem Video befänden sich die tollsten Weiber, die man sich vorstellen könne. Gestern Abend habe er in weniger als einer Stunde 24 Weiber gehabt. Krankenschwestern, Ingenieurinnen, Lehrerinnen, Sekretärinnen. Weiber, die alles hätten. Weiber, denen nur ein Mann fehlte. Weiber, die verzweifelt auf der Suche nach einem Mann seien.

Du bist frei wie ein Vogel, stimmt's?, fragte Ask. Oder etwa nicht?

Ich starrte auf die Autokolonne, die das Tal hinauf Richtung Kapelle verschwand.

Dort draußen gibt es alles, sagte Ask. Warum sollte man sich nicht bedienen?

Was ist mit Mumuki?, fragte ich.

Ja, was ist mit ihr?

Ich weiß es nicht.

Willst du sie haben?

Ich antwortete nicht.

Als ich dich im Skjeggedal aufgelesen habe, ist mir aufgegangen, dass wir zwei uns gegenseitig nützen könnten. Wir sind doch das perfekte Paar. Verstehst du?

Nein.

Es ist gut gemeint, Bell. Du fährst in besoffenem Zustand. Das machen alle. Du treibst dich mit Frauen rum. Das machen alle. Aber du hast ein Leben, von dem nicht viele etwas wissen.

Ich verstehe immer noch nicht, sagte ich.

Das tust du ganz bestimmt, sagte Ask. Denk drüber nach. Schlaf drüber.

Willst du mich erpressen?

Hallo?!

Er pfiff.

Es gibt einfach so vieles, worauf ich Lust habe, aber leider bin ich zur Zeit ein bisschen knapp bei Kasse.

Vergiss es, sagte ich.

Jetzt bin ich aber jemand, der nicht so leicht vergisst, sagte Ask. Ich habe im Netz nachgeschaut, um zu sehen, was du verdienst. Ich will es mal so sagen, ich war positiv überrascht.

Vergiss es, sagte ich erneut.

He, du wirkst ganz schön kühl dafür, dass es so heiß ist, sagte Ask.

Ich wusste nicht, ob er nur so tat als ob oder ob er wusste, dass Irene verschwunden war. Ich fragte mich, ob das Gerücht in Odda schon die Runde gemacht hatte. Das hier war ein idealer Ort für Tratsch: Groß genug, damit Dinge passierten, klein genug, damit alle darüber Bescheid wussten. Ich fragte mich, an welchen Betrag er gedacht hatte. Wie hoch war der Wert der Liebe in norwegischen Kronen?

Sollten wir nicht eine Runde im Skjeggedal drehen?, fragte Ask und ließ den Motor wieder an. Einfach nur, um die Erinnerung ein wenig aufzufrischen?

Bevor er auf die Straße fuhr, machte ich das Handschuhfach auf und holte das Foto heraus. Ask nahm es in die Hand. Er studierte das Bild, auf dem Irene und ich im Volkswagen saßen. Es dauerte eine Weile, bis er kapierte, was das Motiv war.

Schönes Bild, sagte er und gab es zurück.

Es kommt bald in die Zeitung, sagte ich.

Ask blieb sitzen. Langsam dämmerte ihm, was ich gesagt hatte. Er starrte aus dem Seitenfenster. Er kaute auf seinem Kaugummi. Dann fuhr er sich mit einer Hand über Kinn und Wange. Ich wartete darauf, dass er zuschlug, so wie ich bei Erik Bodd zugeschlagen hatte. Er tat es nicht. Ohne ein weiteres Wort stellte er den Motor ab und stieg aus. Ich sah ihn vor dem Auto vorbeigehen und beim Hotel verschwinden. Ein seltsames Gefühl von Verrat stieg in mir hoch. Ich war Asks Lottoschein gewesen.

Ich hatte nicht gewonnen.

Wenn es heiß ist, klebt alles an dir. Du kannst nichts dagegen tun. Du fühlst dich dreckig. Ein Film liegt über allem, eine Membran, etwas Glänzendes, Glattes, das dich beunruhigt. Die Stadt gerät ins Rutschen und entgleitet dir, während sich Dinge an dich heften und dich schwer machen, dich so schwer machen, dass es dich nach unten zieht.

Ich wartete auf das Gewitter. Die Wolken im Süden waren zu einer einzigen riesigen Wolke verschmolzen. Der Regen könnte die Dinge leichter machen, dachte ich. Mein Handy klingelte. Es war Erik Bodd. Er sagte, er sitze gerade an seinem Artikel.

Welchem Artikel?, fragte ich.

Dein Gedächtnis ist anscheinend nicht das beste, sagte Bodd.

Welchem Artikel?, fragte ich.

Er könne ihn mir vorlesen, sagte er. Hier und da fehle ihm noch was, weil ich ihm nicht allzu viel an die Hand gegeben hätte.

Ich will, dass du gut zuhörst und eventuelle Fehler korrigierst, sagte Bodd.

Ich hörte Sätze, in denen es um Irene ging, die vermisst wurde. Darum, dass ich mir wünschen würde, dass sie lebend gefunden wird. Ich müsse mit dem Verdacht leben, sei aber unschuldig. Es war ein Trick, um mich zum Reden zu bringen. Die erste Version des Artikels war so voller Fehler, dass jeder Trottel versucht hätte, das Schlimmste zu korrigieren, eine Schadensbegrenzung durchzusetzen. Tat man es, saß man plötzlich bis zum Hals in der Scheiße, sobald sie bereit waren, den Artikel zu bringen.

Ich entdeckte plötzlich einen Typen in einem Saab auf der anderen Straßenseite. Er starrte mich an, während er sein Eis aß. Ich starrte zurück. Wegen der Entfernung konnte ich seinen Gesichtsausdruck nicht richtig erkennen. Ich glaubte, es sei einer der Typen von *VG*.

Bist du noch dran?, fragte Bodd an meinem Ohr.

Jawohl, ich bin noch dran, sagte ich. Ich kann gut zuhören. Das kann ich am besten.

Willst du etwas an dem Artikel geändert haben?, fragte Bodd.

Ja, eine Sache, sagte ich.

Was denn?

Schreib, dass England ein Tormannproblem hat. David Seaman ist zu alt. Früher oder später wird Seaman gehörig auf die Schnauze fallen.

Ich legte auf und überquerte die Straße. Ich grüßte den Typ im Saab. Er trug eine altmodische Sonnenbrille und hatte nikotingelbe Zähne. Er aß sein Eis langsam und mit einer ausgeklügelten Methode.

Haben wir ein Problem?, fragte ich.

He?, gab er zurück.

Haben wir ein Problem?, fragte ich noch einmal.

Wie meinen Sie das?

Hören Sie, ich stelle Ihnen eine Frage und Sie antworten mit einer Gegenfrage. So kommen wir nicht weiter. Haben wir ein Problem?

Nicht, dass ich wüsste.

Gut, ich hatte nämlich eine Weile das Gefühl, wir hätten hier ein Problem.

Kein Problem.

Gut so.

Der Typ hatte sein Eis aufgegessen. Ein paar Reste liefen ihm über das Kinn. Er war rosa im Gesicht, als sei er im Sommerurlaub im Süden gewesen und hätte die Sonnencreme vergessen.

Sie sollten sich eincremen, sagte ich. Sonst kriegen Sie Sonnenbrand.

Was wollen Sie eigentlich?, fragte er.

Eine viel bessere Frage ist, was *Sie* wollen.

Ich glaube, Sie sprechen hier mit dem falschen Mann, sagte der Typ.

Aha. Als Nächstes mache ich einen Abstecher in den *Hardangerkrug*. Dann will ich weiter nach Hjøllo. Ist das okay?

Ich glaube, mit Ihnen stimmt was nicht, sagte der Typ.

So? Jetzt sind Sie jedenfalls informiert. Erst *Hardangerkrug*, dann Hjøllo. Danach ist noch alles offen. Haben Sie das notiert? Vielleicht wollen Sie ja mitkommen?

Der Typ sagte nichts mehr. Er schien Angst zu haben. Er ließ den Motor an und gab Gas. Ich ging zum *Hardangerkrug*. Er hatte noch nicht geöffnet, und ich klopfte ans Fenster. Tor machte mir auf. Er lief mit freiem Oberkörper herum. Ich fragte, ob er fünf Minuten Zeit habe. Er bat mich herein und zapfte mir ein Bier. Ich nahm den ersten Schluck und dachte, dass ich nicht auf leeren Magen trinken sollte.

Hast du den Trauerzug gesehen?, fragte Tor. Wen haben sie eigentlich festgenommen?

Drei Serben, antwortete ich.

Aber ich habe heute Morgen einen von ihnen gesehen. Er heißt Dragan. Er war bestimmt derjenige, der mit dem Sohn von Pedersen am meisten aneinandergeraten ist. Ihn haben sie also nicht festgenommen?

Was willst du damit sagen? Dass sie die Falschen verhaftet haben?

Ich weiß nicht. Vielleicht hatten sie das Gefühl, sie müssten einfach jemanden verhaften. Also haben sie die erstbeste Gang genommen.

Ganz so funktioniert es eigentlich nicht, sagte ich.

Du solltest deinen Bruder anrufen und fragen, wie es funktioniert. Dann kannst du auch fragen, warum sie die Typen von der Heimwehr nicht festnehmen.

Wofür?

Dafür, dass sie das Asylantenwohnheim angezündet haben.

Du glaubst, dass sie es waren?

Ja, was glaubst du denn?

Ich zuckte mit den Schultern und fragte, was er über Arthur Larsen wisse.

Über Judas?, fragte Tor.

Judas?

Ja, er ist eine richtige Boje, so einer, der immer oben schwimmt.

Er erzählte, alle im Schmelzwerk hätten gehofft, dass Arthur Larsen endgültig in die Politik ginge. Dann wären sie ihn los gewesen. Larsen hatte das Angebot erhalten, Staatssekretär des Arbeitsministers zu werden. Die Leute waren der Meinung, Larsen sei eine perfekte Gitarrenstimme für den Minister, er würde zu jeder Tages- und Nachtzeit Arbeiterlieder singen. Aber Larsen hatte eine kranke Frau zu Hause und die Arbeiterpartei verlor die Wahl.

Mir war Arthur Larsens Aufstieg natürlich aufgefallen. Der Mann war im Werk Geschäftsführer geworden, nachdem ein Sozialist den Direktorensessel erklommen hatte. In den letzten Jahren hatte sich Larsen konsequent für die Pläne der Geschäftsführung ausgesprochen und für jede Kürzung eingesetzt. Er war der Meinung gewesen, die Gewerkschaft müsse Kündigungen akzeptieren, damit die übrigen Mitarbeiter ihre Stellen behielten. Dann kamen Vorschläge zu weiteren Kündigungen, und Larsen meinte, die Gewerkschaft müsse auch sie akzeptieren, damit nicht allen Angestellten gekündigt wurde. Schließlich wurden alle entlassen, und Larsen meinte, das müsse man akzeptieren, damit ihm selbst nicht gekündigt wurde. Jetzt schlurfte er allein über das Gelände.

Verstehst du, wie solche Leute ticken?, fragte Tor. An einem Tag sitzen sie mit dir auf einer Seite am Tisch. Am nächsten lächeln sie dir von der anderen Seite aus zu.

Ist er ein Ganove?, fragte ich.

Ich glaube nicht. Vielleicht ist er nur einer dieser Typen, die auf beiden Seiten des Tisches sitzen, einer, von dem du nie weißt, woran du bei ihm bist.

Mir war schwindlig, ich hob langsam das Bierglas. Aus dem Aschenbecher auf dem Kneipentisch stieg Rauch auf.

Verdammt, so sieht es mittlerweile aus, sagte Tor. Fließende Preise, drahtlose Netzwerke und globale Wirtschaft. Du weißt nicht länger, was rechts oder links ist, richtig oder falsch, Nord oder Süd.

Tor drückte die Kippe aus. Er stand auf und zog sich die Kochuniform an.

Hast du plötzlich einen Sozialisten auf dem Direktorensessel und einen Arbeitnehmervertreter als seine rechte Hand, ist das ein sicheres Zeichen dafür, dass die Besitzer bald den ganzen Laden dichtmachen, sagte er.

Ich fragte, ob er davon ausgehe, dass der Konkurs geplant war.

Du etwa nicht? Was sollten sie mit einer Holdinggesellschaft, Rechtsanwälten und Aufräumern, wenn sie nicht auf einen Konkurs zusteuern?, fragte Tor.

Vor Weihnachten hatten die amerikanischen Besitzer dem Direktor eine Abfindung gezahlt und Bobby Scott aus New Jersey geschickt. Der Mann der Cohen Brothers Company war in der Suite vom *Hardanger Hotel* abgestiegen und hatte wie ein grauer Kontorist ausgesehen. Aber er hatte es an der Bar zu einer Rechnung von bestimmt insgesamt dreihunderttausend Kronen gebracht. Scott schmiss Runden für alle und riss mehrere Oddaer Frauen auf. Doch am Montagmorgen erschien er frischrasiert im Büro. Bei einem Treffen mit den Angestellten hatte er gesagt, dass in Odda noch hundert Jahre lang Karbid produziert werden solle. Vier Monate später ging das Werk in Konkurs.

Tor grinste. Ich hätte nie gedacht, dass ich das einmal sagen würde, aber es stimmt mich verdammt wehmütig, dass sie diese Fabrik dichtgemacht haben. Es war eine Dreckschleuder, die ganze verfluchte Fabrik, aber es war unsere Dreckschleuder, oder?

Genau das war sie offensichtlich nicht, sagte ich.

Wie meinst du das?

Es war die Dreckschleuder der Besitzer. Letztlich gehört nicht einmal der Dreck uns.

Wie wahr, sagte Tor und lächelte.

Er sah auf die Uhr an der Wand. Er musste öffnen.

Hier gibt es viele gute Leute, sagte Tor, jetzt ist es an den Politikern. Und du weißt ja, wie es ist. Es kann gut gehen, es kann aber auch den Bach runtergehen.

Wo wohnt Arthur Larsen?, fragte ich.

In den Wohnblocks in Nyland, antwortete Tor. Was willst du von ihm?

Mal sehen.

Es sind Gerüchte im Umlauf, wonach er bis zum Hals in Schulden steckt.

Was für Schulden?

Glücksspiele.

Schulden bei wem?

Samson Nilsen, heißt es, aber es wird so viel erzählt.

Ich bedankte mich für das Bier und ging zum Auto. Die Nachmittagssonne brannte auf den Lidern. Der Bürgermeister kam zusammen mit einem Somalier die Fußgängerzone entlang. Ein Kamerateam folgte ihnen, während sich das Duo steif und linkisch bewegte. Am *Fröhlich Eck* wurden sie aufgefordert, kehrtzumachen und es noch einmal zu probieren. Im Pennerpark saß der Typ von *TV2* und hatte dasselbe Grinsen im Gesicht wie in der Sendung gestern Abend. Er sprach in sein Handy und gab dabei zwei kleinen Mädchen Autogramme. An der Kirche wurde der Gemeindepfarrer von *NRK* interviewt. Er stand hinter dem Sendewagen mit Kopfhörern und mit einem Mikrofon im Gesicht. Auf der Seite des *NRK*-Autos stand: *Geben Sie uns einen Tipp!*

Ich fuhr nach Hjøllo, während der Pfarrer im Autoradio was von Gnade faselte. Ein Hubschrauber kam das Tal entlang und ertränkte die Stimme. Im Rückspiegel sah ich einen dunkelgrünen Audi, der sich an meine Fersen heftete. Ich versuchte zu erkennen, ob Samson Nilsen am Steuer saß. Das wäre die perfekte Ironie. Erst beschattete ich ihn, dann beschattete er mich. Oben bei Bøgarden setzte ich den Blinker nach links, während der Audi im Nachmittagslicht im Tal verschwand. Der Volvo wirkte schwerer als gewöhnlich. Mir gefiel es, dass er sich schwer lenken ließ, dass ich das Lenkrad beim Abbiegen richtig herumziehen musste. Ein Auto sollte etwas sein, das nicht leicht zu beherrschen ist.

Mein Vater fluchte. Bei jeder vergebenen Chance kamen neue Vokabeln. Normalerweise fluchte er nicht. Flüche fielen nur, wenn er Fußball schaute. Als wir kleiner waren, erzeugte das Fluchen ein Gemeinschaftsgefühl zwischen uns. Mein Vater wurde zu einem anderen Menschen. Er war nicht mehr nur unser Vater, er war einer, mit dem wir zusammen Fußball sahen.

Ich fragte, ob ich ihm ein Video vorspielen dürfe. Mein Vater antwortete, er wolle das Spiel zu Ende sehen. Irland hatte in der Nachspielzeit getroffen und sich eine Verlängerung gegen Spanien gesichert. Die Iren waren für eine Sensation gut, auch wenn sie Roy Keane nach Hause geschickt hatten. Ich starrte auf das Spiel, aber heute war alles unscharf. Meine Mutter kam die Treppe herunter. Sie umarmte mich und fragte, ob es was Neues von Irene gebe. Sie zog mich beiseite und sagte, sie habe Angst.

Was, glaubst du, ist passiert?, fragte Mutter.

Sie kommt bestimmt wieder, sagte ich.

Ich verstehe das nicht. Glaubst du, sie ist abgehauen?

Ich weiß es nicht, Mutter. Aber ich bin sicher, dass sie wieder auftaucht.

Sie strich mir über den Arm und fragte, ob ich etwas zu essen haben wollte.

Du bist so dünn geworden, sagte sie.

Ich lehnte ab und ging wieder ins Fernsehzimmer. Irland hätte das Spiel in der Verlängerung gewinnen müssen, vergab aber ein paar Riesenchancen. Die halbe Mannschaft patzte beim Elfmeter. Mein Vater fluchte. Wir sahen uns die Zusammenfassung im Studio an, bevor ich das Videogerät mit der Kassette fütterte.

Mein Vater starrte reglos die stümperhafte Aufnahme an, ohne dass in seinem Gesicht etwas zu lesen war. Bei einem Fußballspiel konnte ich den Spielverlauf direkt an seinem Körper ablesen. An der Art, wie er da saß. An seinem Gesichtsausdruck. An den Flüchen, die er ausstieß. Jetzt war er ganz still.

Willst du ihn noch einmal sehen?, fragte ich, als der Film zu Ende war.

Er schüttelte den Kopf.

Ich wartete. Ich wollte nichts sagen, bevor er die Aufnahme nicht kommentiert hatte. Er ging zum Schrank und schenkte zwei Gläser Whisky ein. Er reichte mir eins und setzte sich wieder. Er sagte nichts. Mein Vater versucht, in dem Gesehenen eine Logik oder ein System zu erkennen, dachte ich, er sucht nach einem Sinn in etwas, das zusammenhangslos wirkt.

Sie legen ganz Odda still, sagte er. Sie legen ganz Odda still und keinen interessiert es.

Er sagte, man könne sich ein altes Telefonbuch vornehmen und alle Firmen durchstreichen, die nicht mehr existierten. Alle Büros, die geschlossen waren. Alle Behörden, die ausgezogen waren. Nur das Krankenhaus hätten sie retten können, aber es sei garantiert nur eine Frage der Zeit, bevor auch das stillgelegt würde. Es sei die Art, wie sie es machten. Eine Stadt Stück für Stück stillzulegen. Sie ganz allmählich abzubauen. Die Stadt so langsam abzuwickeln, dass man es erst merkte, wenn es zu spät war.

Mein Vater leerte sein Glas. Er wischte sich über den Mund, fasste dann die Nasenwurzel mit Daumen und Zeigefinger.

Woher hast du das Video?, fragte er.

Von Arthur Larsen, sagte ich.

Er nickte, als passe es in das System, das er sich ausgedacht hatte. Sie bauen den ganzen Mist auseinander, sagte er.

Wie meinst du das?

Sie bauen den ganzen verfluchten Mist auseinander.

Er sagte, er habe andernorts von ähnlichen Vorfällen gehört. Der Besitzer wickelte die Sache gezielt ab, um die Fabrik später auszuschlachten. Bevor die Konkursmasse erfasst war, hatten sie alles auseinandergebaut und einiges von dem Maschinenpark verkauft.

Sie können doch nicht eine ganze Fabrik stehlen, sagte ich.

Nicht?, fragte mein Vater.

Das muss man doch merken.

Vielleicht, vielleicht auch nicht? Die Kunst besteht darin, die wertvollen Sachen mitzunehmen. Man klaut nicht alles, nur das, was wertvoll ist.

Und die Gläubiger?

Wer will sich schon mit einer Konkursmasse herumschlagen, in der es nichts Wertvolles gibt? Auf dem Gelände gibt es nur noch Schrott, Gift und Dreck.

Mein Vater sagte, es habe Gerüchte über geheime Verhandlungen zwischen den Eigentümern, den Cohen Brothers, und dem deutschen Hauptkonkurrenten, Gedussa, gegeben. Der neue Direktor und ein paar Amerikaner sollen angeblich nach Frankfurt geflogen sein. Es könnte sein, dass sich die amerikanischen Eigentümer einen Käufer auf dem Kontinent gesichert hatten.

Bist du sicher, dass der Film das Schmelzwerk zeigt?, fragte ich.

Er nickte und sagte, die Aufnahmen müssten aus der Cy50, der Dicy und der Schmelzhütte sein.

Dann ist das hier ja ein Beweis, sagte ich.

Ich weiß nicht, sagte mein Vater.

Aber es muss doch jemand wissen, was sich alles darin befunden hat.

Und wenn schon?

Du bist einer von denen, die es wissen.

Und wer sollte mich fragen?

Aber es muss doch jemanden geben, der reden kann.

Nicht, wenn er nicht reden *will*. Oder Geld dafür bekommen hat, dass er den Mund hält.

Und Arthur Larsen?

Was ist mit ihm? Hast du mit ihm gesprochen?

Ich hab's versucht. Er will nicht reden.

Es wurde still.

Die Wahrheit ist, dass wir aussterben, sagte mein Vater. Eine ganze Stadt stirbt aus. Man kann noch begreifen, dass ein Mensch stirbt, stimmt's? Dass ein Kerl ertrinkt oder die Mutter an Krebs stirbt. Aber man kann nicht begreifen, dass eine ganze Stadt stirbt.

Ich stand auf und fragte, wo die Löcher im Zaun seien. Mein Vater starrte mich an und fragte, warum ich das wissen wolle. Ich zuckte mit den Schultern. Er erklärte mir, wo sich die einzelnen Löcher befanden. Ich ging zur Tür. Er kam hinterher.

Du weißt, was am letzten Tag im Werk passiert ist?, fragte er.

Ich nickte. Ich hatte einen kleinen Artikel darüber geschrieben. Die Angestellten waren fristlos entlassen worden. Keiner durfte Arbeitskleidung, Helme oder anderes Material mitnehmen. Als sie ein letztes Mal aus dem Tor traten, wurden alle von Wachmännern durchsucht.

Mein Vater drückte mir einen Zeigefinger auf die Brust.

Nur wenn das Verbrechen groß genug ist, kommt man damit durch, sagte er.

Ich trat vor die Tür. Die kompakte Gewitterwolke hatte die Sonne fast schon erreicht und den Nachmittag etwas dunkler gemacht. Bald würde es regnen. Ich fuhr ins Zentrum und parkte am Coop Mega. Ich stieg aus und ging beim Kebabladen über den Zebrastreifen. Von der Fußgängerzone aus bog ich in den schmalen Weg. Ich fand das Loch im Stacheldrahtzaun und wartete einige Zeit, um zu sehen, ob mir jemand gefolgt war. Dann schlüpfte ich hindurch.

Das Werksgelände war von einer feinen Kalkschicht bedeckt. Das ließ die Häuser und Hallen wie zugefroren aussehen. Ich ging langsam am Pförtnerhäuschen, dem Bad und der Schreinerei vorbei. Ich fühlte mich unbeholfen, als würde alles um mich herum brennen. Ich wusste nicht, wo ich suchen sollte. Jedes Mal, wenn ich auf dem Fabrikgelände war, fiel mir seine riesige Größe auf. Als Kinder durften wir das Tor nie passieren, obwohl unser Vater hier arbeitete. Es war eine Welt, zu der wir keinen Zugang hatten.

Jeden Morgen wachte ich zum Knirschen und Knarren des Schmelzwerks auf. Jetzt war es hier so still, dass ich meinen eigenen Atem hörte. Eine nahezu durchsichtige Regenwand arbeitete sich das Tal herunter. Außerhalb des Fabrikgeländes war die Stadt in Bewegung. Ich hörte Verkehr, Hammerschläge, Kindergeschrei, einen elektrischen Rasenmäher. Das Schmelzwerk war eine Stadt in der Stadt. Hier gab es Gebäude, Straßen, Bahngeleise. Alles war verlassen, wie nach einem Krieg oder einer Naturkatastrophe. Das Werk war eine tote Stadt in einer sterbenden Stadt.

Ich ging am Cyanamid vorbei zur Schmelzhütte, in der mein Vater gearbeitet hatte. Die riesige Halle war schwarz und verrußt. Ich erinnerte mich an etwas, was mein Vater über die Dimensionen in der Schmelzerei gesagt hatte. Man fühlte sich klein. Man war nichts. Man konnte die Kräfte nicht kontrollieren. Die Energie, die Masse, die Hitze. Das habe auch etwas Schönes, hatte er gesagt. Um die Kontrolle zu bekommen, musste man seinen Platz finden. Fand man diesen Platz, war man plötzlich alles.

Ich umkreiste den riesigen Ofen, der von schmalen Gleisen mit Tiegeln umgeben war. An einigen Stellen schien die

Sonne herein. Dann wurde es abrupt dunkler. Ich vermutete, dass sich der Himmel vollständig zugezogen hatte. Ich überlegte, dass die Stadt meines Vaters nicht dieselbe war wie meine. Das hier war seine Stadt, diese Stadt in der anderen. Jetzt schien es, als hätte die Energie alle Gebäude verlassen. Die Räume hatten die Kontrolle verloren. Im Maschinenraum hing der Oddakalender schief. Auf den Tischen standen noch Kaffeetassen. Zwei Helme lagen auf einem Regal. Eine Autozeitschrift lag auf dem Boden. Ein Plakat forderte die Leute auf, an der Ersten-Mai-Feier teilzunehmen.

Es hatte angefangen zu regnen. Tropfen fielen aufs Dach und waren zwischen den Säulen am Rand der Schmelzerei zu sehen. Es wurde ganz hell, ein paar Sekunden später hörte ich ein Krachen. Ich zählte die Sekunden zwischen Blitz und Donner. Ich fragte mich, ob es so war, wie die Leute sagten, dass die Ganoven in einer Kleinstadt Helden glichen. In einer Kleinstadt kann man nie wissen. Man glaubt zu wissen, aber man kann es nicht wissen.

Vielleicht hatte mein Vater recht, vielleicht nicht. Es konnte auch eine Art Trauerarbeit sein, deshalb seine Verschwörungstheorien. Aber er wirkte ganz sicher. Vielleicht machten sie immer noch weiter, bauten Teile der Fabrik ab, in einer letzten illegalen Nachtschicht. Vielleicht war der Diebstahl so groß, dass man damit durchkam. Vielleicht würden sie bei der Polizei oder den Wettbewerbshütern angezeigt, aber es schien unmöglich, hier einen Diebstahl nachzuweisen. Die Sache würde sicher nach ein paar Monaten zu den Akten gelegt werden.

Außerdem saßen die Schuldigen auf der anderen Seite des Atlantiks. Die Cohen Brothers hatten die Rechte an der Wasserkraft verkauft. Sie hatten die Leute entlassen. Zum Schluss hatten sie die Eingeweide der Fabrik herausgerissen, das Herz aus dem Land der Herzen entfernt, etwa so, wie die Reichen Körperteile der Armen stahlen.

Ich blieb auf dem Gerüst stehen. Unter mir konnte ich Schritte hören. Jemand hatte die Schmelzerei betreten. Ich war nicht länger allein. Ich überlegte fieberhaft, was ich sagen sollte, wenn mich das Wachpersonal oder jemand anderes entdecken sollte. Mir fiel nichts Vernünftiges ein. Es gab keine gute Erklärung dafür, dass ich hier war.

Ein Körper löste sich aus dem Schatten unter mir. Keine zehn Meter von mir entfernt erblickte ich einen Hirsch. Er trottete zum Karbidofen. Ich hatte gehört, dass es auf dem Gelände Füchse gab, aber von Hirschen wusste ich nichts. Ich vermutete, dass es ein junger Hirsch war, der Zuflucht vor dem Gewitter suchte. Ich ging auf dem Gerüst ein Stück weiter. Der Hirsch drehte sich zu mir um. Er sah weder scheu noch ängstlich aus. Er starrte mich nur an, sein Atem ging rasch.

Die Wohnblocks in Nylandsflata wirkten menschenleer, aber einige Gardinen bewegten sich, als ich den Außenkorridor entlangging. An einem Fenster konnte ich an der Scheibe graue Haare und eine Nase erkennen. *Vibeke und Arthur* stand auf der Tür daneben. Ich klingelte. Keine Reaktion. Irgendwo lief ein Radio, aber ich war mir nicht sicher, ob bei Arthur Larsen oder bei seinen Nachbarn.

Ich war überrascht, dass er hier wohnte. Das Schmelzwerk hatte diese vier Blocks in den fünfziger Jahren gebaut, um die Arbeiter unterzubringen. Die Leute tauften die Gegend bald Chicago. Mittlerweile hatte die Stadt die meisten Wohnungen übernommen und mit Rentnern, Einwanderern und

Sozialfällen gefüllt. Die Mülleimer quollen über, im Eingang hing ein übler Geruch.

Der Regen fiel nur noch sanft. Bald würde es wieder aufklaren. Ein tropfnasser Hund trottete über den Außenkorridor. Er schüttelte sich und sah mich an, als glaubte er, wir könnten Freunde werden. Ich probierte die Klinke. Sie war warm. Ich trat in die Diele und blieb abwartend stehen. Nichts passierte.

Ich ging weiter ins Wohnzimmer. Schweißtropfen bildeten sich in meinem Nacken. Einer davon rann die Wirbelsäule hinab. Das Zimmer hatte diesen kränkelnden Geruch nach Schlaf, Staub und Arzneimittel. Ein Wecker tickte. Ich betrachtete mir die Bilder, Bücher und Ringordner.

Von einem Zimmer weiter hinten im Gang kamen gedämpfte Geräusche. Ich ging zu einer Schlafzimmertür, die halb offen stand. Eine unglaublich fette Frau saß auf dem Bett mit dem Rücken zu mir. Sie trug ein Nachthemd, ihr Körper wirkte überdimensioniert, als bestünde die Frau aus vielen schweren Schichten. Um sich herum im Bett hatte sie verschiedene Plüschtiere drapiert. Ich sah einen Bären, einen Hund, einen Löwen und eine Giraffe. Die Frau drehte sich langsam zu mir um, aber ihre Augen waren von einer Schlafbrille bedeckt, wie man sie auf Langstreckenflügen bekommt.

Arthur?, fragte die Frau.

Ich konnte den Blick nicht von diesem Fleischberg lösen. Ich blieb still stehen und überlegte, dass ihr ganzer Körper voller Fett sein musste. Innerhalb der Haut saß Fett auf Fett bis zu den Knochen.

Arthur?, fragte sie noch einmal.

Sie griff mit den Händen nach der Schlafbrille. Ich wich zurück mit dem Gefühl, etwas gesehen zu haben, was ich nicht hätte sehen dürfen.

Ich war zurück im Wohnzimmer, als Arthur Larsen die Treppe vom oberen Stockwerk herunterkam. Er trug Shorts und ein T-Shirt. Mit dem Typ stimmt etwas nicht, dachte ich. Irgendetwas stimmt mit ihm nicht. Dann wurde mir klar, dass er kein Toupet trug.

Die fette Frau im Schlafzimmer gab einen Heulton von sich. Larsen starrte mich nur an, bevor er an mir vorbeiging. Ich wusste nicht, was ich tun sollte, also ging ich in die Küche, setzte mich an den Tisch und zündete mir eine Zigarette an. Ich starrte durch die schmutzigen Fensterscheiben nach draußen. Die Aussicht ging auf das Volksbad und das Schmelzwerk.

Nach ein paar Minuten kam Larsen zurück. Er ging zum Wasserhahn und füllte ein Glas mit Wasser. Er gab ein paar Eiswürfel in das Glas und verschwand wieder. Kurze Zeit später kam er zurück und nahm sich selbst ein Glas. Er setzte sich an den Tisch, sah mich aber nicht an.

Larsen befeuchtete die Lippen mit der Zunge und sprach leise.

Sie sind seit zehn Jahren der Erste, der sie gesehen hat, sagte er. Sie ist so dick, dass sie nicht mehr aus dem Zimmer kommt.

Er sah merkwürdig aus ohne Toupet. Als wäre er ein anderer Mensch gewesen und jetzt wieder er selbst geworden.

Ich liebe sie, sagte er. Können Sie das verstehen?

Ich nickte. Nicken war eine Lüge, aber es war die einfachste Lüge der Welt.

Verstehen Sie?, fragte Larsen noch einmal, als hätte er meine Lüge durchschaut.

Ja, sagte ich.

Nein, das können Sie nicht. Sie finden es völlig unbegreiflich, stimmt's?

Ich wartete.

Sie denken, sie ist die fetteste Frau, die Sie je gesehen haben. Sie denken, dass man eine so fette Frau nicht lieben kann.

Er hatte recht. Ich verstand es nicht. Ich hatte seine Frau gesehen und doch nur die fetteste Frau der Welt.

Ich drückte die Zigarette aus und sagte: Ich habe eine halbe Stunde am Fluss auf Sie gewartet. Vielleicht schulden Sie mir eine Erklärung?

Larsen sagte nichts. Ich fragte, ob er mir keine Erklärung geben wolle. Er hob das Glas an die Lippen, aber es war leer, und die Eiswürfel klirrten, als sie den Rand berührten.

Vielleicht sollte ich Ihnen auf die Sprünge helfen?, fragte ich.

Larsen starrte auf einen Punkt weit weg. Er saß mit hängenden Armen und leerem Gesicht da.

Hier ist das, was ich weiß, sagte ich. Korrigieren Sie mich, wenn ich mich irre.

Ich erhielt keine Reaktion. Ich verstand nicht, wie der Typ tickte. Er hatte mir die Videokassette geschickt. Er wollte, dass ich Bescheid wusste. Aber er sagte kein Wort.

Sagen wir mal, jemand hat Teile des Schmelzwerks geplündert, sagte ich. Und sagen wir auch, jemand hat die wertvollen Teile der Fabrik auseinandergebaut, bevor die Konkursmasse erfasst wurde. Sie haben Motoren, Maschinen und Anlagen demontiert und mehrere Lastwagen gefüllt oder die Sachen über den Fjord verschifft.

Larsen sagte noch immer nichts.

Vielleicht wird alles nach Deutschland transportiert, sagte ich. Vielleicht in ein anderes Land. Bleiben wir bei Deutschland. Oder sollten wir es mit einem anderen Land probieren? Polen zum Beispiel?

Larsen fischte einen der Eiswürfel aus dem Glas und steckte ihn in den Mund.

Wir stellen uns vor, dass alles nach Plan verläuft, sagte ich. Die Fabrik wird von den besseren Teilen befreit. Zurück bleibt nur Schrott. Alles geht gut, die Diebe können auf dem Gelände im Verborgenen arbeiten. Alles geht seinen Gang, bis etwas passiert. Ich weiß nicht was. Es endet jedenfalls damit, dass ein junger Mann von der Straße abgedrängt wird.

Ich wartete.

Kommt Ihnen das eine oder andere daran bekannt vor?, fragte ich. War es so? Der Junge war gefährlich genug, um von der Straße abgedrängt zu werden. Vielleicht war es nicht Absicht. Vielleicht sollte er nur eingeschüchtert werden. Aber plötzlich war es nicht mehr nur Diebstahl, es war Mord.

Larsen bat mich um eine Zigarette. Ich gab ihm eine und zündete mir selbst eine an. Ich hatte Schweißperlen auf der Stirn, am Hals und an den Händen. Ich sehnte mich nach einer Dusche.

Haben Sie die Nerven verloren?, fragte ich. Sie sind vielleicht ein Dieb, aber kein Mörder. Sie haben mir die Videokassette geschickt, damit ich ein wenig in dem ganzen Dreck wühle. Hatten Sie sie aufgenommen, um sich zu entlasten?

Ich wartete.

Larsen wollte gerade etwas sagen, als die fette Frau vom Schlafzimmer aus rief. Es schien, als käme ihre Stimme aus dem Radio oder von ganz weit weg. Larsen stand auf und verschwand. Ich blieb zurück und rauchte. Ich machte das Küchenfenster auf, um etwas frische Luft hereinzulassen. Mein Hemd war immer noch feucht vom Schweiß und vom Regen. Ich hörte die Geräusche aus den Blocks. Ein Husten. Pfeifen, Türenknallen. Einen Hund. Schwere Schritte auf dem Korridor. Ein Auto, das vor dem Block angelassen wurde.

Ich holte mein Handy heraus und hörte die Nachrichten ab. Die meisten waren von Presseleuten, die mich baten, Kontakt aufzunehmen, oder die diverse Artikel vorschlugen, in denen ich meine Geschichte erzählen sollte. *Aftenposten* wollte ein Porträt von mir bringen. Ein Fernsehteam drehte einen Dokumentarfilm über die Kripo und wollte mich interviewen.

Keine der Nachrichten war von Irene.

Ich dachte an die Nacht, als ich sie gefragt hatte, was das Schönste gewesen sei, das wir zusammen erlebt hatten. Sie hatte gelacht und die Antwort verweigert. Ich hatte gefragt, warum. Dann weißt du, wie ich denke, hatte sie gesagt, dann mache ich es dir zu leicht. Anschließend hatte sie die Frage umgedreht. Ich hatte geantwortet, dass ich nichts zu verlieren hätte, sie hätte mich bereits im Griff. Ich könne es einfach sagen, wie es sei.

Das Schönste sei der Morgen gewesen, als wir in Triest vor dem Schwimmbad standen, hatte ich gesagt. Der Chlorgeruch war sehr intensiv gewesen. Frühnebel hing über dem Kai, und Boote glitten im Nieselregen davon. Wir hatten durch die Scheibe gesehen, wie sich eine Gruppe Rentner im Becken trimmte. Kichernd hatten wir ihre Bewegungen draußen im Regen nachgemacht. Irene hatte sich an mich gelehnt und gesagt, sie wolle mit mir zusammen alt werden.

Die Zigarette war fast ganz zu Asche geworden, als Larsen zurückkam. Er setzte sich und nahm die Kippe in die Hand. Er zog daran und blies den Rauch aus. Ich hielt ihm die Zigarettenschachtel hin, er lehnte ab. Er sah mich an.

China, sagte er.

China?, fragte ich.

Die Anlage ging nach China.

Aha.

Larsen begann zu reden. Er redete langsam, als müsste jeder Satz von Grund auf zusammengesetzt werden. Er sagte, die Anlage sei zum Teil mit Lastwagen, zum Teil mit Schiffen transportiert worden. Zuerst nach Deutschland, dann weiter nach China. Es gab eine Abmachung zwischen den amerikanischen Eigentümern und dem deutschen Konkurrenten. Die Deutschen betrieben ein Schmelzwerk in China, das fast identisch war mit dem von Odda.

Die Cohen Brothers hatten also beschlossen, das Werk auszuschlachten?, fragte ich.

Manche würden das so nennen, sagte Larsen.

Wie würden Sie es nennen?

Im Nachhinein mag es so aussehen, als hätten sie ihre Entscheidung bereits gefällt, als sie die Fabrik übernahmen.

Und Sie waren der Schlachter?

Larsen wartete einen Augenblick.

Man glaubt gern, dass man wichtig ist, oder?, sagte er. Man glaubt, man hat genug Erfahrung und Wissen, um die Dinge in die richtige Richtung zu lenken. Ich war davon überzeugt, dass wir mit einem kontrollierten Abbau einige Arbeitsplätze retten könnten.

Das war nicht möglich, sagte ich. Dann konnte man also nur noch die Leiche plündern?

Hinterher ist man immer klüger, sagte Larsen. Aber man lernt dazu. Damals habe ich es nicht gesehen, aber ich sehe heute, dass es leicht so wirken kann, als hätten sie mich missbraucht. Zum Schluss hatte ich keine Wahl mehr.

Nein?

Langer Rede kurzer Sinn: Ich weiß eigentlich sowieso nicht

mehr, wann es anfing und wann es aufhörte. Ich bekam allerdings etwas Panik, als der Junge in den Fluss getrieben wurde. Ich glaube, dass ich es so deutlich sagen kann. Ich wollte, dass jemand herausfindet, was wirklich passiert ist.

Larsen sah mich an.

Ich wollte, dass Sie es herausfinden, sagte er.

Larsen sagte es ganz langsam, als könne es dauern, bis bei mir der Groschen fiel.

Es ist Aufgabe der Polizei, so etwas herauszufinden, sagte ich. Warum sind Sie nicht zur Polizei gegangen?

Larsen antwortete nicht. Er holte sich ein frisches Glas Wasser.

Sie hatten Angst, hineingezogen zu werden?, fragte ich.

Ich konnte nicht wissen, wer alles dazugehört, sagte er.

Wieso nicht?

Larsen erzählte, ein paar Monate vor dem Konkurs habe die Stadt dem Schmelzwerk eine Liquiditätsanleihe über zwölf Millionen Kronen gewährt. Es war Teil eines Krisenpakets, um die weitere Produktion zu sichern. Der Gemeinderat sei vom Unternehmen bewusst falsch informiert worden.

Ich konnte nicht wissen, wer daran beteiligt war, es wie einen wenig riskanten Kredit aussehen zu lassen, sagte Larsen. Oder wer sich zum Schluss mit dem Geld davongemacht hat.

An wen denken Sie?

Ich weiß es nicht, und ich habe auch nicht die Absicht, Spekulationen anzustellen. Das hier ist eine Kleinstadt, und ich habe vor, weiter hier zu leben.

Er korrigierte sich selbst: Ich *hatte* vor, weiter hier zu leben.

Er lächelte.

Ich kann nicht gehen und kann nicht bleiben, sagte er.

Und das Geld wurde eingesetzt, um Leute zu kaufen?, fragte ich.

Ein Teil des Betrags ging in die Organisation und den Transport, sagte Larsen. Ein Teil ging an die, die die eigentliche Arbeit machten.

Und ein Teil ging an Sie?

Sie haben sie gesehen, sagte Larsen. Sie ist krank. Ich brauchte das Geld.

Kranke Menschen bekommen in diesem Land Unterstützung, sagte ich.

Sie nicht, sagte Larsen.

Er trank einen Schluck. Es machte mich durstig, ihn trinken zu sehen. Ich fragte, worüber er und Samson Nilsen am Låtefoss-Wasserfall gesprochen hätten. Larsen wirkte überrascht. Er schien nicht damit gerechnet zu haben, dass ich von Samson Nilsen wusste.

Nichts Besonderes, sagte Larsen.

Es wirkt etwas umständlich, bis zum Låtefoss zu fahren, nur um sich über das schöne Sommerwetter zu unterhalten, sagte ich. Larsen sagte nichts.

Sie schulden ihm Geld, stimmt's?, fragte ich.

Wie meinen Sie das?

Ich meine, dass Samson Nilsen ein einarmiger Bandit ist. Von der Sorte, von der man leicht abhängig wird. Man kann sich schnell einbilden, dass man aus einem solchen Mann viel Geld herausholt.

Ich verstehe nicht.

Das Geschwätz von wegen Ihre Frau bekäme keine Unterstützung. Samson Nilsen hat Sie in der Hand. Sie haben Spielschulden bei ihm, stimmt's?

Larsen wartete einen Augenblick. Dann sagte er, er sei mit Geld an einer Firma beteiligt. Er wisse um das Risiko, habe aber großes Vertrauen in die Firma. Es sei keine gewöhnliche Glücksspielfirma.

Nein, natürlich nicht, sagte ich. Das ist es ja nie.

Ich sah Larsen an und dachte, er ist bestimmt der einsamste Mann in Odda. Die Abwicklung des Werks hatte vielleicht seinen Job gerettet, aber sie hatte ihm zugleich alle Freunde genommen. Jetzt saß er hier in diesem Block mit riesigen Spielschulden und der fettesten Frau der Welt.

Ich weiß, was Sie denken, sagte Larsen.

Was denke ich?

Dass ich ein miserabler Kerl bin.

Ich denke mehr darüber nach, wann die Prinzipien auf der Strecke geblieben sind.

Wie meinen Sie das?

Ich frage mich, was aus der Sozialdemokratie und der Solidarität geworden ist.

Manchmal kann man sich Prinzipien nicht leisten, sagte Larsen.

Ich schüttelte den Kopf.

Wo kommt in der ganzen Sache eigentlich Samson Nilsen ins Spiel?, fragte ich.

Er hat Dinge koordiniert, antwortete Larsen. Er hatte die Ortskenntnis und das Kontaktnetz.

Sie haben ihn den Eigentümern vorgeschlagen?

Larsen nickte.

Und wer hat die eigentliche Arbeit gemacht?, fragte ich.

Welche vom Asylantenwohnheim. Asylanten.

Tolle Bande, sagte ich.

Es war Samson Nilsens Idee, sagte Larsen. Sie leisteten gute Arbeit. Sie konnten nachts arbeiten und hielten die Klappe. Wenn sie redeten, würden sie sich selbst in Schwierigkeiten bringen.

Haben Sie die Serben eingesetzt?, fragte ich.

Auch, antwortete Larsen.

Aus dem Schlafzimmer rief Larsens Frau. Sie wirkte unruhig. Larsen stand auf. Er sah aus dem Fenster.

Was werden Sie damit jetzt machen?, fragte er.

Was würden Sie denn machen?, fragte ich und dachte, Larsen hatte aufs falsche Pferd gesetzt. Er wollte, dass ich ein wenig in der ganzen Sache wühlte, aber ich saß selbst zu tief in der Scheiße.

Was ist eigentlich mit dem Sohn von Pedersen gewesen?, fragte ich.

Ich glaube, Samson Nilsen hielt ihn für eine Bedrohung, antwortete Larsen.

Eine Bedrohung für wen?

Larsens Frau rief erneut. Sie wirkte fast verzweifelt.

Am besten gehen Sie jetzt, sagte Larsen.

Er sah mich an, bevor er ins Schlafzimmer ging. Ich rauchte die Zigarette zu Ende, stand dann auf und ging zum Spülbecken. Gierig trank ich vier, fünf Gläser Wasser. Draußen hatte es aufgehört zu regnen. Die Abendsonne krabbelte langsam über die Berge. Von dem Außenkorridor schaute ich nach unten und sah weder Journalisten noch sonst jemanden, der mich möglicherweise beschattete. Die Autos, die am Block parkten, wirkten ganz entspannt, als gehörten sie hierher. Es war ein ruhiger Abend. Der Regen hatte alle Düfte hervorgelockt. Es roch nach Sommer.

Ich war noch auf dem Außenkorridor, als ich Larsen hinter mir rufen hörte. Er kam mir hinterher. Er hatte jetzt sein Toupet aufgesetzt.

Lassen Sie mich außen vor, wenn Sie darüber schreiben?, fragte er.

Ich antwortete nicht.

Ich darf nicht mit hineingezogen werden, sagte er.

Sie sind also der Meinung, Sie hingen nicht drin?

Er wurde still.

Alles, was ich getan habe, habe ich ihretwegen getan, sagte Larsen.

Der Demonstrationszug gegen Rassismus kam den Røldalsvegen herunter. Sie zogen direkt vor der Windschutzscheibe meines Volvos vorüber. Trotzdem war es so, als sähe ich sie aus weiter Ferne. Bürgermeister Elvestad ging zusammen mit dem Pfarrer und einem dunkelhäutigen Mann, den ich noch nie gesehen hatte, vorweg. Es waren sicher drei- bis vierhundert Menschen. Manche trugen Fackeln. Ich saß die ganze Zeit in einer unbequemen Stellung, weil ich nicht wollte, dass das nasse Hemd am Rücken klebte.

Als der Demonstrationszug vorbei war, fuhr ich weiter. Autos kamen mir entgegen und verschmolzen miteinander. Die Straße auf der anderen Seite der Scheibe löste sich auf. Mein Kopf war weich wie der Asphalt unter den Rädern. An der Kreuzung beim *Schmelzer* begegnete ich meinem Bruder. Frank fuhr eins dieser neuen Polizeiautos und bog links ab, ohne mich zu sehen. Ich hätte ihn mit ausgestreckter Hand berühren können.

Bei McDonald's kaufte ich ein paar Burger, die ich Ronaldo mitbringen wollte. Als ich wieder nach draußen kam, entdeckte ich Martinsen auf der anderen Seite des Kais. Er saß in einem metallicfarbenen Peugeot und beobachtete mich. Ich ging zu ihm hin.

Ruhiger Arbeitstag?, fragte ich.

Was?, fragte Martinsen zurück.

Wenig zu tun?, sagte ich. Tun gut, solche Tage zwischendurch. Wenn man alles gelassen nehmen kann. Dasitzen und das Treiben beobachten. Hin und wieder ein Foto schießen.

Martinsen sagte nichts.

Ich wartete.

Was willst du?, fragte Martinsen.

Nichts Bestimmtes. Ich rede nur gern Blödsinn. Weißt du eigentlich, ob mich noch mehr Leute beschatten?

Dich beschatten?

Ja, beschatten.

Nein.

Du bist vielleicht nicht ganz auf dem Laufenden?

Nein, der Job ist heftig. Manchmal nicke ich dabei ein.

Nicht immer, sagte ich. Es gibt auch Momente, da bist du hellwach, stimmt's?

Ich ging zurück zu meinem Auto und fuhr nach Tokheim. Martinsen folgte mir. Anschließend kam *VG* in einem grauen Mercedes. Und dahinter kam noch einer, der mich beschattete, ich wusste nicht, wer. Ich wusste nur, dass ich der Mann des Tages war.

Ronaldo war nicht zu Hause. Die einzige Spur von ihm waren die Colaflasche auf dem Tisch und das Schokoladenpapier auf dem Sofa. Ich stellte mich ans Fenster und aß einen der Burger. Ich fragte mich, wo Ronaldo war. Er konnte nicht weit sein. Ich rief Irene an, aber sie ging nicht ran. Alle flüchten vor mir, dachte ich. Alles, was ich liebe, löst sich auf und verschwindet.

Ich fuhr durch die Gegend und suchte nach Ronaldo. Auf dem Schwimmanleger fand ich die Entenmutter zusammen mit einem einzigen Jungen. Sie wirkte gestresst und schimpfte mit dem Kleinen. Ein paar Möwen kreisten über dem Wasser. Im Radio hatten Experten berichtet, die Möwen seien in den letzten Jahren aggressiver geworden. Die Experten konnten es sich nicht erklären, doch die Möwen wurden immer dreister.

Ich stellte das Auto an der Hjøllo-Brücke ab und ging hinunter zum Fluss. Martinsen und die anderen hingen nicht länger an meinem Hinterrad. Vermutlich hatten sie resigniert. Keine Ahnung, es machte vielleicht doch nicht so viel Spaß mit mir. Der Wasserstand musste seit heute Morgen wieder mächtig gestiegen sein. Dean Martini saß auf einem Sessel und trank aus einer Flasche. Wenn der Fluss im gleichen Tempo weiterstieg, wäre er bald obdachlos. Ich ging zu ihm, grüßte und fragte, ob er einen Jungen im Fußballtrikot gesehen habe.

Bist du Pfarrer?, fragte Dean Martini.

Nein, ich bin kein Pfarrer.

Du siehst aus wie ein Pfarrer. Bist du verheiratet?

Nein.

Pfarrer dürfen heiraten. Das weißt du?

Das weiß ich.

Du solltest heiraten, auch wenn du Pfarrer bist. Du kannst heiraten und eine Menge Kinder kriegen. Man muss bloß erst mal in Gang kommen.

Martini stand auf und kam auf mich zu.

Wie heißt du?, fragte er.

Robert, antwortete ich.

Robert?, fragte Martini.

Er kam ganz dicht an mich heran und sah mir in die Augen. Er stank nach Alkohol.

Ich kenne nur einen Robert, sagte Martini leise. Und der ist mit meiner Frau auf und davon.

Das war ich nicht, sagte ich.

Bist du verheiratet, Pfarrer?

Nein, sagte ich und machte mich frei.

Ich ging weiter den Fluss entlang. Am anderen Ufer lag die Deponie mit dem Werksabfall. In meiner Kindheit waren Lastwagen im Pendelverkehr über die Brücke gefahren, um den Abfall am Ufer zu verklappen. Die Schlackenhalden hatten die Landschaft, in der ich aufwuchs, umgewühlt. Zigtausend Fuhren in den vielen Jahren hatten die Topografie komplett verändert. Jetzt war auch meine eigene Topografie verändert, dachte ich, aber es hatte nur wenige Tage gedauert.

Ich erinnerte mich an einen Film, dessen Hauptperson in eine Frau verliebt war, die er nicht bekam. Jahre später dachte er darüber nach, dass es bei der Liebe immer darum ging, zur richtigen Zeit am richtigen Ort zu sein. Schon oft hatte ich überlegt, was geworden wäre, wenn ich mich an jenem Silvesterabend ein paar Sekunden früher erhoben und den Raum durchquert hätte, um Irene zum Tanz aufzufordern.

Ich ging weiter Richtung Mündung, von Ronaldo war nichts zu sehen. Ich blieb in der abendlichen Hitze am Importkai stehen und rauchte. Alles war still. Es schien, als wäre Odda Millionen Kilometer entfernt. Früher war wenigstens dreimal am Tag Leben in der Bude gewesen: morgens um sechs, nachmittags um zwei und abends um zehn. Dann war Schichtwechsel in der Fabrik, und die Straßen füllten sich mit Autos. Der lange Tag war jetzt vorbei. Das Schmelzwerk war Geschichte. Die einzigen Geräusche kamen vom Fluss, der Wasser in den Fjord pumpte, wie Blut aus einer offenen Wunde.

Ich war zu dem Schluss gekommen, dass Guttorm Pedersen in den Fluss gedrängt worden war, weil er versucht hatte, Samson Nilsen zu erpressen. Es ging um Geld. Es ging immer um Geld. Die Leute mochten über Werte und Wertekampf reden, so viel sie wollten, am Ende ging es immer ums Geld.

Vielleicht hatte Samson Nilsen lediglich versucht, den Jungen einzuschüchtern. Vielleicht hatte der Junge die Kontrolle über den Wagen verloren. Er war schließlich kein Speedwayfahrer wie Nilsen. Ich wusste es nicht.

Ich warf die Kippe ins Wasser und ging ins Büro. Dort öffnete ich das Fenster und spürte, wie mir die Abendluft ins Gesicht wehte. Ich schaltete den Computer ein und wartete.

Ich fing an zu schreiben. Ich schrieb schnell. Ich schrieb alles auf, was ich wusste. Ich schrieb alles auf, was ich zu wissen glaubte. Als ich fertig war, ging ich den Text noch einmal durch. Hier und da war ich gezwungen gewesen zu raten, aber die Worte ergaben eine Art Sinn.

Die Cohen Brothers mussten die kontrollierte Abwicklung des Schmelzwerks geplant haben. Als es sich dem Konkurs näherte, hatten sie Samson Nilsen die Verantwortung für den Abbau der Fabrik übertragen, bevor die Gläubiger auf der Matte standen. Nilsen war der richtige Mann. Er war einer, der alles hinkriegte. Er war einer, der alles tat, was einträglich war, alles, womit man Geld verdienen konnte. Die Asylanten hatten die eigentliche Arbeit gemacht. Sie waren billige Arbeitskräfte und würden garantiert die Klappe halten. Sie arbeiteten nachts und befreiten das Gelände von wertvollen Geräten. Sie bauten Motoren, Maschinen, Kräne und Computer auseinander. Die Sachen wurden auf Lastern wegtransportiert oder mit Frachtern über den Fjord verschifft.

Alles ging gut, bis jemand entdeckte, was vor sich ging. Alles nahm seinen Gang, bis Guttorm Pedersen dem Diebstahl auf die Spur kam. Vielleicht hatte Samson Nilsen auch ihn als Arbeitskraft angeworben. Vielleicht war er den Serben nachts gefolgt und hatte dadurch die Aktion entdeckt. Der Junge war Rassist und hatte plötzlich Informationen in der Hand, die er zu Geld machen wollte. Die Asylanten wurden unruhig, weil sie ihre Ausweisung riskierten. Samson Nilsen wurde unruhig, weil man dem Sohn von Pedersen nicht trauen konnte. Er suchte den Jungen auf, redete mit ihm, fuhr hinter ihm her, um ihn einzuschüchtern. Es ging schief. Guttorm Pedersen wurde von der Brücke gedrängt und landete im Fluss.

Ich stand auf und schloss das Fenster. Ich könnte den Artikel abschicken, dachte ich, aber ich wusste, dass mir keiner glauben würde. Ich war mir sicher, dass es sich in groben Zügen so abgespielt hatte, trotzdem würden sie die Geschichte niemals abdrucken. Ich hatte herausgefunden, wie sich die Dinge zugetragen hatten, ich war an eine Art Wahrheit herangekommen, aber Bergen würde anrufen und nach meinen Quellen fragen, sie würden wissen wollen, ob ich dokumentieren konnte, was ich geschrieben hatte.

Das konnte ich nicht. Ich konnte zum Beispiel nicht dokumentieren, dass Samson Nilsen seinen eigenen Subaru im Fjord versenkt hatte. Das konnte ich nicht beweisen. Ich war sicher, Nilsen hatte es getan, um nach der Fahrt Spuren zu verwischen. Letztlich war Samson Nilsen ein gieriger Hund. Er hatte das Auto gestohlen gemeldet, um die Versicherungssumme einzustreichen. Am selben Tag hatte er oder ein anderer den BMW der Serben gestohlen, das Auto nach Eitrheim gefahren und angezündet. Nilsen wusste, dass das Auto gefunden werden würde, er wusste, dass alle daraus schließen würden, dass die Serben dahintersteckten. Sie würden glauben, die Serben hätten den Plagegeist in den Fluss getrieben. Sie hätten von Pedersens Sohn die Schnauze voll gehabt und kurzen Prozess gemacht. Drei Asylanten würden im Kittchen landen, des Mordes an einem norwegischen Jungen bezichtigt. Alle Herzen würden sich darüber freuen.

Ich rief die Chefin vom Dienst an. Sie ging nach dem ersten Klingeln ran. Ich sagte meinen Namen. Sie wurde still.

Es geht nur um eine Sache, sagte ich.

Was denn?, fragte sie.

Wir haben eine entsicherte Kanone an Bord, sagte ich.

Wie meinst du das?

Es gibt hier eine entsicherte Kanone an Bord.

Wen denn?

Das weißt du so gut wie ich. Ich hätte schon früher Bescheid sagen sollen.

Die Chefin vom Dienst seufzte.

Ich glaube wirklich, du solltest dir ein paar Tage freinehmen, sagte sie.

Ich wollte nur Bescheid sagen, sagte ich.

Danke, sagte sie und legte auf.

Noch einmal las ich durch, was ich geschrieben hatte. Dann schloss ich das Dokument. Das Programm fragte, ob ich es speichern wollte.

Ich klickte auf *Nein*.

Ich war ein Glas Gin. Ich war ein Fisch ohne Fjord. Ein Anzug ohne Mann. Der Barkeeper schüttelte mich und sagte, hier könne ich nicht schlafen. Ich erklärte ihm, er sehe die Reste eines lasterhaften Lebens vor sich. Er fragte, ob ich nicht lieber ein Glas Wasser wolle.

Die Journalisten drängten sich um einen Tisch am Fenster. Ich hörte *TV 2* sagen, sie sei von *Kanal 24* interviewt worden. *NTB* hatte ein Porträt vom Bartschrat vom *Folkeblad* gemacht. *Dagsavisen* sagte, in Odda würden vermutlich mehr Menschen ermordet als in Oslo, rein statistisch gesehen. *NTB* sagte, er habe ganz Odda satt. Er wolle nach Hause. *Aftenposten* warf einen Blick in meine Richtung. Ich hob das Glas zum Gruß.

Erik Bodd kam in die Pianobar und ging zur Theke. Er hatte eine Bandage über der Nase. Das freute mich diebisch.

Guten Abend, *Chinatown*!, sagte ich.

Er lächelte mich an, als wäre ich die angenehmste Gesellschaft der Welt.

Alles in Ordnung mit dir?, fragte Bodd.

Ich leuchte wie ein Weihnachtsbaum, antwortete ich.

Was machst du hier?

Ich sehe gern Leuten beim Trinken zu.

Bodd lachte. Dann fasste er sich an die Nase.

Es tut mir leid wegen vorhin, sagte er. Du weißt ja, wie es ist. Kann ich was für dich tun?

Woran denkst du? Du hast schon so viel für mich getan.

Die Sache ist die, dass ich mir Sorgen mache, sagte Bodd. Das kann ich gut.

Ich hatte nicht geglaubt, dass Typen wie du noch hergestellt werden, sagte ich.

Sag einfach Bescheid, wenn es etwas gibt, was ich tun kann.

Du bist so nett. Lass mich dich küssen!

Bodd lachte und bekam sein Bier. Ich solle ihn kontaktieren, sagte er. Ich würde mir das Angebot von ganzem Herzen durch den Kopf gehen lassen, antwortete ich. Ich fragte mich, ob er der Typ Mann war, der zusammengeschlagen werden musste, bevor er einen respektierte. Ich überlegte, ob ich ihm noch eine verpassen sollte, damit er noch größeren Respekt für mich empfand.

Bodd ging zu den anderen. Er sagte etwas, was alle zum Lachen brachte. Es war verdammt witzig. Dort saßen die Journalisten und glaubten, alles zu wissen. Sie wussten nichts.

Die Leute wollten die Wahrheit. Die Leute wollten die Wahrheit lesen. Und was bekamen sie? Krankheit, Tod, Unfälle, Scheidungen, Klatsch.

Bald würden die Zeitungsautos wieder durch die Gegend fahren. Bald würden sie wieder Tinte versprühen. Bald würden die Leute zum Kaffee etwas Nettes serviert bekommen. Den Fall Irene. Ich steckte mir eine Zigarette an und dachte an alle diese Fälle. Menschen, die verschwanden. Tagelang waren die Zeitungen und das Fernsehen voll mit Stoff zu einem bestimmten Fall. Man bekam alle Details. Man erfuhr alles über die vermisste Person und die letzten Bewegungen des Vermissten. Eine Weile erinnerte man sich an den Namen, den Ort, die Verdächtigen. Dann passierte anderswo im Land etwas Schlimmes, die Journalisten zogen weiter wie eine Schauspieltruppe auf Tournee, und man bekam den Ausgang des ersten Falls nicht mit. Ich liebte Irene. Ich liebte sie wirklich. Gedruckt würde es wie die einfachste Sache der Welt aussehen.

Ich stand auf und schleppte mich zu dem Journalistentisch. Ich fragte, ob sie mit ihrem Aufenthalt zufrieden seien. Keiner antwortete. Ich fragte, ob sie noch mehr wissen wollten? Ob ich noch mehr Dorftrottel suchen sollte, die sie interviewen könnten? Ich kannte diesen Ort wie meine Westentasche. Vielleicht wollten sie sich meine Westentasche näher anschauen? Wollten sie in meine Westentasche hinein, wollten sie meine Westentasche fotografieren?

Vielleicht sollte ich sie mit zur Flussböschung nehmen? Ich sagte, dort sei ein Weißkehlsänger gesichtet worden. Ein seltener Vogel. Ein wirklich gutes Motiv. Wenn sie den Vogel auf Zelluloid bannten, könnten sie Preise gewinnen und so. Es könnten zwanzig bis dreißig Jahre vergehen, bis erneut ein Weißkehlsänger gesichtet würde. Ich starrte Martinsen an, als ich das sagte. Er sah weg. Ich blamierte mich, und er konnte es nicht ertragen, mir dabei zuzusehen.

Es wurde still am Tisch.

Ja, ihr wisst, wo ihr mich findet, sagte ich und ging zur Theke.

Ich bestellte mir noch einen Whisky. Der Barkeeper mixte ihn widerwillig und stellte das Glas mit einem kleinen Tablett vor mich hin. Am Journalistentisch wurde erneut gelacht. Jemand schien witziger zu sein, als gut war. Ich roch an meiner Anzugjacke. Ich roch nach Dreck und Schweiß, aber wenigstens war es mein eigener Dreck. Im Spiegel zwischen den Flaschen sah ich mein Gesicht. Es war weiß und gut. Ein Weißkehlsänger. Ein seltener Vogel.

Blaues Licht wurde in die Bar geworfen. Ich drehte mich um und sah einen Krankenwagen vorbeifahren. Die Journalisten holten ihre Handys heraus. Ich erhob mich vom Barhocker und ging auf die Straße. Der Nachthimmel wölbte sich über mir. Die Hitze hing immer noch in der Luft. Ich spürte den Bürgersteig unter den Füßen. Ich ging die Hafenpromenade entlang. Ein Polizeiauto fuhr vorbei, und für einen winzigen Moment sah ich mich selbst auf dem Rücksitz. Ich ging schneller. Ich begann zu rennen. Die Leute hatten sich auf dem Schwimmanleger versammelt. Der Krankenwagen stand mit Blaulicht an der Bucht.

Zwischen den Schaulustigen war das brasilianische Trikot zu sehen. Ein Mann beugte sich über den kleinen Körper. Ich schrie, sie sollten mich durchlassen. Jemand hielt mich zurück. Sie legten den Jungen auf eine Trage und trugen ihn zum Krankenwagen. Ich sah seinen Kopf auf der Trage kraftlos hin und her baumeln.

Ich ging zum Krankenwagen und wurde von einem Typen in roter Weste aufgehalten.

Wer sind Sie?, fragte er.

Er konnte nicht schwimmen, antwortete ich.

Der Typ packe mich an der Schulter und sah mir in die Augen.

Haben Sie getrunken?, fragte er.

Ich bin der Vater, sagte ich.

Okay, Sie können mitfahren, sagte er.

Der Typ öffnete die Hecktüren des Krankenwagens und bat mich, einzusteigen. Ronaldo lag leblos auf der Trage. Wasser tropfte von seinen Haaren und dem Trikot. An seinem Körper waren Schläuche befestigt. Ich nahm im Krankenwagen einen strengen Geruch wahr und dachte, dass es nach Fjord und Bosheit roch. Wir fuhren in hohem Tempo durch Odda. Auf der anderen Seite der geriffelten Scheibe nahm ich ein Gemisch aus Licht wahr, als säße ich in einem Autoscooter auf dem Jahrmarkt und die Welt drehte sich, bis alle schwindlig und glücklich waren.

Am Krankenhaus luden sie Ronaldo aus und rollten ihn durch die elektrischen Türen. Ich blieb stehen. Dann ging ich hinein. Hinter mir schloss sich die Welt. Eine Krankenschwester nahm mich am Arm. Sie sprach Schwedisch.

Sie können mit mir kommen, sagte sie.

Ich folgte ihr den Gang hinunter. Sie verschwand und kam mit einem Becher Kaffee zurück. Ich nahm einen Schluck.

Ich wollte ihm das Schwimmen beibringen, sagte ich.

Aha.

Heute. Wir wollten ins Schwimmbad. Ich wollte ihm das Schwimmen beibringen.

Sie starrte mich an.

Sie sind der Vater?

Ich nickte.

Wir brauchen ein paar Informationen über Ihren Sohn, sagte sie.

Sie nahm einen Block in die Hand. Ich trank aus dem Becher.

Wie heißt Ihr Sohn?

Ich zögerte. Sie sah auf.

Wie heißt der Junge?

Ich weiß es nicht, sagte ich.

Sie wissen es nicht?

Nein.

Sie fasste mich am Arm und sagte, ich würde mich am besten setzen. Ich tat, wie geheißen. Das Deckenlicht verschwamm, grell und weiß.

Wird er sterben?, fragte ich.

Sie können nachher noch mit dem Arzt sprechen, sagte sie. Aber sein Zustand ist kritisch.

Sie müsse etwas erledigen, sagte sie. Sie würde mir sofort Bescheid sagen, wenn es etwas Neues gebe. Ich saß auf dem Stuhl. Es war ein schwarzer Stuhl. Der Fahrstuhl stand still. Der Anzeige war zu entnehmen, dass er drei Stockwerke nach oben fuhr. Dann fuhr er wieder nach unten und stand still. Ich saß auf dem Stuhl. Der Fahrstuhl stand still. Der Stuhl war schwarz. Ich saß auf dem schwarzen Stuhl. Ich legte die Stirn auf die Hände, während ich langsam nüchtern wurde.

Schließlich stand ich auf und trat ans Fenster. Der Fluss dort unten war weiter angeschwollen. Das Wasser teilte sich und floss mit Gebrüll an der Insel vorbei. Irene wartete im Auto auf mich. Wir hatten uns in diesem Auto geliebt. Jetzt liebten wir uns wieder. Sie rauchte und trug das weiße Sommerkleid. Wir küssten uns und stiegen in die Luft und sahen zu, wie die Landschaft unter uns weggezogen wurde. Wir stiegen in die heiße Nacht hinauf, stiegen über die Bäume, über den Fluss, über die Insel, über die Straßen.

Die Krankenschwester strich mir über den Rücken.

Sie können ihn jetzt sehen, sagte sie. Der Arzt wird hinterher mit Ihnen sprechen.

Ronaldo lag auf der Intensivstation. Ein Beatmungsgerät war angeschlossen. Schläuche führten in ihn hinein und aus ihm heraus. Ein Monitor zeigte Puls und Blutdruck. Die Krankenschwester kontrollierte die Leitungen, den Urinbeutel und den Herzrhythmus. Ronaldos Oberkörper war nackt. Seine Hände lagen reglos auf der Decke. Sein Gesicht wurde von dem schwachen Licht erleuchtet. Er hatte die Augen geschlossen.

Sollen wir ein zusätzliches Bett hereinstellen?, fragte die Krankenschwester.

Er heißt Ronaldo, sagte ich.

Ich legte meine Hand auf seine Stirn. Ich fuhr ihm durch die Haare. Er fühlte sich in dem heißen Zimmer kühl an.

Ich bin's, flüsterte ich. Dein Vater ist da.

Es war merkwürdig, wie die Häuser verschwanden. Die Straßen glitten unter mir weg. Im Rückspiegel sah ich, wie die Lichter von Odda immer kleiner wurden. Der Volvo stand still, während sich die Stadt bewegte. Odda kam in hohem Tempo heran, auch wenn der Motor nicht lief. Erst oben in Hovden bremste die Stadt herunter und blieb stehen.

Aus der Brucevilla war Gelächter und Musik zu hören. Mehrere Autos standen in der Einfahrt. Ich nahm das Gewehr aus dem Kofferraum und ging den Kiesweg hinauf. Ich klingelte. Keine Reaktion.

Ich hämmerte eine Weile gegen die Tür. Schließlich öffnete ein kleiner Mann mit Hornbrille und Smoking. Ich kannte ihn nicht. Der Typ musste ziemlich einen in der Krone haben, denn er reagierte überhaupt nicht darauf, dass ich ein Gewehr in der Hand hielt. Er grüßte und lächelte, als wäre ich der späte Gast, auf den sie noch warteten.

Von drinnen erklang Stimmengewirr. Der ganze Raum lachte schallend. Ein Paar saß eng aneinandergeschmiegt auf dem Sofa. Durch die Tür zum Garten sah ich Leute tanzen. Am Schwimmbecken spielte eine kleine Band, die ich als die örtliche Bluesband erkannte. Sie hatten lediglich ihre Jeans gegen einen Smoking eingetauscht.

Samson Nilsen stand oben auf der Treppe mit einem Drink in der Hand. Die Leute um ihn herum lachten. Ich durchquerte das Zimmer und hielt auf die Treppe zu. Ich war anscheinend der unsichtbare Mann, denn keiner versuchte, mich aufzuhalten. Als ich wieder sichtbar wurde, hob Samson Nilsen die Hand.

Mach keinen Blödsinn, sagte er.

Ich sagte nichts. Samson Nilsen wirkte ruhig. Er glaubte, die Kontrolle über die Situation zu haben. Das ärgerte mich.

Er nickte zu einem Zimmer im Flur.

Vielleicht können wir dort hineingehen, dann stören wir die anderen nicht?

Ich glaube nicht, dass sie etwas dagegen haben, gestört zu werden, sagte ich.

Samson Nilsen übergab seinen Drink einer Frau im blauen Kleid, als wollte er sich auf etwas vorbereiten. Seine Haare waren nach hinten gekämmt, und ich dachte, dass er einmal eine Glatze bekommen würde. Er sah noch gut aus, aber man konnte schon sehen, dass die Geheimratsecken größer wurden, und in ein paar Jahren wäre er mehr oder weniger kahl.

Worum geht's denn?, fragte Samson Nilsen.

Das weißt du genau.

Nein, ich muss zugeben, dass ich keinen blassen Schimmer habe.

Ich drehte mich für einen Augenblick um. Von der Brucevilla aus hatte man einen perfekten Blick auf Odda. Man konnte den Fjord und die Lichter der Stadt sehen. Die Band im Garten spielte unbeirrt weiter. Ich meinte, den Bürgermeister mit einer Blondine tanzen zu sehen. Im Wohnzimmer unterhielten sich die Leute und lachten. Das ärgerte mich. Es war, als wäre ich nicht da. Es war, als hätte ich nicht dieses Gewehr in der Hand.

Ich wandte mich wieder an Samson Nilsen.

Ich weiß, verdammt noch mal nicht, was ich mit dir machen soll, sagte ich.

Nicht?, fragte er.

Hast du einen Vorschlag?

Woran denkst du, Bell?

Wie ich dich bestrafen kann. Wie ich dir schaden kann.

Ich verstehe immer noch nicht, worum es hier geht.

Er konnte nicht schwimmen, sagte ich. Er konnte, verdammt noch mal, nicht schwimmen.

Von wem reden wir hier?

Hast du ihn vom Anleger gestoßen?

Ich habe niemanden gestoßen.

Hast du ihn ins Wasser gestoßen?

Samson Nilsen schüttelte den Kopf.

Ich rammte ihm das Gewehr in den Bauch. Ein Zucken ging durch seinen Körper, bevor er sich sammelte und mich verächtlich ansah. Ich trat einen Schritt zurück. Ich werde ihn erschießen, dachte ich, aber mein Hass war schwach und unbrauchbar.

Ich sagte: Du glaubst, du kommst davon?

Ich war plötzlich nicht mehr so sicher. Es konnte sein, dass er davonkam. Falls Ronaldo starb, gab es keine Augenzeugen mehr für den Mord. Die Polizei hätte die beiden Autodiebstähle mit dem Mord in Verbindung bringen müssen, vielleicht hatte sie es auch getan, aber mir kam plötzlich der Gedanke, dass sie es vielleicht gar nicht begreifen *wollte*.

Samson Nilsen fragte, ob er eine rauchen könne. Ich sagte nichts. Er zündete sich eine Zigarette an und sah mich an. Sprichst du von dem kleinen Jungen?

Ich wartete.

Du magst ihn?, fragte Nilsen.

Ich traf ihn mitten ins Gesicht. Ich schlug mit aller Kraft zu. Es war ein grässliches Geräusch, als meine Hand seine Nase traf. Die Zigarette flog aus seinem Mund, sein Kopf wurde nach hinten geschleudert und prallte gegen die Wand.

Blut floss auf sein weißes Smokinghemd. Meine linke Hand schmerzte. Das Gewehr in der rechten fühlte sich kühl an. Um mich herum waren alle erstarrt.

Ich stand da und dachte, dass ich hier fertig sei. *Ich* war gefallen, nicht Samson Nilsen. Ich war vor heimischem Publikum ausgezählt worden.

Ich weiß nicht, was ich mit dir machen soll, sagte ich zu ihm. Ich weiß verdammt noch mal nicht, was man mit einem wie dir macht.

Ich ging die Treppe hinunter. Die Gäste verfolgten mich mit ihren Blicken. Sie ließen mich durch. Draußen wurde es gerade hell. Über den Bergen leuchtete es weiß, als wäre der Himmel mit hellem Nebel bedeckt. Ich hörte Vogelzwitschern und das Rauschen des Opo.

Auf dem Schwimmanleger warf ich das Gewehr in den Fjord. Es verschwand mit einem leisen Klatschen. Ich suchte nach der Entenmutter, konnte sie aber nirgends sehen. Nur ein paar Möwen stiegen vom Kai auf und flogen über das

Wasser. Eine der dicksten hatte eine grüne Coop-Mega-Tüte im Schnabel. Sie verlor die Tüte, und mehrere Möwen kämpften um den Inhalt, der sich über den Fjord ergoss.

In Tokheim schloss ich die Wohnungstür auf und hörte den Anrufbeantworter ab. Ich hörte, wie im Stockwerk über mir etwas zu Bruch ging, dann ein Scharren und Klopfen. Ein Stuhl wurde umgestoßen, etwas gegen die Wand geschleudert. Ask lief dort oben Amok. Ich sollte etwas unternehmen, ich sollte zu ihnen nach oben gehen, aber ich rührte mich nicht und rauchte am Fenster, bis es still wurde. Ich wartete darauf, dass die Polizei den Berg hochkam, um mich zu holen. Sie kam nicht.

Schließlich legte ich mich schlafen. Ich träumte, unser Familienauto sei auf dem Dach gelandet. Überall war Blut und Glas. Mein Vater lag mitten auf der Straße, mit einem weißen Laken bedeckt. Autos schoben sich dicht an dicht daran vorbei, so dass ich nicht zu ihm konnte. Ich spürte den Luftzug der Autos und sah, wie seine Schuhe unter dem weißen Laken hervorschauten. Auch seine linke Hand war zu sehen. Sie hielt das Lenkrad noch umklammert.

Als ich erwachte, regnete es. Endlich regnete es. Tropfen trafen meine Stirn und meine Brust. Ich setzte mich im Bett auf und merkte, dass die Bettdecke feucht war. Der Regen kam von der Decke. Die Tropfen fielen von der Decke ins Zimmer.

Ich zog mich an und ging hinauf zu meinem Nachbarn. Auf mein Klingeln blieb es still. Ich drückte die Tür auf und rief in die Wohnung hinein. Keine Antwort. Ich rief noch einmal, als ich ins Wohnzimmer ging. Ich wollte nicht von Ask abgeknallt werden. Das wäre ihm zuzutrauen.

Der Boden war voller Wasser. Darauf schwammen Zeitungen und Kleider zusammen mit Pizzaresten, Flaschen und Taschenbüchern. Der Schreibtisch war umgestürzt, die Schubladen waren geleert worden. Im Bad liefen die Wasserhähne. Ich drehte sie zu und ging wieder ins Wohnzimmer.

Ich blieb stehen und betrachtete die Fotografien, die auf dem Fußboden verstreut lagen. Hunderte von Porträtaufnahmen schwammen um mich herum. Blondinen. Brünette. Schwarze. Thaifrauen. Alle lächelten und versuchten, wie Profis zu posieren. Einige Bilder waren in einem Automaten gemacht worden, andere im Studio. Einige Frauen zeigten zu viel Brust und Bein, andere waren hochgeschlossen und seriös.

Ich hob ein Foto von einer jungen, stark geschminkten Frau auf. Ich sah sie vor mir, wie sie vor dem Spiegel saß, wie sie schön sein wollte an dem Tag, an dem sie fotografiert wurde. Auf der Rückseite stand ein handgeschriebener Text auf Englisch: *Ich bin sicher, dass es dich gibt. Dass du ins Fenster scheinst. Wie ein kleiner Stern.*

Ich hörte ein Husten weiter hinten im Gang und watete ins Schlafzimmer. Ask saß im Bett und rauchte. Er sah zu mir auf, als ich eintrat, aber es schien, als wäre er ganz weit weg und als sei gar nichts passiert.

Was ist hier los?, fragte ich.

Ask antwortete nicht. Er hat Mumuki umgebracht, dachte ich. Er hatte sie umgebracht, und jetzt lag sie irgendwo tot in der Wohnung.

Ist sie tot?, fragte ich.

Ja, sie ist tot.

Wo ist sie?

Ich weiß es nicht. Sie ist einfach nur tot.

Was willst du damit sagen?

Sie ist tot. Sie hat mich verlassen.

Ist sie tot, oder hat sie dich verlassen?

Sie ist tot. Sie hat mich verlassen.

Wo ist sie?

Sie hat heute Nacht ihre Sachen gepackt und ist nach Odda gefahren.

Dann ist sie also nicht tot?

Sie hat mich verlassen.

Ich atmete ruhiger. Sie haben sich gestritten, dachte ich, und sie hat ihn verlassen. Er ist Amok gelaufen, und sie hat ihre Sachen gepackt und ist gegangen. Das freute mich. Ich hoffte, sie würde nie mehr zurückkommen. Ich ging ins Wohnzimmer, Ask rief hinter mir her.

Gehst du auch?, fragte er.

Hast du einen besseren Vorschlag?

Ich will, dass sie zurückkommt, sagte Ask.

Späte Einsicht, sagte ich.

Ich weiß nicht, was ich tun kann, damit sie zurückkommt, sagte er.

Du solltest dir lieber eine Schwarze anschaffen, sagte ich.

Weißt du, sagte Ask. Ich hatte gedacht, dass ich sie einmal verlassen würde. Ich hatte geglaubt, ich käme ohne sie zurecht.

Ich sagte nichts. Der Typ musste es allein packen. Ich konnte ihm nicht helfen. Trotzdem ließ mich irgendwas an seiner Haltung Mitleid empfinden. Ich betrachtete die riesige Pranke, mit der er sich durch die Haare fuhr, die Finger, die die Zigarette hielten und ausdrückten.

Ich ging wieder ins Wohnzimmer. Ich rief die Feuerwehr an und die Versicherungsgesellschaft. Der Fernseher lief. Vier Paare konkurrierten um eine Traumhochzeit in Las Vegas. Sie sollten in einem mehrstöckigen Kuchen einen Ring finden. Ich war hier gewesen, als Ask und Mumuki geheiratet hatten. Keine Ahnung, warum sie mich eingeladen hatten, aber sie mussten wohl einfach jemanden einladen. Bevor sie sich richtig betrunken hatten, war es im Wohnzimmer ganz still gewesen.

Ich ging hinunter, packte einen Koffer und setzte mich ins Auto. Erst jetzt merkte ich, wie sehr die Sonne wärmte. Ich überlegte, ob ich zu meinen Eltern nach Hjøllo fahren sollte, ertrug den Gedanken aber nicht. Wenn sie in der Zeitung noch nichts über Irene geschrieben hatten, würden sie es sicher bald tun. Sie würden darüber schreiben, sobald Irene offiziell als vermisst galt. Ich kurbelte die Scheibe herunter und zündete mir eine Zigarette an. Ich sah das Haus im Außenspiegel verschwinden. Es war nicht länger mein Haus, dachte ich. Es war ein Haus, in dem es regnete.

Ich schaltete den lokalen Radiosender ein, als ich nach Odda hineinfuhr. Der Bürgermeister wurde live interviewt. In Eide sollte ein neuer Park für Inlineskating eröffnet werden. Er sagte, in Odda passiere zur Zeit unglaublich viel Positives. Ich fuhr am *Chinatown* vorbei und konnte Mumuki sehen. Sie trug einen roten Kimono. Sie lächelte.

Ich ging ins Büro, um meine Mails abzurufen und ins Netz zu schauen. Es gab nichts Neues von Irene. Die Serben waren freigelassen worden. Es stand nichts darüber, warum, oder ob andere verdächtigt wurden. Das hieß, dass keiner redete. Wären die Serben angeklagt worden, hätten sie ganz bestimmt geredet.

Im *Hardanger Hotel* stutzte die Frau an der Rezeption, als ich um ein Zimmer bat.

Bist du zu Hause ausgezogen, Robert?, fragte sie.

Dem Sommer ist nicht zu trauen, antwortete ich.

Sie lachte und sagte, ich bekäme Zimmer 409.

Ich nahm die Boulevardzeitungen vom Ständer und fuhr mit dem Fahrstuhl in den dritten Stock. Das Zimmer roch nach Staub. Die Tapete wirkte verblichen, an den Wänden hingen Bilder von Odda, wie es früher aussah. Ich zog den Vorhang zu und warf die Zeitungen auf den Nachttisch, ohne sie zu lesen. Ich setzte mich im Halbdunkel aufs Bett. In regelmäßigen Abständen fuhr der Fahrstuhl hoch und runter. Ansonsten war es still.

Es ist immer still, wenn du auf dem Weg nach unten bist. Normalerweise tun die Leute so, als wären sie mit dir befreundet. Sie rufen an, wenn du auf dem Weg nach oben bist oder wenn sie etwas von dir haben wollen. Jetzt wohnte ich im selben Hotel wie die Journalisten. Vielleicht waren einige von ihnen sogar in den Nachbarzimmern einquartiert. Aber heute hatte keiner von ihnen angerufen. Wenn du nach unten sackst, ist alles still.

Mir kam der Gedanke, dass Menschen in einem Hotel einem Traum ähnelten. Hotelgäste sind ohne Wurzeln und Ziel, ohne Anfang und Ende. Sie genehmigen sich ein Bier in der Bar. Sie lachen. Sie rufen zu Hause an. Sie streiten sich. Sie lieben sich. Sie sitzen allein auf der Bettkante.

Ich erwachte vom Vibrieren des Handys in meiner Hemdtasche. Folkedal vom Asylantenwohnheim sagte, er habe die Nachricht erhalten, dass der Junge heute Morgen verstorben sei. Die Polizei würde ermitteln, sei aber vorläufig zu dem Schluss gekommen, dass kein Verbrechen vorliege. Mehrere Augenzeugen hatten den Jungen ins Wasser fallen sehen.

Er konnte nicht schwimmen, sagte ich.

Irgendwo ganz weit weg hörte ich Folkedal sagen, dass er sich gern mit mir über den Vorfall unterhalten würde, dass er im Augenblick aber zu erregt sei.

Haben Sie nicht gesagt, Sie würden sich um den Jungen kümmern?, fragte Folkedal.

Ich konnte nicht antworten. Ich spürte nur, wie ich durch das Zimmer fiel, so wie eine Münze durchs Wasser sackt.

Haben Sie nicht gesagt, ich solle Ihnen vertrauen?, fragte Folkedal.

Ich legte auf und blieb auf dem Bett liegen. Ich nahm die Flasche heraus, die ich in den Koffer gesteckt hatte. Ich will am liebsten abgekoppelt werden, dachte ich, auseinandergebaut werden und verschwinden. Ich trank. Ich war so ausgetrocknet, dass ich nicht genug bekommen konnte. Ich trank, bis das Hotelzimmer zu schwanken begann.

Ich setzte mich auf und starrte an die Wand, damit das Zimmer anhielt. Es war meine Schuld. Ich hatte ihn umgebracht. Ich dachte an seine Haare, Haare, die man am liebsten berühren und streicheln wollte. Ich sah ihn vor mir im Krankenhausbett. Wie schön er gewesen war, wie schön.

Ich schlief ein und träumte, dass ich mir die ganze Haut abrasierte. Ich saß auf einem Sessel in einem leeren Zimmer. Ich stand auf und zog die Tapete von den Wänden. Darunter kam eine andere Tapete mit einem anderen Muster zum Vorschein. Ich zog auch diese Tapete ab, aber es kamen immer neue Tapeten darunter hervor.

Ich erwachte. Ich wusste nicht, wo ich war. Ich schlief wieder ein und träumte, dass ich derjenige war, der unter dem Laken auf der Straße lag. Ich hielt das Lenkrad in der linken Hand. Weegee stand über mir und fotografierte. Ich war tot, konnte aber die Gesichter der Schaulustigen sehen, die sich um die Polizeiabsperrungen drängten. Weegee grinste mit dem Hut auf dem Kopf und der Zigarre in der Hand. Dann flammte sein Blitz auf.

Ich spürte einen angenehm kühlen Windhauch an der Stirn. Die Sonne schien von schräg oben herein. Mumuki saß auf der Bettkante und strich mir über die Wange. Sie sagte, es täte ihr leid, was passiert sei. Sie fragte, wie sie es wiedergutmachen könne. Ich sagte, sie solle nicht mehr daran denken. Sie sagte, ich hätte sie gerettet. Ich jubelte. Ich hatte einen Menschen gerettet. Ich hatte eine gute Tat vollbracht. Ich war ein edler Mensch. Mumuki tanzte durch das Zimmer.

Liebst du nicht auch Hotelzimmer?, fragte sie.

Ich lachte.

Liebst du es nicht auch, in einem Hotelzimmer aufzuwachen und einfach liegen zu bleiben?

Ich schlug die Augen auf und sah Wolken durch das Zimmer treiben. Bald würde es regnen. Bald wäre der Sommer vorbei. Der Fluss stieg an und drang ins Zimmer, er riss den Nachttisch, den Fernseher, die Bilder an den Wänden mit. Ich schwamm durch das Zimmer. Ich schwamm in etwas, das nicht zu ändern war. Ich schwamm in etwas, das zu ändern war.

Ich wollte laut sagen, er ist tot. Ich wollte immer wieder sagen, er ist tot, um den Worten die Kraft zu nehmen. Aber meine Stimme war weg. Mein Hals war trocken, und ich konnte kaum schlucken.

Ich dachte an etwas, das Irene gesagt hatte, als ich sie fragte, was sie an mir am meisten mochte. Wir hatten uns in ihrem Volkswagen geliebt, der Schnee war auf die Insel gefallen und hatte die Scheiben bedeckt. Wir hatten das Gebläse und das Radio angemacht. Sie hatte mich geküsst und geantwortet, dass ich ihr Frank O'Hara vorgelesen hätte. Ich sei der Einzige, der ihr Frank O'Hara vorlas.

Ich spürte ihren Mund auf meinem. Ich spürte ihre Umarmung. Ihre Beine um meine Hüften. Ihre kleinen Brüste an meiner Brust. Ich flüsterte ihr etwas zu. Leg dich auf mich, flüsterte ich. Deck mich zu. Lass mich verschwinden.

Ich schlief wieder ein und träumte, Ronaldo sei verhaftet worden. Er hatte versucht, einen Bonbonautomaten zu knacken, aber sein Daumen war in dem Automaten stecken geblieben. Ich hielt ihn im Arm, während er den Daumen in die Luft streckte. Ein Polizist versuchte, Ronaldo aus meiner Umarmung zu lösen. Ich hielt ihn fest. Ich hatte die Arme um ihn geschlungen. Ich verlor ihn. Verlor ihn.

Das Handy piepte. Ich drehte mich zur Seite, um es in die Hand zu nehmen, und wischte es dabei vom Nachttisch. Als ich es wieder in den Fingern hatte, war das Gespräch unterbrochen. Ich konnte nicht schlafen. Das Piepen schien plötzlich wichtig.

Im Hotel war es still. Licht von draußen spiegelte sich an der Decke. Ein paar Lastwagen fuhren in der Nacht vorbei. Das Handy piepte erneut. Ich sagte hallo. Am anderen Ende war es still. Ich hörte nur meinen eigenen Atem.

Hallo, sagte eine vertraute Stimme.

Ich konnte nicht antworten.

Bist du noch dran?, fragte sie.

Auch jetzt antwortete ich nicht.

Hast du geschlafen?, fragte sie.

Wo bist du?, fragte ich.

Ich stehe in der Telefonzelle, sagte sie.

Welcher Telefonzelle?

Du weißt schon, die Telefonzelle.

Ich wusste nicht, was ich sagen sollte. Ich hatte so viele Fragen.

Nur eins will ich sagen, sagte sie. Weißt du noch, wie du mich das erste Mal geküsst hast?

Ja.

Weißt du noch, wie du das erste Mal meine Brust geküsst hast?

Ja, die rechte.

Nein, die linke. Du verwechselst sie immer.

Es war die rechte.

Die linke. Ich kann es noch spüren. Deine Lippen auf meiner linken Brust. Deshalb weiß ich es genau. Ich spüre dich noch immer, Robert.

Wo bist du?, fragte ich.

Sie schwieg.

Ich spüre, wie du meinen BH nach unten ziehst, sagte sie endlich. Ich spüre, wie du den Kopf senkst und meine Brust küsst. Ich streiche dir durchs Haar, und du küsst meine Brust. Ich spüre es am ganzen Körper. Du küsst meine linke Brust.

Wo bist du, Liebes?

Sie antwortete nicht.

Sag mir, wo du bist, Liebes.

Das wollte ich dir noch sagen, sagte sie. Ich wollte, dass du das weißt.

Wo bist du?

Sie sagte gute Nacht und legte auf.

Ich stand auf und zog mich rasch an. Ich nahm den Fahrstuhl nach unten und ging an der verlassenen Rezeption vorbei. Draußen regnete es. Der Regen verdunkelte die Nacht. Ich rannte zur Telefonzelle am Busbahnhof. Das war die Telefonzelle, aus der sie mich normalerweise anrief. Es war eine von den älteren Kabinen. Licht fiel auf den Apparat. Die Luft wirkte verbraucht, als hingen Moleküle von früheren Gesprächen darin fest.

Ich holte den Wagen und fuhr durch die Gegend. Ich hielt

vor ihrem Haus in Erraflot. Die Außenleuchte brannte. Ansonsten war alles dunkel. Ich fuhr weiter. Kein Mensch war draußen unterwegs. Das einzige Lebenszeichen waren die Scheinwerfer, die sich im Regen auflösten, die von dem schwarzen Asphalt geschluckt wurden.

Ich wurde vom Signal des Eisautos geweckt. Die Melodie war identisch mit der Erkennungsmelodie von *Rundum in Norwegen.* Es war kurz nach zwei. Ich stieg aus dem Bett und zog den Vorhang auf. Odda lag völlig überbelichtet da, als wäre der Ort von einem Blitzlicht getroffen worden. Kinder drängten sich um das Eisauto. Ich vermutete, dass Samstag war, da sich so viele Menschen auf dem Marktplatz tummelten.

Ich legte mich wieder ins Bett. Es schien, als würde mir das Leben durch die Hände rinnen und als wäre das hier nicht länger meine Stadt. Aus dem Nachbarzimmer hörte ich Gelächter. Dann einen Knall. Erneutes Lachen. Ich wusste nicht, was ich tun sollte. Ich sehnte mich danach, Teil eines Ganzen zu sein. Dass sich jemand um mich kümmerte und über mich bestimmte. Frank hätte mich erschießen sollen, dachte ich. Jemand hätte mich erschießen sollen.

Ich nahm die Zeitungen vom Nachttisch. Ich hatte es nicht über mich gebracht, sie zu lesen. Alle hatten über den Mord geschrieben, aber keiner hatte darüber geschrieben, dass Irene vermisst wurde. *VG* hatte einen Aufmacher mit Pedersen gebracht, der sagte, sein Sohn habe es geliebt, das Eisauto zu fahren. Ronaldo war zu einer Notiz geworden. Ein Junge von neun Jahren. Mehr nicht. Keine Identität. Ich fragte mich, was Ronaldo dachte, als er in den Fjord fiel. Was sein letzter Gedanke war. Hatte er an mich gedacht? Hatte er an seinen Vater gedacht, der mit dem Wasserflugzeug kommen und ihn retten würde?

Meine Mutter rief auf dem Handy an. Sie fragte, ob ich es schon erfahren hätte. Ich hätte nichts erfahren, antwortete ich.

Hast du noch nicht mit Frank gesprochen?, fragte sie.

Nein, erwiderte ich.

Ich habe es die ganze Zeit gewusst, sagte meine Mutter. Am Ende wird alles wieder gut, Robert.

Was hast du gewusst?

Meine Mutter erzählte, Irene habe heute früh angerufen. Sie war wieder in Odda. Sie hatte gesagt, sie habe ein paar Tage für sich gebraucht. Sie habe ein paar Tage ganz allein sein wollen.

So was kommt vor, sagte Mutter.

Na klar, sagte ich.

Glaubst du, mich hätte nicht auch schon mal der Gedanke gestreift, ein paar Tage ganz für mich allein zu haben?

Was sagt Frank?

Er ist einfach nur glücklich, dass sie wieder zu Hause ist. Du weißt ja, dein Bruder ist ein Gentleman.

So?

Sie wartete, dann sagte sie: Vertragt ihr euch nicht mehr?

Doch.

Freust du dich nicht, Robert?

Doch, ich freue mich.

Du hörst dich nicht so an, als würdest du dich freuen.

Ich freue mich sehr, dass sie wieder zurück ist.

Meine Mutter sagte, es sei so ein schöner Tag. Die Sonne scheint, der Sommer ist da und Irene zurück. Sie habe sogar Vater aufgespürt. Er sei heute früh verschwunden, nachdem er in den Ort gegangen war, um die Zeitungen zu kaufen. Zum Glück hätten sie vom *Cinderella Tavern* bei ihr angerufen. Dort sitze er jetzt.

Ist Vater zu Fuß bis dahin gelaufen?, fragte ich.

Ja, ich habe mit ihm telefoniert, er will, dass du ihn abholst.

Wieso denn das?

Er hat nur gesagt, dass er will, dass du ihn abholst.

Okay, Mutter.

Und anschließend veranstalten wir ein Gartenfest bei uns. Das müssen wir feiern.

Ich legte auf und zog mich an. Weder Hose noch Hemd schienen zu passen, auch wenn es meine eigenen Klamotten waren. Auch meine Arme und Beine bewegten sich nicht so wie sonst.

Am Kiosk sah ich die Zeitungen durch. Es stand nichts über Irene darin. Es sah auch nicht so aus, als gebe es etwas Neues im Mordfall. Ich fuhr die Westseite entlang. Der Sørfjord lag spiegelblank da. Der Folgefonngletscher sah völlig jungfräulich aus. Die Berghänge strotzten vor Chlorophyll. Bald würde der Verkauf der Kirschen und Erdbeeren beginnen. Diese Landschaft hatte alles, was Touristen wollen.

Ich fragte mich, was mit Irene passiert war. Warum war sie abgehauen? Warum war sie zurückgekommen? Vermutlich würde ich nie eine richtige Antwort erhalten. Nur, dass sogar an Orten wie diesem hin und wieder so viel Dreck aufgewirbelt wird, dass man die Dinge nicht mehr auseinanderhalten kann.

Bei Måge musste ich abrupt abbremsen. Ein toter Hund lag auf der Straße. Ein alter Mann mit freiem Oberkörper bohrte einen Stock in den Hund. Ich musste mich bei diesem Anblick fast übergeben. Ich fuhr um den Hund herum und beschleunigte.

Cinderella Tavern lag kurz vor Nå Zentrum. Die Straßenkneipe ähnelte am ehesten einer überdimensionierten Hütte mit Schankbewilligung. Ich hielt davor und entdeckte meinen Vater, bevor er mich bemerkte. Er saß draußen mit einem Bier und einem Stapel Zeitungen vor sich. Er hatte eine Art Elvis-Sonnenbrille auf der Nase, die ihm nicht stand. Auf dem hellen Hemd waren Schweißflecken zu sehen.

Ich setzte mich und griff nach einer Zigarette.

Bist du bis hierher gelaufen?, fragte ich.

Ich hatte Durst, sagte er.

Wir schwiegen und starrten auf den Sørfjord. Ein paar sonnengebräunte Kerle angelten am Kai. Autos rasten über die Straße. Touristen eilten zur Fähre und zurück. Die Unterhaltungen der anderen Gäste hinter uns drangen wie ein Summen zu uns. Sie sahen sich die bisherigen Höhepunkte der WM-Sendungen an. Die Tore wurden zu mitreißender Musik gezeigt. Ich sah, wie Ronaldo drei Verteidiger austrickste und den Ball ins Tor kickte.

Wollen wir nach Hause fahren?, fragte ich.

Mein Vater stand sofort auf. An seinen Schritten konnte ich sehen, dass er älter geworden war. Es schien, als hätten ihn die Kräfte verlassen, dachte ich, als wäre er zu einem Langstreckenlauf aufgebrochen, den er nicht hätte auf sich nehmen sollen.

Im Auto justierte er den Sitz und roch den Gestank, bevor er das Fenster herunterkurbelte. Auf dem Weg nach Odda starrte er vor sich hin. Er wartet darauf, dass ich das Wort ergreife, dachte ich.

Ich sagte nichts.

Hast du das Loch im Zaun gefunden?, fragte mein Vater.

Nein, antwortete ich.

Wieder schwiegen wir eine Weile.

Ich glaube, ich habe die Zeitungen im *Cinderella* vergessen, sagte mein Vater.

Hast du sie noch nicht gelesen?, fragte ich.

Er antwortete nicht. Ich wartete.

Ich habe eine Notiz über einen Mexikaner gelesen, sagte er. Er ist von den USA zurück nach Mexiko geflohen. Er war so enttäuscht von den USA, dass er nur noch nach Hause wollte.

Und dann?

Dann haben sie den Kerl erschossen. Sobald er wieder zu Hause war, haben sie ihn erschossen.

Wer, sie?

Die Nachbarn.

Und warum?

Sie dachten wohl, er sei voller Geld.

Und war er das nicht?

Er war noch genauso arm wie vorher.

Ich schaltete den Lokalsender ein, als wir aus dem Eitrheimstunnel kamen. Es rauschte, bevor ich ihn richtig eingestellt hatte. Der Radiosprecher sagte, das Fjordcenter organisiere *Verrückte Tage*, später gebe es noch Radiobingo. Diese Stadt ähnelt einem Spielzeug, dachte ich. Odda war ein Plastikspielzeug, das auseinanderzufallen drohte, ein Spielzeug, dessen Teile so gemacht waren, dass sie zerbrechen konnten.

Wir fuhren über die Hjøllobrücke. Der Opo war voller, als ich ihn je gesehen hatte. Mein Vater erzählte, sie hätten Dean Martini gestern am späten Abend vom Ufer weggeholt. Martini habe protestiert, aber die Polizei habe ihn mitgenommen.

Vor dem Haus stand Irenes Volkswagen. Ich hielt daneben. Ohne ein weiteres Wort stieg mein Vater aus und verschwand die Treppe hinauf in den Garten. Ich ging ins Haus. Im Wohnzimmer lief das Radio. In der Küche sang meine

Mutter. Durch die Terrassentür sah ich die Kinder um den Rasensprenger laufen. Mein Bruder stand auf dem Rasen. Er trug die Fliegerbrille, Shorts und ein Hemd, das er nicht zugeknöpft hatte. Er war ziemlich dick geworden.

Ich trat auf die Terrasse. Irene kam die Treppe vom Garten herauf. Sie war barfüßig und trug das weiße Sommerkleid. Sie blieb vor mir stehen, setzte die Sonnenbrille ab und lächelte. Ich erwiderte ihren Blick und wartete, ohne etwas zu sagen. So blieben wir stehen. Die Hitze schloss sich um mich herum. Mein Kopf arbeitete langsam.

Ich muss deiner Mutter in der Küche helfen, sagte sie und schlüpfte an mir vorbei.

Ich roch ihr Parfüm, als sie vorbeiging. Sonst nichts. Nur den fast unmerklichen Duft ihres Parfüms. Ich blieb in der Sonne stehen. Sie hatte genauso gelächelt wie damals, an Silvester, als Frank und ich mit ihr tanzen wollten. Sorry, habe mich für ihn entschieden.

Im Schatten des Apfelbaums hatte meine Mutter den Tisch gedeckt. Weiße Teller standen auf der blaukarierten Decke. Es war für sieben Personen gedeckt. Ich sah die kommenden Tage vor mir. Die Samstagabende. Die Sonntagvormittage. Die Wochen. Die Monate. Die Abendessen. Das Geschwätz. Das Gelächter. Die Sonne, die scheinen würde. Den Regen, der fallen würde.

Mein Bruder hatte mich entdeckt. Er sah zu mir hoch und bespritzte die Kinder mit dem Gartenschlauch. Die Kinder schrien und riefen nach mir.

Machst du mit, Onkel?, riefen sie.

Ich winkte.

Komm, mach mit, Onkel!

Ich drehte mich um und ging wieder hinein. Die Luft im Wohnzimmer war träge und still. Ich hörte eine Radiostimme sagen, dass alles auf einen Rekordsommer hindeute. Aus der Küche hörte ich das Geräusch von Fleisch, das in Fett gebraten wird. Meine Mutter summte. Durch die Türöffnung sah ich Irene, die mir den Rücken zuwandte.

Ich ging zum Auto und stieg ein.

Frode Grytten

Eine Frau in der Sonne

Liebesgeschichten zu Bildern von Edward Hopper

Aus dem Norwegischen von Ina Kronenberger

208 Seiten. Mit Bildern von Edward Hopper. Gebunden

ISBN 978-3-312-00428-7

Eine Frau organisiert für ihren Mann den perfekten Tag am Meer, den die beiden in harmonischer Zweisamkeit verbringen, bevor sie ihn am Abend mit einer Party überrascht. Unter den Gästen ist auch seine Geliebte. Es gelingt ihm, den Schein zu wahren, und am Ende der Feier schläft er mit seiner betrunkenen Frau, aber er weiß, dass sie sich trennen werden, noch bevor sie ihre Frage stellt: Hattest du einen perfekten Tag?

Zehn Geschichten, die von zehn Bildern Edward Hoppers inspiriert sind, von ihnen ausgehen oder zu ihnen hinführen: Das neue Buch Frode Gryttens handelt von der Liebe, von Treue, Affären, Trennungen und davon, dass unsere Gefühle für andere Menschen selten eindeutig sind. In dem ihm eigenen Ton voller Komik und Melancholie schafft Grytten eine suggestive Anverwandlung von Kunst und Leben.

NAGEL & KIMCHE